손님

황
석
영

장
편
소
설

창작과비평사

손님

초판 1쇄 발행/2001년 6월 1일
초판 9쇄 발행/2001년 9월 15일

지은이/황석영
펴낸이/고세현
편집/염종선 박신규 김명재
펴낸곳/(주)창작과비평사
등록/1986년 8월 5일 제10-145호
주소/서울 마포구 용강동 50-1 우편번호 121-875
전화/영업 718-0541,0542 · 701-7876
      편집 718-0543,0544 · 기획 703-3843
      독자사업 716-7876, 7877
팩시밀리/영업 713-2403 · 편집 703-9806
홈페이지/www.changbi.com
전자우편/changbi@changbi.com
지로번호/3002568

손님

차례

1. 부정풀이

죽은 뒤에 남는 것

류요섭 목사는 며칠 전에 이상스레 또렷한 꿈을 꾸었다.

그가 형님인 류요한 장로를 만나러 뉴저지에 가기 전날인지 아니면 사십여 년 만에 고향을 방문하게 되었다는 소식을 들은 날인지 분명하지는 않았다.

꿈은 몇토막으로 나뉘어 있어서 연결되지는 않았지만 매 장면들은 아직도 조금 아까 본 것처럼 생생했다.

잔뜩 흐린 날이었다. 음영이 짙게 나온 흑백사진같이 하늘은 새하얗고 나무와 나뭇가지와 대지는 온통 거멓다. 나부끼는 걸레쪽이나 바람에 불려 날아가는 허드레 빨래마냥 뭔가 흐느적이며 날고 있었다. 검은 새는 까마귀일까. 저 어둠의 아래편 구석에서 인간의 형체가 천천히 움직여왔다. 그것은 한쪽 어깨를 구부정히하고서 절뚝이는 듯한 걸음걸이로 격자의 화면 중간쯤으로 올라왔다. 무엇을 왼편 어깨 위에 짊어지고 있는 것 같았다. 간간이 어린 아기의 희미한 울음소리가 들렸다. 어린 아기는 이불홑청에 둘둘 감겨 있고 싸매고 남은 천자락이 어른의 종아리 어름에까지 내려와 흐늘흐늘 날리고 있었다. 지나가는 바람이 우우 하고 나무를 흔들었다. 그 대신 새들은 허공에서 흐느적이기만 할 뿐 아무 울음소리도 내지 않았다. 어른이 아기를 들어 나무의 첫번째 가지 위에 올려놓고 천자락으로 친친 감았다. 아기의 갈그랑거리는 울음소리가 계속되었다. 소리는 가냘프게 이어지면서 점점 멀어졌다.

다시 다른 대목. 이번에는 소리가 먼저다. 바이올린의 미세한 떨림이 캄캄한 구덩이 속에서 올라왔다. 깊은 동굴에서 새어나오는 실바람처럼 끊어질 듯 이어지면서 흘러나왔다. 그것은 '울밑에 선 봉선화'라는 노래가 틀림없었다. 노래 때문인지 비바람이 휘몰아치며 봉선화의 붉은 꽃잎들이 색종이 조각처럼 날리는 장면이 느리게 지나갔다.

어느 동네 어귀인데 초겨울의 흐린 하늘이 무겁고 나직하게 산마루에 걸려 있고 희끗희끗 싸락눈이 흩날리고 있었다. 한 남자가 언덕을 구르듯이 허둥지둥 내려왔다. 화면 앞으로 나오는 걸 보니 그는 형이다. 흰머리에 허리가 앞으로 구부정한 요즈음의 모습이었다. 그는 괭이자루를 한손에 잡고 땅에 질질 끌면서 언덕을 내려왔다. 몹시 숨이 찬 듯 벌어진 입 앞으로 입김을 길게 토하고 있었다. 꿈속에서도 형이 언덕 저 너머에서 뭘 하고 있었을까를 생각해보았다. 형은 화면 앞쪽에서 두리번거리며 무엇인가를 찾고 있었다. 그가 얼른 무릎을 꿇고 궁둥이를 쳐든 채로 엎드렸다. 아, 물을 마시려는 거였군. 형은 짐승처럼 껄떡이며 물을 마셨다. 그가 고개를 번쩍 쳐들었다. 가까운 곳에서 종소리가 들려오기 시작했다. 형은 무릎을 굽힌 채로 상체를 펴고 두 손을 모으고 고개를 숙였다. 기도를 하려는 걸까.

도무지 뜬금없는 것은 물론이고 각개의 마디가 연결되지 않는 꿈이었지만 저러한 풍경들은 요섭에게 어딘가 낯익은 데가 있었다. 류요섭 목사는 미국에 살면서도 언제나 이튿날 아침에 잠에서 깨어나 기억하는 꿈은 코리아에 관한 그림뿐이니 기묘한 일이었다. 이민을 온 게 벌써 이십년이 넘었고 미국 교회의 목사가 된 지도 십년이나 되었는데 코쟁이는 꿈에도 잘 등장하지 않았다.

요섭은 아직도 브루클린의 허술한 아파트에 살고 있는데 형 요한은 육십년대의 이민자답게 일찌감치 뉴저지의 백인 주택가로 옮겨갔다.

백인 주택가래야 구역마다 다 달라서 뉴욕 교외 어디에나 있음직한 작은 목조가옥이었다. 차고가 딸리고 지하실이 깊숙하고 거실과 방이 고만고만하고 뒤란에 고기나 구워먹을 만한 작은 뜰이 있고 집앞에는 하얀 칠을 한 나무울타리가 있는 정도였다.

날이 아주 무더웠다. 그는 구역 교인들을 태우고 다니는 고물 미니밴을 끌고 형 집에 갔는데 그날따라 에어컨이 고장나서 창문을 모두 열고 차를 몰았다. 그러나 교인들의 충고대로 한적한 거리에서 신호 대기를 할 적에는 다시 양쪽 창문을 올려야만 했다. 네거리에서 차창을 열고 서 있으면 흑인이 다가와 권총을 들이대고 차에 올라탄다고 했다. 어떤 교인은 퇴근시간에 그런 식으로 흑인을 태우고 집까지 가서 얌전하게 아파트 문을 열어주고 강도를 모셔들였다는 것이다. 요섭이 형 요한의 집에 도착했을 때는 와이셔츠의 등뒤가 흠뻑 젖었고 거의 녹초가 되어 있었다.

그 집에 갈 적마다 여러차례의 수속을 거쳐야만 안으로 들어갈 수 있었고 언제나 집안은 어두웠다. 겨울에도 그랬지만 여름인데도 형은 두꺼운 커튼을 떼지 않은 건 물론이고 자락이 벌어지지 않도록 양쪽 끝을 나무집게로 꼭 집어두기까지 했다.

하여튼 그는 초인종을 눌렀다. 잠시 아무런 기척이 없었다. 문앞에 방범회사의 표지가 붙어 있었는데 이 집은 전자경비시설이 완벽하다는 뜻이기도 했다. 형은 아마 액정화면에 비친 현관 앞에 서 있는 요섭의 상반신을 살필 것이다. 딸깍, 하는 소리가 들리고 나서,

"무슨 일이냐?"

요한의 목소리는 언제나 같았다. 늙은이가 아직도 빠르게 씹는 것처럼 발음했다. 느낌은 언제나 차가운 짜증이 깔려 있는 듯한.

"그냥 뵈러 왔어요."

"혼자 왔니?"

화면을 보고 있을 게 뻔한데도 그가 그렇게 되물었다. 요섭도 이제는 습관이 되어 다소곳하게 예,라고 대답했다. 그는 그 뒤에도 한참이나 현관문을 바라보며 층계참에 서 있어야 했다. 형은 아마도 현관 왼편 거실의 돌출창을 통해서 앞뜰과 가로를 내다볼 것이다. 커튼이 움직이는 게 보였다. 그제야 안쪽 문을 여는 소리가 들리고 다시 현관의 이중 자물쇠가 차례로 돌아가고 마지막으로 쇠고리가 벗겨지고 나서 문이 빠끔히 열렸다.

형 류요한 장로는 이 집에 혼자 살았다. 아니 정확하게 말하자면 고

양이가 한마리 같이 살고 있었다. 고양이가 몇살이나 되었는지 아무도 모르지만 오년 전에 형이 나가는 교회의 어느 교인에게서 형수가 얻어왔을 때에도 꽤 나이를 먹었다니까 사람으로 치면 아마도 형보다 더 나이가 든 셈일 것이다. 그것은 언제나 거실 안쪽의 벽난로 근처에 깔아놓은 낡은 담요 위에서 자고 있었다. 색깔은 검정과 흰색이 섞였는데 배와 다리 부분만 하얗고 몸통과 머리가 까매서 어둠속에 웅크리고 있을 적에는 두 눈만 보였다. 삼년 전에 죽은 형수는 고양이를 끔찍이 좋아해서 침실로 들여놓고 싶어했을 정도였다. 형은 형수가 죽은 뒤에 고양이를 몇블록 떨어진 철물점 주인에게 주어버렸는데 고양이는 사흘도 못 되어서 옛집으로 돌아왔다. 그래서 다시 돌려보내면 또 돌아오기를 두어 차례 거듭하다가 형은 손을 들어버렸다. 그들은 이제 서로 무관심한 채로 그냥 집안을 같이 쓰는 중이었다. 어두컴컴한 거실에서 유일한 빛은 형이 켜놓은 케이블 텔레비전의 빛이다. 지금은 만화영화를 상영하는 모양이다. 들닭을 쫓아다니며 언제나 골탕을 먹는 코요테가 나오는 건데 볼륨이 너무 큰 것 같았다. 요섭은 우선 리모컨을 집어다 서슴지 않고 볼륨을 줄였다.

"형님, 오늘 날씨두 좋은데 산보라두 하시지 매일 테레비만 보세요?"

"다리가 쑤셔서 걷는 것두 귀찮아. 네가 오늘 웬일이냐?"

요섭은 대답 대신에 고개를 숙이고 잠깐 기도를 드렸다. 요한도 장로니까 뭐라고는 못하고 아우와 함께 고개를 숙이는 척했다. 요섭은 혼자 지내는 형님의 건강과 다른 도시에 직장을 얻어 나가사는 두 조카의 일이 하나님의 도움으로 잘되기를 빌었다.

"사실은 저…… 고향에 가게 됐습니다."

"서울엔 왜?"

"서울이 아니구 이북 고향 말입니다."

"이북이라문…… 황해도 말이냐?"

"그럼요, 신천 찬샘골에 가게 됐다구요."

찬샘골이라고 말하자마자 그는 사십여년 만에 처음으로 고향마을의 이름을 입밖에 내놓았다는 것을 알게 되었다. 찬샘골이라는 말은 처음에는 무슨 향내나는 산열매 같은 맛으로 혀끝에 맴돌다가 발효시킨 생선의 썩은 냄새로 돌변하는 듯한 이상한 느낌이었다. 수채화로 연두색의 여린 잎사귀를 가득 차게 그린 화선지 위에 먹구름 같은 물감이 왈칵 덮치듯이 쏟아져 번져가는 것처럼.

"너…… 빨갱이들하구 만나는 모냥이로구나."

형은 반가운 표정은커녕 혼자 사는 늙은이답게 의심이 가득 찬 눈길로 요섭을 흘겨보았다.

"이산가족 상봉추진회라는 데가 있습니다. 약간의 수수료와 여행경비를 내면 고향방문 허가를 북에서 받도록 해줍니다. 캐나다와 엘에이에 그런 사업을 하는 사람들이 있어요."

"하나님께서 네가 이북 가는 걸 허락하실 성싶으냐?"

"바로 이렇게 일이 된 게 다 하나님의 역사하심이에요. 것보다 형님은 형수님이나 다니엘 생각두 안 나세요?"

요한은 멍하니 텔레비전 화면만 바라보고 있더니 두 손바닥으로 얼굴을 한번 쓰윽 씻어내렸다.

"다 죽었갔디. 삼춘이 살았대문 어디 파묻었는지는 알지 안카서?"

류요한 장로는 아무래도 옛날과는 많이 달라진 것 같았다. 강한 고집을 오래 지속하지 못했다. 그러고는 고작 말을 돌리거나 침묵해버리곤 했다.

"너 거기 가문…… 한번 찾아보라."

그는 다음번에 형님이 직접 가서 찾아보지 그러냐고 말을 꺼내려다가 입을 다물었다. 두 사람은 오늘날까지 서로 고향에 대한 얘기는 길게 하지 않았다. 다른 무엇보다도 아우가 그 무렵의 형을 쉽사리 용서하지 못한다는 걸 그도 눈치로 알고 있을 것이다.

"너 구신을 어떻게 생각하니?"

밑도끝도없이 요한이 물었다. 목사에게 장로가 귀신에 대하여 묻고 있다니. 물론 형이 묻는 것이 마귀가 아니라 뜬것에 대한 것임을 요섭은 알고 있었다.

"성경에도 여러번 나오지요. 귀신 들린 자들에 대해서 말이죠."

"난 구신을 수없이 봤다."

요한은 누가 곁에서 듣고 있기나 한 듯이 목소리를 낮추어 말했다.

"그 애긴 오늘 첨 듣는데요."

"내 그동안 말을 안했지. 서울에서두 가끔 봤다. 미국에서는 그동안 나타나지 않더니 다시 보이두만. 안성댁이 죽고 나서부터야."

안성댁이란 그가 혼자 월남해 와서 재혼하고 삼년 전까지 미국에서도 함께 살던 형수다. 형은 요섭에게 한번도 너이 형수라든가 내 아내라든가 하는 말로 그이를 표현한 적이 없었다.

"형님 요즈음 교회 안 나가시죠?"

"야야, 관두라. 난 거 친목회이 비슷한 분위기가 안 맞아. 머 예배는 대강대강 하구 예배당에서 차 마시구 음식 해먹구 제 자랑들만 하더라."

"그게 여기 식이에요. 기도는 늘 하세요?"

"거럼, 기도하구 성경 읽구 매일 하지."

"잘됐군요. 마침 제가 심방 다니다가 왔으니까 오늘 형님 댁에서 예배나 보십시다."

"성경하구 찬송가는 개져왔니?"

"차에서 가지구 올게요."

"아니, 내 것두 있구 안성댁 것두 있구 애들 것두, 머 여러 벌 있다."

그들은 예배를 보기 시작했다. 요섭은 성경을 들추고 '고린도 후서' 의 한 대목을 읽었다.

"내가 지금 기뻐함은 너희로 근심하게 한 까닭이 아니요 도리어 너희가 근심함으로 회개함에 이른 까닭이라 너희가 하나님의 뜻대로 근심하게 된 것은 우리에게서 아무 해도 받지 않게 하려 함이라. 하나님의 뜻대로 하는 근심은 후회할 것이 없는 구원에 이르게 하는 회개를 이루는 것이요 세상 근심은 사망을 이루는 것이니라. 보라 하나님의 뜻대로 하게 한 이 근심이 너희로 얼마나 간절하게 하며 얼마나 변명하게 하며 얼마나 분하게 하며 얼마나 두렵게 하며 얼마나 사모하게 하며 얼마나 열심있게 하며 얼마나 벌하게 하였는가, 너희가 저 일에 대하여 일절 너희 자신의 깨끗함을 나타내었느니라."

요섭은 형이 앞에 있는 것을 의식하지 않으려 애쓰면서 설교했다.

"우리는 사십년 전에 고향을 떠나왔습니다. 고향에서는 여러가지 불행한 일들이 있었지만 우리 가족이 떠나온 것은 하나님을 믿고 하나님 나라를 실현할 수 있는 새로운 고장을 찾기 위해서였지요. 당시는 우리나라가 전쟁중이었습니다. 무고한 사람들도 많이 죽었습니다. 서로가 살기 위해서 죽이고 죽임을 당했습니다. 모세는 신명기에서 선조들이 가나안 땅에 대하여 맺은 언약을 상기시키고 약속의 땅에서 어떻게 승리의 생활을 쟁취할 것인가를 율법을 들어 말합니다. 여호와여 주의 대적은 다 이와 같이 망하게 하소서, 저들을 불쌍히 여기거나 언약도 말고 진멸해버리라, 하였으나 예수님께서는 사랑과 화평을 가르치셨습니다. 다시금 말하지만 우리의 고향을 차지하고 남아 있는 저들에게도 우리와 같은 영혼이 있습니다. 우리가 먼저 회개하여야 합니다."

형은 돋보기를 쓰고 성경을 펼치고는 고개를 숙인 채로 잘 참고 앉아 있는 것처럼 보였다. 요섭은 노년의 평화에 대해서도 말하고 외로움을 견디기 위해서 무엇을 해야 되는가도 이야기했다.

"거시키니…… 찬송이나 하나 부르자."

요한이 더 참지 못하고 요섭의 중얼거림을 잘랐다. 그의 찬송소리는 아직도 카랑카랑하고 힘이 있었다.

내 주는 강한 성이요 방패와 병기 되시니
큰 환난에서 우리를 구하여 내시리로다
옛 원수 마귀는 이때도 힘을 써
모략과 권세로 무기를 삼으니 천하에 누가 당하랴

내 힘만 의지할 때는 패할 수밖에 없도다
힘있는 장수 나와서 날 대신하여 싸우네
이 장수 누군가 주 예수 그리스도
만군의 주로다 당할 자 누구랴 반드시 이기리로다

맨 나중의 기도는 요한이 했는데 그는 아우의 여행에 대해서는 한마디도 하지 않았다. 그러면서도 자식들의 건강과 아우 요섭과 제수의 건강까지도 언급하고는 엉뚱하게 한마디 덧붙였다.

"죽은 아내와 다니엘과 딸들의 영혼을 거두어주옵시고 저도 그들이 있는 하늘나라에 가서 만날 수 있도록 하여줍소서. 우리 주 예수 그리스도의 이름으로 기도하옵나이다, 아멘."

두 형제는 심방예배를 그렇게 끝냈다.

저녁밥 때라 생솔가지 타는 냄새와 연기가 마을의 초가지붕과 뒷산 오리나무 숲에까지 자욱하게 걸려 있었다. 하늘은 아직 푸른 기가 남아 있었지만 주위는 이미 어둑신했다. 나는 삽작문 옆에 있는 뒷간에서 일을 보고 바지를 추스르며 서 있었다. 과수원의 올망졸망한 사과나무 가지들이 보였고 앞에는 배추밭이 보였다. 아이 한놈이 배추밭 고랑을 뛰어넘으며 과수원 쪽으로 질러가고 있었다. 또 한 고랑을 뛰어넘었다. 저러다간 김장밭을 밟고 말리.

야, 거 누게야?

예에……

너 요섭이구나. 일루 와보라.

나는 아우의 목소리를 듣고 그에게로 천천히 다가갔다.

돌아보라우, 거 보따리 머이가?

나는 아우가 뒤로 감추고 있는 걸 채뜨려서 풀어보았다. 바가지에 담은 밥이며 짠지와 장을 담은 보시기도 나왔다.

동무덜하구 놀멘 함께 먹자구 개지구 나와시오.

이새끼, 바루 대지 못하가서? 너 어드메 밥얼 날라주네?

형…… 이건 우리끼리 비밀인데, 모른 체하갔다구 약속하라요.

16

아우가 찾아와서 찬샘골 얘기를 했을 때 나는 처음엔 아무렇지도 않게 여겼다. 가만있자, 찬샘골이 어디더라. 헌데 이 녀석이 예배를 보자, 회개하자, 빨갱이들도 영혼이 있네, 어쩌고 저쩌고 하고 돌아간 다음에야 나는 갑자기 죽은 마을사람들 생각이 났다. 그중에서도 일랑이 얼굴이 또렷하게 떠올랐는데 그 자식은 마흔살 무렵의 당시 얼굴 그대로였다. 지금까지 살았다면 여든살이 넘었을 거야. 내가 놈의 코를 삐삐선에 꿰어 이끌고 읍내까지 잡아갔는데.

꺼놓은 텔레비전의 검은 화면 위로 이찌로 그놈이 쓰윽 떠오르는 게 아닌가. 그 얼굴은 내가 괭이자루로 내려쳤을 때 퍽 하면서 머리가 깨어졌다가 한참 만에 의식이 돌아와 부스스 깨어나던 그 얼굴이었다. 귀 바로 위의 관자놀이께에 맞았는데도 곧 정신이 돌아온 걸 보면 이찌로란 놈이 원래 기운은 있던 놈이다. 눈이 풀린 채 그는 어칠비칠 땅바닥에 주저앉아 머리가 무겁다는 듯이 천천히 상체를 흔들었다.

일어나, 이 돌떵애비 겉은 새끼야!

내가 괭이로 놈의 등짝을 또 내려쳤지만 일랑이는 쓰러지지 않고 한참이나 흔들거리며 털퍼덕 주저앉아 있었다. 나는 화가 머리끝까지 치밀어올라 권총을 빼어들고 노리쇠를 철컥, 하면서 실탄을 밀어넣고 일랑이 놈의 피범벅된 대가리에 갖다대었다.

너 이새끼, 우리 땅 뺏구 천년만년 리당위원장 해먹을 줄 알았네?

막 방아쇠를 당기려는데 읍내 가서 조사를 받아야 한다고 아이들이 말렸다. 그래 내가 애들보고 양겨드랑이를 껴서 일으켜세우랬더니 녀석이 갑자기 쓰윽 일어나면서 중얼거렸다.

조선의 하나님을 믿어라……

바루 이새끼 상기두 숨이 기터갖구. 글두 모르는 거이 강습 좀 받았다구 말은 넙죽넙죽 잘하누나.

그때의 그 얼굴이 꺼진 텔레비전의 검은 화면에 비쳤다. 나는 그래도 별로 소름이 끼치거나 무섭지는 않았다. 얼굴을 알아볼 상대는 그리 두렵지 않았기 때문이다. 아우에게 귀신에 대해서 어떻게 생각하느냐고 물었지만 그의 대답은 별로 신통한 건 아니었다.

오래 전에 차이나타운에 갔다가 어느 중국 술집에서 그림자극을 본 적이 있었다. 우리의 예전 주마등 같은 장치였는데 그림이 그려진 두루말이를 불빛 앞으로 흘러가게 만든 모양이었다. 밤에 이층 침실에 누우면 바깥 거리 쪽으로 난 창문을 통해서 불빛이 어슴푸레하게 새어들어왔고 차가 지나갈 때마다 앞등의 남은 불빛이 휘익 하고 천장을 스치며 흘러갔다. 차가 빠르거나 느리거나 불빛이 크거나 작거나에 따라서 천장에 비친 모양이 달라졌다. 눈을 감고 있어도 그 흐름이 느껴졌다. 가뭇가뭇 잠에 끌려갔다가 아마도 구급차의 비상경적 소리와 껌벅이는 붉은 비상등 불빛에 설핏 잠이 깬 듯싶었다. 침대 발치께에 웬 사람들이 둘러서서 나를 내려다보고 있었다. 그들의 모습은 각양각색이었다. 궁둥이까지 흘러내려온 아기를 연신 추슬러올리며 짧은 저고리 끝으로 축 늘어진 젖 한쪽을 늘 내놓고 다니던 중손이 아낙도 있고, 동네 어귀의 가겟집 안채에서 하숙하던 소학교 여선생도 있고, 인민군복을 입은 단발머리의 깽깽이쟁이도 있고, 명선이네 자잘한 여섯명의 딸자식들도 있고…… 어쨌든 여자들만 울레줄레 서 있었다. 창을 등지고들 있어서 어둠 때문에 얼굴은 알아볼 수가 없어야 하는데도 나는 어쩐지 그들을 대번에 알아보았다. 나도 모르게 웅얼웅얼 말이 새어나왔다.

여호와 하나님의 이름으로 말한다, 사탄아 물러가라!

그래서 나는 잠이 완전히 깼다. 침대의 등판 닿은 곳이 척척하게 땀으로 젖어 있었다. 목이 몹시 말라서 귀찮았지만 아래층 주방으로 내려가야 했다. 계단에 불을 켰는데 거실 쪽은 아직 컴컴했다. 나는 계단을 오르내릴 때마다 늙마에 이층집에 살아선 별로 좋지 않은데, 하는 생각을 하고 계단을 다 내려와서는 굽은 허리를 펴고 두어 번 두드리는 습관이 있었다. 계단에서 내려와 허리를 펴는데 맞은편 거실의 소파에 누군가가 앉아 있는 걸 본 듯했다. 그냥 내버려두고 주방으로 가서 냉장고를 열자 냉장고 속에서 불이 켜지고 문 쪽의 수납칸에 올려둔 플라스틱 물병을 집는 참인데 하마터면 흠칫하여 떨어뜨릴 뻔했다. 눈알 하나가 나를 번히 올려다보고 있었다. 이놈, 뭘 보누. 낮에 먹다 남긴 굴비 대가리였다. 기름에 튀긴 굴비의 아가미께가 검게 그슬렸고 눈알은 테만 남아 있었다. 일부러 천천히 냉장고 문을 닫고 돌아서서 거실 쪽으로 나오는데 그것은 아직도 소파에 앉아 있었다.

거 누구요?

검은 것이 목이 잔뜩 쉰 소리로 나직하게 대답했다.

나다, 나 모르가서?

누구냐니까.

그것이 숯관이나 잔뜩 먹은 음성으로 말했다.

은률 나가 놀던 두더지다.

순남이 아저씨요?

그때는 모두 잊어버리고 반가움에 얼른 거실의 불을 켰다. 고양이도 밤놀이를 나가버렸고 거실의 가구들과 텔레비전만 덜렁 남아 있었다. 현관 쪽 구석에 사슴뿔 모양의 원목 옷걸이가 서 있었는데 그제야 두 다리에 힘이 쭉 빠졌다. 순남이는 나보다 십여년쯤 위였으니까 당시에도 서른대여섯쯤이었다. 그는 은률 금산포 광산에서 굴착공을 하다가 해방이 되어 고향에 돌아왔다. 노래도 잘하고 노름도 잘하고 술은 동이술로 먹었다. 나는 순남이를 그해 겨울에 해치운다. 찬샘골에서 읍내로 나가는 신작로와 농로가 만나는 모퉁이에 서 있던 전봇대에다 그를 철사로 목매달게 된다.

대표부에서 명단이 나왔다고 했다. 류요섭 목사는 맨해튼에 있는 허름한 스낵에서 김선생을 만났다. 에어컨이 고물인지 소리가 요란했는데 하필이면 바로 아래 자리밖에 없어서 그들은 거기 앉았다. 김은 요섭의 형처럼 환갑이 넘어 칠순이 다 된 사람이었다. 예전에 이민오기 전에는 한국에서 신문기자를 했다는데 그런 사람치고는 그리 빨라 보이지 않았다. 그가 쭈글쭈글한 서류가방에서 봉투를 꺼내 식탁에 올려놓았다. 그는 봉투 속을 뒤적이며 여러장의 종이를 꺼냈다.
"자아, 이게 류요섭 목사님 초청장이고…… 여길 보세요."
요섭은 그가 내민 서류를 넘겨다보았다. 머리에 '고향방문단 일행 명단'이라고 박힌 글자가 보였다.
"이산가족방문단이 아니로군요?"
"그럼요, 저 사람들 요즈음은 이산가족사업에 문제가 많다구 그렇게 부르지 않아요. 관광단이나 고향방문 등으로 사업을 정하지요. 헌데 목사님은 만나볼 가족에 대해서 신청하지 않았잖습니까?"
"네 그렇습니다."
"지금이라두 늦지 않았어요. 신청해두시면 현지에 가서 다 하는 수가 있으니까…… 헌데 고향은 어디신지 써주셔야겠는데요."
그는 잠깐 망설였다. 이북에 가면서 고향을 밝히기는 어려운 형편이지만 그렇게 하지 않으면 어떻게 가족들 뒷소식을 알아볼 것인가.

"고향이 어디세요?"

김선생이 볼펜을 꼬나잡고 돋보기 너머로 요섭을 건너다보았다.

"평양…… 네, 평양입니다."

"평양 어디 몇번지요?"

요섭은 아무렇게나 말해버렸다.

"평양시 선교리요."

"번지는……"

"글쎄요…… 번지는 잊어버렸지만 거기 가면 알아보겠는데."

"아, 그렇겠지요. 벌써 반세기가 지났는데요. 그쯤만 적어도 됩니다."

요섭은 비행기표와 초청장을 받고 체재경비, 표값, 소정의 수수료를 김선생에게 지불했다.

류요섭 목사는 돌아와서 형에게 전화를 걸었다. 벨이 울리기 시작해서 한참 만에야 형의 착 가라앉은 목소리가 들려왔다.

"접니다, 형님. 뭘 하느라구 이렇게 전화 받는 게 늦으세요?"

"으응, 자구 있댔다."

"밤엔 뭘 하구 지금 주무세요?"

"모르가서, 요사이 밤잠이 오질 않는구나."

"성경 읽구 기도하구 주무시지 않구."

"무슨 일이가?"

"아참, 다니엘 호적 이름이 뭐라구 돼 있을까요?"

"기거야 네가 어릴 제 요셉이라구 부르던 걸 한자루 요섭이라 붙인 거처럼 단열이겠지. 류단열이라구 했을 거다."

요섭은 알았다며 전화를 끊으려다가 한마디 덧붙이고 싶어졌다.

"형님, 하나님께 용서해달라구 기도를 드리세요. 그러면 죽은이들 두 편히 눈을 감을 겁니다."

"뭐라구?"

그 다음부터 요한은 냅다 큰 소리로 떠들기 시작했는데 요즈음의 그의 기력으로 보아 도무지 어디서 그런 기운이 나왔는지 모를 정도였다.

"내가 왜 용서를 빌어? 우린 십자군이댔다. 빨갱이들은 루시퍼의 새끼들이야. 사탄의 무리들이다. 나는 미가엘 천사와 한편이구 놈들은 계시록의 짐승들이다. 지금이라두 우리 주께서 명하시면 나는 마귀들과 싸운다."

"형님, 성령의 싸움과 인간들끼리 세상에서의 싸움은 다른 겁니다."

"허튼소리 말라. 그때 성령이 우리에게 임해서."

전화기를 내동댕이치듯 내려놓는 소리가 들리면서 끊어졌다.

고향으로 가는 여행을 떠나기 사흘 전에 요섭은 좀 기묘한 일을 겪게 되었다.

그날 오후부터 비가 내리고 있었다. 유리창 위에 빗물이 세차게 부딪쳐 흐르는 꼴로 보아 쉽사리 그칠 것 같지 않은 비였다. 밤이 되면서 빗줄기는 좀 가늘어졌지만 줄기차게 내리고 있었다.

뉴저지에서 전화가 왔다. 전화를 한 사람은 요섭의 형 류요한 장로가 다니는 교회의 목사 되는 이였다. 일류 신학대학을 나온 젊은 목사인데 어릴 때 부모를 따라 이민왔기 때문에 영어도 유창하고 설교도 매우 학구적인 데가 있었다. 전에 사목하던 이가 은퇴하여 자식들이 있는 보스턴으로 가게 되면서 후임으로 지명하고 데려온 사람이었다.

류요한은 그전의 목사님과 수십년 동안 장로로서 함께 봉사한 셈이었고 당연히 교회에서 공로자요 원로로 대우를 받았지만 어쩐지 이 신식 목사와는 손발이 맞지 않는 듯싶었다. 점점 시큰둥해지더니 요섭이 전에 형 집에 가서 들었듯이 서양식 교회 운영방식에 싫증을 내고 있었다. 요섭도 목사 안수는 서울에서 받았지만 학위는 미국에 와서 다시 했기 때문에 그 젊은이를 이해하고 좋게 생각하는 편이었다.

"류장로님께…… 좋지 않은 일이 생겼습니다."

요섭은 뭔가 짚이는 데가 있어서 일부러 목소리를 차분하게 내리깔고 물었다.

"모든 일이 하나님의 뜻이니까 저는 별로 놀라지 않습니다. 안심하고 무슨 일인지 말씀해주세요."

"아임 쏘리, 장로님이 저녁 아홉시쯤에 돌아가셨습니다. 저희들이 곁에서 모시고 있다가 보내드렸습니다."

"내가 곧 그리로 가지요. 장의사에는 연락을 했나요?"

"염려 마십시오. 저희 교회에도 장례를 전담하시는 집사님이 계십니다. 모든 사무처리는 그분이 잘 알아서 하십니다."

요섭은 자고 있던 아내를 깨웠다. 아내는 평소에 자주 찾아뵙지 못한 아주버니에게 죄스럽다고 몇번이나 되뇌면서 눈물바람이었다. 아내에게 준비를 시켜놓고 그는 워싱턴과 디트로이트에 사는 조카들 삼열과 빌립 형제에게 전화를 걸었다. 다행히 삼열은 집에 돌아와 있었다. 요섭은 그애에게 디트로이트의 동생에게도 연락하라고 해놓았다.

평일이고 비가 와서인지 길에는 차도 인적도 드물었다. 그는 되도록 넓은 길만 택해서 차를 평소보다 빨리 몰았다. 그가 형 집에 도착하니 교인들이 많이 모여 있었다. 거실에는 스무명쯤의 사람들이 의자에 앉거나 서성이거나 카펫이 깔린 바닥에 앉아 있었다. 젊은 목사가 얼른 일어나서 류목사 내외를 맞았다. 요섭은 알 만한 얼굴들을 찾아 인사를 하고 나서 두리번거렸다.

"형님은……?"

"이층입니다."

이번에는 요섭이 앞장을 서서 계단으로 올라갔다. 그가 형의 침실에 들어온 것은 실로 오랜만이었다. 형은 구두쇠답게 오래 전에 마을의 중고품 쎄일에서 얻어온 철침대를 그냥 쓰고 있었다. 의자 위에는 형이 벗어놓은 양복 바지가 있었고 카디건 스웨터가 등받이에 단정하게 입혀져 있었다. 침대 위에 흰 시트를 머리까지 덮어쓴 고 류요한 장로의 시신이 보였다. 요섭은 침대 머리맡으로 가서 시트 자락을 내리고 죽은 형을 내려다보았다. 형광등 불빛이라 더 그랬는지 그의 백발은 무슨 낡은 실이 엉킨 것 같았고 얼굴은 누런 종이가 퇴색한 듯했다. 요섭은 죽은이들의 육신을 많이 접했기 때문에 사망의 표정을 읽을 수 있다고 생각해왔다. 그는 형의 얼굴에서 당신이 뭔가 짐을 내려놓은 것처럼 보이는 홀가분한 느낌을 받았다. 그리고 얼결에 끌리듯이 형의 광대뼈 언저리의 뺨을 만져보았다. 차가웠으나 뻣뻣하지는 않고 부드러웠다. 형님은 아마 화평을 얻은 것일까. 요섭은 잠시 기도를 올리고 나서 형의 얼굴 위로 시트를 끌어올렸다. 젊은 목사와 요섭은 침대 아래 카펫 바닥에 마주보고 쭈그려 앉았다. 젊은 목사가 설명하기 시작했다.

"초저녁에 장로님께서 저에게 전화를 하셨습니다. 몸이 조금 불편한데 집으로 와서 기도를 해줄 수 있겠느냐고요. 그래서 함께 병원에 가시지요 했더니 그런 정도는 아니라고 예배나 같이 보았으면 한다고 말씀하셨습니다."

　동네 형들을 따라서 냇가에 간다. 모래밭이 있었고 울퉁불퉁한 바위 사이로 맑은 물이 콸콸콸 흘러내려갔다. 순남이 아저씨가 새끼줄에 맨 누렁이를 끌고 앞장서서 걷고 있었다. 아마 모르긴 해도 어느 산모롱이에선가 놀러 나온 딴 동네 개를 꾀었을걸.

　그는 입담으로나 장난질로나 동네 사랑의 좌상인 셈이었다. 순남이가 은률 광산으로 일 나가기 전까지 우리는 저녁마다 공연히 형들의 사랑에 가서 오늘은 뭐 재미있는 일이 없을까 기웃거리곤 했다. 동네의 오랜 머슴인 이찌로도 항상 그곳에 있었다. 이찌로에게는 우리도 반말을 했다. 겨울철에는 모두 동네 사랑으로 일감을 가지고 가 일하면서 고구마도 쪄먹고 동치미도 마시고 형들의 강권에 못 이겨 어린 것들도 막걸리를 마셔보았다. 여름에는 닭서리 참외서리의 계획도 그 방에서 이루어졌다. 천렵에 따라나갔다가 나는 순남이 아저씨에게서 용두질도 배웠다.

　냇가 나무그늘에 쇠죽 쑤던 무쇠솥을 걸어놓고 물을 설렁설렁 끓였고 한편에선 개를 잡았다. 나는 신도 나고 처참하기도 하고 피가 뛰는 것 같은 흥분이 끓어오르던 개 잡는 광경을 처음 겪어보았다. 개의 모가지에 여러 겹의 새끼줄을 매어 맞춤한 나뭇가지에 걸고 당겼다. 팽팽하게 당겨올리면 개는 눈을 희번득이고 네 다리로 발버둥을 치기 시작했다. 그러고는 둘러서서 몽둥이로 개의 전신을 사정없이 두들겨 팼다. 개는 소리도 못 지르고 캑캑거리면서 버르적대다가 똥을 쌌다. 개가 축 늘어지면 물가에 피운 모닥불에 털을 그슬렸다. 모두들 살기와 식욕이 돌아 눈빛이 이상스럽게 번쩍였다.

아, 내가 어쩌다 개 잡던 어린시절의 여름날을 떠올리는 걸까. 그건 아우가 왔던 날 밤에 순남이 아저씨의 헛것을 보았기 때문일 거야. 어쩐지 하루종일 몸이 으스스하고 몸살이라도 날 것처럼 골치도 패었다.

오후부터 소나기 같은 굵은 비가 세차게 내렸다. 천둥번개 소리도 요란했다. 나는 텔레비전도 꺼버리고 거실 소파에 누워 있었다. 아무래도 을씨년스러워서 주방 수납장을 뒤져 꼬냑을 찾아냈다. 실로 얼마 만에 술을 입에 대는지. 이것도 아마 삼열이가 추수감사절엔가 두고 간 술일 게다. 꿈도 없이 그냥 어둠속에 누워 있었나보다. 누군가 내 팔을 잡아흔들었다.

야야 요한아, 일어나 일어나.

나는 부스스 눈을 떴다. 누군가 검은 것이 내가 누운 소파 곁에 쪼그리고 앉아서 나를 흔들고 있었다. 일어나 앉고는 싶었지만 어쩐지 몸이 움직여지질 않았다.

누구요……?

나야 나, 두더지 삼촌.

순남이 아저씨.

그래, 이젠 옛말 해달라구 보채지 않네?

해보우……

이얘기 뛰얘기 저 건너 밭때기.

나는 기다렸다는 듯이 낄낄낄 웃고 검은 것도 히히히 웃었다.

그러니깨 내가 아저씰 전보상대에 매달았지.

검은 것은 잠자코 있더니 맞은편 의자에 가서 다리를 꼬고 앉았다.

내가 널 가자구 데리러 왔다.

니알 가문 안되나?

네 맘대루 안되지.

나는 발끈했다.

당신보러 누가 공산당에 들라구 해서? 난 아저씨하군 함께 못 가오. 난 교회 장로야.

검은 것은 다리를 까딱까딱 흔들며 중얼거렸다.

거기는 니 편 내 편 없다.

나넌 당신을 쥑였으니 그 편이 아니라구.

죽구 사는 것두 없다.

용서하구 회개하구두 없구?

아암.

거기가 대체 어디요?

너 난 데……

가물가물 정신이 흐려지는데 나는 비틀거리며 일어섰다. 맞은편 의자로 가까이 가서 순남이의 몸을 만져보려고 하니 가뭇, 헛것이 사라졌다.

아직도 비가 하염없이 내리고 있었다. 나는 현관문의 자물쇠를 모두 열어놓았다. 내 안에, 내 집에 들어와 있는 것들 모두 나가라고. 몸살기는 조금 가신 것 같은데 맥이 없었다. 나는 깨끗이 목욕을 하고 싶었다. 이층에 올라가 욕조에 물을 가득 받아 몸을 푹 담갔다. 온몸이 녹아내리고 넋만 둥둥 뜨는 듯했다. 차츰 더 편안해졌다. 욕실에서 나오자마자 교회 목사에게 심방을 와달라고 전화했다. 그리고 옷을 벗고 깨끗한 속옷으로 갈아입고 새 잠옷을 꺼내어 입었다. 빗소리가 점점 멀게 들렸다.

"들어와보니 조용히 잠들어 계셨습니다. 우리는 어찌할까 망설이다가 기도를 드리기 시작했습니다. 기도를 마칠 때까지 장로님이 깨어나지 않으신 줄만 알았지요. 헌데 아멘, 하니까 따라서 아멘 하는 거예요. 장로님 어디 편찮으세요? 하구 물었더니 아니라구 그냥 편하다구 하시더군요. 아픈 데는 없는데 이젠 그만 자야겠다구 하셔요."

젊은 목사는 말하다 말고 안주머니에서 수첩을 꺼내 잠시 살폈다.

"저는 심상치 않은 느낌이 들어서, 말씀하시는 것을 적었습니다. 자기는 태어난 곳으로 간다, 가고 나면 그저 불로 깨끗이 살라서 납골당에나 놓아두라, 침대 밑 바구니 안에 통장이 있는데 비용으로 쓰라는 말씀이셨습니다. 조금 있다 잠잠하시길래 얼굴에 가까이 대고 들어보니 숨이 멈춰 있더군요."

요섭은 그의 얘기를 듣고 나서 침대 아래를 들여다보았다. 과연 바구니가 있었다. 상자처럼 네모나고 자물쇠가 달린 것인데 아마 형수의 유품일 것이다. 뚜껑을 여니 앨범이며 수첩 따위의 물건들 틈에 케미칼 뱅크의 통장이 보였다. 방문이 열리며 집사가 고개를 내밀었다.

"장의사에서 입관준비를 해왔는데요."

"관을 가지고 올라오라구 하시오."

장의사 사람 둘이 집사를 따라서 관을 메고 들어섰다. 요섭은 관을 침대 아래 내려놓도록 했다. 그는 젊은 목사와 더불어 염습을 시작했다. 젊은이는 처음 당하는 일이겠지만 류요섭 목사는 한국에서부터 늘 해오던 일이었고 무엇보다도 자신의 형이 아닌가. 요섭은 형의 옷장을 열어보았다. 양복이 여러 벌 있었지만 그는 기억대로 형의 한복을 찾고 있었다. 옷장의 맨 아래 서랍에서 겨울내의와 함께 있는 한복을 찾아냈다. 저고리, 바지, 마고자, 그러나 두루마기는 제외했다. 그는 젊은 목사의 도움을 받아 형의 파자마를 벗겼다. 먼저 얼굴부터 시작하여 팔과 가슴을 알코올과 거즈로 닦아낸다. 배와 다리, 발과 발가락까지 닦아낸다. 요섭은 형 류요한 장로의 작고 쭈그러든 육신이 거쳐온 험한 사연들을 거의 다 알고 있는 셈이었다. 한복을 입히고 나서 무명천으로 온몸을 감싸고 목사의 도움을 받아 머리와 다리를 들어 관에 넣었다. 머리 아래를 천뭉치로 받쳐주고 시신이 흔들리지 않도록 몸 사이사이에 한지를 뭉쳐서 넣어주었다. 교인들을 올라오게 하고 그들은 입관예배를 보았다.

새벽에 교인들을 남겨놓고 요섭과 그의 아내는 일단 집으로 돌아가기로 하였다. 장의문제는 고인의 뜻을 따르되 삼열과 빌립이 오면 다시 의논하기로 했던 것이다.

브루클린의 집으로 돌아오다가 그는 좀 이상한 일을 겪게 되었다. 늘 다니던 길에서 어딘가로 핸들을 꺾었는데 얼마 안 가서 사방이 컴컴한 빌딩들로 가득 찬 죽은 거리로 들어섰다. 좀 지나가면 불이 켜진 환한 거리가 나오려니 하면서 달렸는데도 점점 더 낯선 곳으로 깊숙이 들어가는 게 아닌가. 막다른 길의 좌우로 길이 갈리는 삼거리가 보이는 지점에서 속도를 늦추며 그는 생각해보았다.

아내는 옆자리에서 고개를 뒤로 젖힌 채 잠들어 있었고 요섭은 온밤을 새운 터라 생각이 명료해지지 않았다. 아무래도 되돌아 나가는 게 나을 것 같았다. 요섭은 차를 돌렸다. 그런데 그가 이 거리로 들어올 때 어디쯤에서 핸들을 꺾었는지 기억이 나질 않았다. 그는 이 거리에 주민이 없으면 누군가 행인에게라도 물어보리라 생각하며 차를 천천히 몰아나갔다.

문득 왼편 골목에 불빛이 훤히 비치는 듯했다. 내키지는 않았지만 핸들을 왼쪽으로 틀고 골목 안으로 들어가보았다. 불빛은 작은 모닥불이었다. 입주자도 상가도 없이 경기가 죽어버린 블록에는 이런 빈 빌딩들이 많은 게 뉴욕의 특징이었다. 대개는 쓰레기와 알코올중독자나 부랑자들의 잠자리가 되기 십상이었다. 위험하기 짝이 없는 함정으로 들어왔다는 생각에 요섭은 잔뜩 긴장하여 핸들을 두 손으로 꽉 잡고 있었다.

불빛 앞에는 여자인지 남자인지 분간할 수 없는 사람 그림자가 포장상자를 뜯어 불을 붙여놓고 앉아 있었다. 여름이지만 비오는 밤의 콘크리트숲은 썰렁하니까 아마 저렇게 밤샘을 하리라, 생각하면서 그는 차를 멈추었다. 그림자가 뒤를 돌아보았다. 그러나 그가 자리잡은 장소가 빌딩의 입구로 들어가는 계단 안쪽이었으므로 얼굴은 잘 보이지 않았다.

"익스큐즈 미!"

요섭이 차창을 내리고 말을 걸자 그림자가 보도로 슬슬 걸어나왔다. 머리가 하얗게 센 노파가 큰 남자 외투를 치렁치렁 걸치고 다가섰다.

"왜, 길을 잃었수?"

"네 그래요. 브루클린 쪽으로 건너가려고 하는데요."

그랬더니 이 노파가 키득키득 까투리 웃음을 터뜨렸다.

"거긴 뭣 하러 가는데. 가봤자 아무 소용 없어."

말대꾸도 하지 않고 그냥 차를 돌려서 나와야 했지만 요섭은 실없이 대답하고 말았다.

"내 집에 가는 거요."

"거긴 당신 집이 아니야. 당신 집은 하늘나라야. 당신이 어디서 오는지 내가 잘 알지."

"어디서 오는데?"

노파는 다시 끼들끼들 웃었다.

"당신이 잘 알잖아. 죽음의 집에서 오지."

그는 그만 가슴이 덜컥, 내려앉는 느낌이 들었다. 노파는 아예 내려진 차창에 턱을 기댈 정도로 가까이 다가서며 말했다.

"이걸 사면 내가 길을 가르쳐주지."

그는 뭔가 작은 털뭉치 같은 것을 내밀었다.

"얼마요?"

"십달러."

"비싼데."

"그럼 오달러…… 그 이하는 안돼."

요섭이 지갑을 뒤적여 오달러짜리를 찾아서 노파에게 주었고 그네는 털뭉치를 손에 쥐여주었다.

"이걸 지니고 있으면 좋은 일이 생길 거야. 그리구 큰길로 나가서 세 블록을 지난 다음에 오른편으로 돌아. 그러면 당신이 매일 다니던 그 길이 나와."

그는 얼른 그 자리를 떠나고 싶어 차를 거칠게 돌렸다. 차의 앞등 불빛에 노파가 손을 흔드는 게 보였다. 요섭의 아내가 차를 돌리는 바람에 깨어났는지 주위를 두리번거리며 물었다.

"무슨 일이에요?"

"길을 잘못 들었소."

"누굴 만났어요?"

"응, 홈리스인 모양인데 내가 길을 물었어."

노파가 쥐여준 것을 요섭은 다시 확인했다. 그것은 무슨 짐승의 가

죽인지는 모르겠지만 인디언들이 관광지에서 파는 것 같은 모피로 만
든 주머니였다.

　류요한 장로의 가족들은 고인의 뜻대로 그를 납골당에 모시기로 하
였다. 두 아들 삼열과 빌립도 다른 도시에서 바쁘게 살아가고 있었고
오히려 홀가분한 눈치였다. 그들은 납골당에 있는 화장장의 화구에
관을 밀어넣기 전에 예배를 올리고 나서 화덕 안의 불길 소리를 들으
며 기다렸다. 잠시 후에 가족들은 뒤편으로 나와 널찍한 받침대 위에
쏟아놓은 잿더미 속에서 고인의 골편들을 골라내기 시작했다. 요섭과
삼열과 빌립 그리고 젊은 목사 그렇게 네 사람은 우묵한 도자기 대접
같이 생긴 그릇을 하나씩 들고서 부집게로 골편을 집어냈다. 재는 아
직 식지 않았다. 뼈다귀들은 하얗고 깨끗해 보였다. 양도 그리 많지
않았다. 네 사람이 다 모아야 한 두어 줌 될까. 요섭은 골라낸 골편을
함에다 쏟아넣기 전에 저도 모르게 작은 뼈다귀 하나를 집어서 상의
주머니에 흘려넣었다.

2. 신을 받음

오늘은 어제 죽은 자의 내일

자명종 소리에 놀란 그가 머리맡을 더듬어 시계의 버튼을 누르기 전에 침대 탁자 위의 무언가를 건드려서 떨어뜨렸다고 느꼈다. 요섭은 벨을 잠재우고도 베개에 머리를 파묻고 한참이나 엎드려 있었다. 어디선가 벽에 못을 박는 듯한 드릴 소리가 두개골 속으로 쑤시고 들어왔다. 또 누가 이사를 왔군, 하면서도 그는 베개를 구부려 두 귀를 막고 엎어져 있었다. 그러나 차츰 의식이 또렷하게 맑아지기 시작해서 더이상 땀에 젖은 침대에 머물러 있을 수 없게 되었다.

요섭은 침대에 걸터앉아 의자 위에 아무렇게나 벗어던진 옷들을 바라보고 커튼을 젖혀 날씨도 확인하고 탁자의 불을 켰다. 창문은 맞은편 건물의 벽과 가까이 붙어 있어서 언제나 우중충하게 어두웠다. 다만 창에다 얼굴을 바짝 들이대고 위를 쳐다보면 건물의 위편에 햇빛이 닿아 있는 선을 볼 수 있었다. 그는 바닥의 양탄자 위에 뭔가 떨어져 있는 것을 보았다.

그것은 검은색의 작은 책처럼 보였다. 요섭이 집어서 살펴보니 손바닥만한 수첩이었다. 아, 그렇구나. 어제 요한 형님이 세상에서 사라졌지. 통장은 화장장에서 삼열에게 건넸는데 수첩은 그냥 가지고 왔던 모양이다.

그는 수첩을 한장씩 들춰보았다. 처음에는 전화번호들이 순서없이 적혀 있었다. 요섭 자신의 전화번호, 교회, 삼열이, 빌립이, 그리고 중국 식당, 카쎈터, 세탁소, 사회보장쎈터, 병원, 알 수 없는 또래 노인들의 이름과 전화번호들, 그리고 가끔 날짜와 메모도 적혀 있다. 아직도 수첩에는 일년의 많은 날들이 남아 있었지만 중간쯤에 바로 며칠 전에 쓴 것들이 있었다. '내일 박명선과 통화할 것'이라고 흘린 글씨로 적혀 있다.

요섭은 속옷 차림인 채로 일어나 리모컨으로 에어컨을 켜고 냉장고에서 물병을 꺼내어 병째로 마셨다. 그리고 식탁에 앉아서 잠깐 생각했다. 아내는 벌써 병원에 출근했는지 집안은 방금 틀어놓은 에어컨 돌아가는 소리 외에는 인기척이 없다. 박명선이 누구더라. 가물가물 생각이 나질 않는데 어렴풋이 기억이 날 듯도 했다. 흰 저고리에 검정 몽당치마를 입은 처녀들이 몇몇 스치고 지나갔지만 어슷비슷해서 이름은 떠오르지 않았다. 요섭은 수첩을 들추고 박명선이란 이름이 적힌 전화번호를 찾아본다. 그곳은 지역번호로 보아 로스앤젤레스가 분명했다. 요섭은 내일 그곳으로 가는 비행기를 타야만 한다. 고향방문자들은 거기서 집합하여 중국 북경으로 가게 되어 있었다. 그는 한손에 수첩을 펴들고 다른 손가락을 세워서 번호판을 찍어나갔다. 신호가 간다. 열번, 열다섯번째인가에 수화기를 놓으려는데 가냘픈 목소리가 들렸다.

"헬로우……?"

"여보세요."

"네, 누구세요?"

"아, 저…… 박명선씨를 찾는데요."

"전데요. 무슨 일인가요?"

"저는…… 에…… 류요한 장로의 동생 되는 사람입니다."

상대방은 잠시 침묵을 지켰다. 요섭은 그쪽의 숨소리를 느끼고 있었지만 확인하고 싶어서 헛기침을 했다. 상대방이 다시 말을 이었다.

"본인이 온다더니…… 마음이 변한 모양이군요."

"네? 형님이 그 댁에 가시기로 했던가요, 언제요?"

"다음 주말에요."

요섭은 다시 기침을 하고 나서 아무렇지도 않게 말했다.

"저이 형님은 어제 돌아가셨습니다."

웃음소리 비슷한 탄성이 들리는 것 같더니 이내 전화가 딸깍, 하고 끊겼다.

여행짐을 쌀 때마다 벌어지는 일이지만 필요한 물건들을 침대와 방바닥에 늘어놓고 몇번이나 간추려서 트렁크에 넣어보았다가 다시 덜어내게 마련이었다. 옷도 줄이고 세면도구 중에도 버릴 것은 꺼내어 간추린다. 겨우 트렁크를 채우고 옷을 갈아입기 전에 상의와 바지 호주머니를 뒤져서 지갑, 여권, 비행기표, 수첩이며를 차례로 꺼내놓는다. 동전도 여러개 들어 있고 자동차 열쇠도 있었다. 요섭은 그런 잡동사니 모두를 침대 위에 모아두고 옷을 갈아입었다. 그러고는 차례로 확인하며 지갑은 상의 오른쪽 안주머니에, 여권과 비행기표는 왼쪽 안주머니에, 자동차 열쇠는 아내에게 내주기 위해 서랍장 위에다 올려놓았다. 그는 동전을 집으려다가 모양이 일그러진 도장처럼 생긴 물체를 집어들고 두어 번 눈앞에서 돌려보며 생각했다. 요섭은 그 물건의 정체를 알아채고 얼른 손아귀에 꼭 쥐면서 두리번거렸다. 이걸 어떻게 하지. 침대 위에는 작은 털뭉치 같은 게 보였다. 부드럽고 질겨 보이는 모피의 주머니를 벌리고 뼛조각을 넣었다. 주머니에는 가느다란 가죽줄이 달려 있어서 당기니까 입이 오므라들었다.

비행기 안에서 그는 시간의 뒤를 쫓아가는 느낌이었다. 비행기를 탈 적에는 서쪽으로 향하는 길이었으니까 해를 뒤에 달고 간다는 생각을 했지만 어느새 시간이 그의 위치를 앞질러버렸다. 앞에는 영사막이 드리워지고 영화가 상영되고 있었다. 그는 헤드폰을 빌리지 않았기 때문에 소리는 들리지 않고 움직이는 화면만 어른거릴 뿐이었다. 요섭은 와인을 석 잔쯤 마셨다. 옆자리에 오십대의 중국 아주머니가 타고 있었는데 의자 아래에서 부스럭거리며 무엇인가를 꺼냈다. 벌어진 비닐봉지 사이로 붉은 물체가 보였다. 그네는 손가락 같은 것을 쭉 찢어내어 그에게 내밀면서 먹으라고 했다. 치킨, 치킨,이라고 여자가 중얼거렸다. 붉은 물 들인 삶은 닭일 것이다. 요섭은 진저리를 치듯이 완강하게 고개를 흔들었다. 오 노우, 노우 생큐. 이러한 몇마디의 외국어 음절이 생경하게 귓가에 남았다. 그것은 자신의 목소리 같지가 않았다.

요섭은 통로 쪽에 앉아 있어서 저쪽 끝의 화장실 어귀에 늘어뜨린 커튼을 마주 바라볼 수 있었다. 누군가 커튼 뒤에서 움직인다. 윗자락이 흔들리는데 아랫도리가 보인다. 바지와 남자의 구두가 보인다. 커튼이 열리더니 남자가 이쪽을 바라본다. 요한 형이 저 앞에서 비행기의 흔들림에 따라 가끔씩 비틀거리며 요섭을 향하여 똑바로 걸어오고 있다. 그는 눈을 감았다. 아무도 그의 곁을 스쳐 지나가지 않는다. 눈을 뜨고 보니 통로는 비었고 화면은 여전히 어른거리고 있었다. 그는 앞좌석 등받이를 잡고 일어났다. 그리고 조금씩 비틀거리면서 통로를 걸어나갔다. 요한 형이 어디에 앉았을까를 가늠해보면서.

요섭은 두리번거리며 사람들의 뒤통수를 지나 얼굴을 다시 돌아본다. 이쪽 통로에는 없는 것 같다. 그는 커튼을 젖히고 어둠속으로 들어선다. 화장실의 빈칸 표시등이 파랗게 반짝인다. 문을 밀고 들어섰다. 비행기의 굉음이 귓바퀴에 멍멍하게 가득 찬다. 거울 위에 피로한 초로의 얼굴이 떠 있다. 그는 손을 씻고 세수를 한다. 종이타월로 얼굴을 박박 문질러 닦고 맨손바닥으로 다시 얼굴을 쓸어내린다. 요섭이 문을 향하여 돌아서는데 갑자기 자신이 타인인 듯한 느낌이 들었다. 고개를 돌려 거울을 힐끗 본다. 형이 거기에 떠올라 있었다. 그는 쫓기듯이 문을 밀치고 나온다. 그리고 커튼을 젖히고 통로로 나오는데 저어기, 자신의 자리에 요한 형이 앉아 있었다. 류요섭 목사는 잠깐 멈칫했다가 형을 향하여 눈길을 똑바로 맞추고 형이 앉아 있는 좌석으로 걸어나갔다. 가까이 다가서니 빈 좌석이다. 앉으려고 몸을 돌리는데 뒷전에 형의 얼굴이 보인다. 그는 그대로 눌러앉는다. 요한 형의 환영을 등으로 깔아뭉개면서 요섭은 등받이에 푹 기대앉았다. 요섭아, 요섭아. 그는 깜짝 놀라서 궁둥이를 얼른 들었다가 다시 앉았다. 요섭은 입속으로 중얼거렸다. 허튼 짓 하지 말라우요. 한번 갔으문 그만이지 왜 자꾸 나타나구 기래요? 난두 너하구 고향 가볼라구.

비행기가 갑자기 툭 떨어지는 것 같더니 몇번 흔들렸다. 요섭은 얼른 좌석벨트를 매고 고쳐앉는다. 와인을 너무 많이 마셨나. 형이 그와 한 몸이 된 것만 같다. 요섭의 의식이 까무룩하게 흐려지고 형의 웅얼거리는 말소리만 들린다.

우리 옛적 찬샘골엘 가보자우. 저거 좀 보라, 팽나무가 잘 보이네? 우리 팔로는 안을 수두 없었디. 우리가 태어나기 훨씬 전부터 있댔으니끼니 수백살이 됐갔다.

나무는 전쟁중에도 끄떡없이 서 있었으니 지금도 그 자리에 있으리라. 나무 밑동에는 거인의 손가락 발가락 같은 뿌리가 땅거죽을 기어 사방으로 구불구불 뻗어나가고 여기저기 흠집과 옹이도 늙은이의 주름살 같은 껍질도 경외스럽게 보였다. 몸통에서 사방으로 갈려나간 가지들은 하늘로 뻗친 머리카락 같았다. 마을사람들이 가지마다 매어놓은 노랑 파랑 빨강 하양 검정의 오방색 울긋불긋한 형겊 댕기들이 바람에 일제히 나부꼈다. 해질 무렵인데 나무 아래 하얀 사람이 놀을 등지고 앉아 소반에 맑은 물을 떠놓고 비나리를 올리는 중이었다. 귓전에서 형의 속삭임 소리가 들렸다. 봐라, 대할마니다. 흰옷에 머리도 하얗고 흰 머리띠 두르고 앉은 이는 증조할머니였다. 집에서는 대할머니 큰할머니라고 했다. 큰할머니가 들에 나갔다 오는 나를 손짓해 불렀다.

망내야, 망내야.

내 이름은 요섭인데 왜 망냉이래.

큰할머니는 탈이라도 난 것처럼 손사래를 홰홰 내저었다.

이제 너이 애비 하래비 천벌받을 게다. 서양구신에 씌어서 네 형이

나 너이 이름을 그따우루 지어놨으니께.

하나님은 어느 나라나 하나래는데두.

내레 첨부터 다 안다. 코쟁이덜이 책얼 가주구 와서 사방천지에다 풍겼시니께. 우리 조상언 아조 오랜 옛날에 하널에서 내레오신 가망님 당군 하라부지여.

아니래, 예수님 아바지가 하나님이래.

사람언 조상얼 잘 모세야 사람구실을 하넌 거야. 놈에 구신얼 모시니 나라가 못씨게 대고 망해버렸디.

큰할머니는 정화수 대접이며 소반이며 초와 향그릇을 무명 보자기에 쌌다. 할머니는 돌무더기가 있는 길가에 섰던 돌로 쪼은 장승법수 앞에 마주서더니,

우리 망냉이 여기다 절해라.

피이, 이거이 무언데?

아미산 벅수님 아니시냐. 아이덜 잘 걸리는 손님마마럴 막아주넌 분이니께. 그렁께 니가 잘 모시면 병 안 걸리고 오래오래 산다.

아바지가 알면 나럴 혼내여.

큰할마니가 시켰다구 그러문 너이 애비콰 하래비도 옴쭉 못하니께 걱정 말라. 어서 절하지 않구 멀 하네?

나는 이상하고 무서운 생각이 들었지만 증조할머니가 시키는 일이고 얼굴이 흉하게 곰보가 되는 마마에 걸리지 않는다는 얘기에 솔깃하기도 했다. 장승법수의 두 눈은 둥그렇게 튀어나온 것이 꼭 안경을 쓴 것 같고 코는 조그맣고 입은 죽 찢어지고 입가에 송곳니가 뾰족하게 튀어나와 있었다.

큰할마니, 벅수님언 애덜 편이라문서 왜 무섭게 생겨서?

응, 그건 저어 먼 나라 강남에서 오넌 손님 오랑캐 구신한데 무섭게 보일라구 그런다. 얼른 절해여.

나는 소학교의 칼 찬 일본선생에게 하듯이 두려운 마음으로 잔뜩 움츠러들어서 절을 하고 만다. 어찌나 무서웠던지 절을 하자마자 돌아서서 동네를 향하여 달아뺐다. 낯설기도 했다. 대할머니와는 친할지 모르지만 나는 어쩐지 하늘에서 벌을 내릴 것만 같았다. 그 일은 오래 내 기억 속에 남았다. 형의 목소리가 또 들렸다.

너 알갔디, 내가 집사 안수받던 날 교회 청년들하구 그걸 뽑아다가 냇가 풀숲에 던져버렸디. 그딴 괴물단지레 두어 해나 풀 속에 처박혜 있댔는데 나중엔 홍수에 쓸려내려가지 않았가서?

나는 또 스스로에게 대답한다.

난두 머 잘했다구는 생각 안해요. 할 수 없이 절한 건 손님이 무서워서 기랬디. 살아두 꼼보가 되니까니.

증조할머니와 나는 집안에서 제각기 바쁜 사람들과는 달리 별로 할 일이 없어서 안채 건너편의 할머니 방에서 늘 함께 지내는 시간이 많았다. 위로는 누나들이고 요한 형과도 십년 가까이 나이 차가 났으니 같이 놀아줄 상대가 없었던 셈이다. 큰할머니는 내가 건넌방에 가면 어른들이 모시느라고 철마다 갖다드린 갖가지 먹을 것을 감추었다가 주곤 했다. 여름이면 참외 수박 복숭아고 가을이면 밤에 대추에 사과는 흔해서 잘 먹지 않고 겨울에는 과줄이다 하다못해 고구마라도 구워주었다. 할머니는 내게 옛말을 여러가지 해주었다.

우리 읍내서 해지는 켄으루 한 오십리 가문 구월산이 나오넌데 이 구월산 사황봉이라는 봉우리에 널판자문같이 된 바우절벽이 있단다. 넷날 당군 하라부지가 여게 내레와 지내다가 하늘루 올라갈 적에는 평시에 쓰던 칼과 갑옷을 이 돌문 안이다 감추어 넣어두고 가셨다지. 기래 이 바우를 장갑바우라구 부르는구나. 얼마 전에 일본사람이 칼과 갑옷을 꺼내보갔다고 절벽을 깨트렸넌데 허비용만 많이 썼대누나. 우리 조선에선 하느님 아덜이 당군 하라부지라구 한대. 난두 젊어서 구월산에 올라간 적이 있대서. 패엽사란 절간이 있넌데 거 앞 봉우리 우에 당군대가 있구나. 당군 하라부지가 평평한 바우 우에서 어데다 터를 잡을꼬 하구 내레다본 곳이라문. 장재이벌이 거기다. 거기 당군 대라구 글자두 써 있다. 활을 쏜 궁기며 활 쏠 때 물팍을 댄 자리두 이서. 패엽사 앞에 시루봉에서 성당리 켄으루 건너가드랬넌데 드디었던 발자국두 바우에 있단다.

할메는 재령 나무리벌에 살댔넌데 너이 증조하라부지나 내나 그렁저렁 먹구살던 집안이다. 두 집으 권속이 모다덜 궁 땅을 부쳐먹던 사음이대서. 황해도넌 원체가 온 천지에 궁 땅이었거등. 너이 하라부지 덜이 부지런해서 땅마지기나 장만얼 했다. 땅쿤이야 그쩍엔 벨반 없었디. 일본사람덜 들어오고 궁 땅이 모다 동척이다 조합이다 식산이다 넘어가구, 기래 너이 하래비는 우리 땅 농살 짓디만 너이 애빈 동척 과수원 관리 서기루 나가는 거다.

너이 하래비가 양구신얼 믿게 된 건 동무를 잘못 사궈서 기래. 저어 장연 솔래포에 양구신 퍼치넌 코쟁이 선교꾼이 조선에 처음으로 들어왔다넌데, 그 뒤로 장연 사람은 부재나 가난뱅이나 모두 양구신얼 믿어. 장연서 왔다넌 너이 하래비 동무가 내중에 소핵교 선생 댕기던 아인데 저이 부모부터 저까지 양구신쟁이야. 신천 읍내에두 포교당인가 예비당인가 들어와서 젊은것덜이 매일 모여선 콩이야 팥이야 했디. 다 큰 아덜을 에미가 어떠케 이기갔나. 마루에 있던 성줏단지까지 깨버리구 겐데내기 힘들어서.

　동네 아낙이 와선 큰탈이 났다구 기래. 무슨 일이니꺄, 했더니 댁네 아덜이 예비당에서 넋들임을 하구 있다 하넌 게여. 넋들임이 무에냐. 말하자문 신 내린단 소리 아니냐. 나는 뛰체갔디. 뭐라 뭐라 물어보고 대답하고 머리에 물을 바르더만. 그거이 양구신이 몸에 들었다넌 표시라더라. 난 예전엔 우리 넝감이 장에 갔다 상투 잘리구 와선 방성통곡을 하던 꼴이 생각나드랬넌데. 나두 하 증이 나서 땅바닥을 치멘 울었다. 그러구 너이 하래빈 아주 높은 양구신 박수가 되었어. 제 새끼 양구신쟁이 만드넌 거야 어찌 또 내가 말리갔나. 너이 애빈 말할 거두 없구 메느리라구 온 것두 야소교 만신 박수 딸이구…… 그러니깨 너이덜두 내 말얼 명심하거라.

　애시당초 너이 하래비가 첫째는 아니댔다. 아덜 서이 중에 막냉이야. 위로 둘이 죽어시니 독자가 됐디. 너두 조심해야 헌다. 손님마마님이 얼마나 무서운지 아네? 요 몇년 새루 이 골서두 수백명 아이덜이 죽어서. 살아두 소용없다는대두. 얼굴이 얽어서 곰보가 됐시니깨.

　손님이 돌기 시작하문 으원은 부재집에나 가지 시골선 판수두 모시기 힘들어서. 거저 무꾸리나 하넌 게 고작이여. 술콰 고기가 어디메 있시며 제물에 돈에 굿은 생각두 못헌다. 물동우에 바가지 엎어놓구 두들기멘 경을 읽어주는구나. 동네에 병자가 많아지문 동구 밖에다 병막을 지어놓고 저이끼리 밥 끓여먹도록 곡식과 장이며 소금두 가제다준대. 가족들두 얼씬을 못해서요. 거지반 어린아이덜이고 어른두 몇이 있넌데 어른이 먼저 죽으문 좀 큰 아가 다른 애덜을 돌보곤 했디. 그러허니 누군들 제 자식 귀하지 않겠너냐. 제 아가 병이 걸려 다 죽게 될 때꺼지 감싸안구 있다가선나르 정 안되겠다 싶으문 초마나 우테에 둘둘 싸서 야밤에 산으루 간단다. 산엘 가 높직헌 낭구를 보아 가주구 그 가지에다가 붙들어매놓구 내레온다. 까마구는 또 어찌나 그리 많던지 채 죽지두 안했넌데 몰려와 눈알두 파먹구 기래. 저이 부모가 밤새 지키멘 새를 보아. 그렁허다 살아나는 아두 있어선나르 모두 몢밤을 나무 밑이를 지키멘 날을 샌다넌구나. 우리가 어려서부텀 어런들께 들었지마는 손님마마란 거이 원래가 서쪽 병이라구 하댔다. 서쪽 나라 오랑캐 병이라구 허니 양구신 믿넌 나라서 온 게 분명티 않으냐. 내가 너이 하래비 우로 아덜을 둘씩이나 손님마마에 보내고 났시니 양구신에 부아가 나겠너냐 좋다구 믿겠너냐. 사람은 제 근본얼 알어야 복을 받는 게다.

할아버지는 증조할아버지에게서 물려받은 땅을 잘 관리하여 두 배나 늘려놓았고, 아버지도 척식회사 과수원 관리를 잘해서 해방 전 무렵에는 동네에서 몇째 가는 포실한 중농 집안을 이루었다. 그리고 두 분은 인근 동리의 기독교인 유지들과 함께 찬샘골에 교회를 세웠다. 면에 있는 교회보다 찬샘골의 광명교회가 훨씬 크고 교인도 더 많게 되었다. 증조할머니는 해방 전에 돌아가시고.

류요섭 목사는 작은 호텔의 로비처럼 생긴 양로원 입구에 앉아서 기다렸다. 그는 종이 물컵에 냉수를 받아 마셨다. 소철나무 화분이 실내의 가장자리에 여러개 놓았고 어항도 있었다. 병원 접수부처럼 생긴 칸막이 너머에는 중년여자 혼자 앉아서 컴퓨터를 두들기고 있었다.

그는 엘에이에 도착해서 우선 방북 주선을 하는 여행사에 연락하여 내일 집합장소와 시간을 알아보고 나서 박명선에게 전화를 했다. 박명선은 잠깐 망설이더니 자기가 있는 양로원 주소와 방문시간을 알려주었다. 요섭은 평소 잘 아는 후배 목사의 집을 숙소로 정하고 짐을 풀어놓고는 곧장 이곳을 찾아나선 길이었다. 그네는 공원으로 산책을 나갔는데 이십분쯤 뒤에는 돌아올 거라고 직원이 말해주었다.

미음자로 지어진 본관 건물의 가운데에 분수대가 있는 아담한 정원이 보였다. 종려나무가 기다란 잎을 늘어뜨리고 줄줄이 서 있었다. 복도로 여자 노인네들이 가끔씩 지나갔다. 입주비를 받는 콘도식 사설 양로원일 것이다.

"오셨군요."

요크셔 테리어종의 강아지가 그의 무릎께에 와서 냄새를 맡고 있었다. 요섭이 고개를 들자 개를 잡아맨 목줄의 끝을 쥔 할머니가 보였다. 그네는 헐렁한 갈색의 무늬 없는 원피스를 입고 약간 붉은 기가 도는 색이 들어간 안경을 쓰고 있었다. 강아지가 주인 가까이 갔다가 다시 요섭의 발치로 부산하게 왕래하면서 꼬리를 쳤다. 그는 천천히 일어나 머리가 앞으로 흐트러져 내려올 정도로 허리를 깊숙이 숙이며 인사했다.

"처음 뵙겠습니다. 저는 류요한 장로의 동생 되는 사람입니다."

할머니는 안경테를 한손으로 붙잡고 요섭의 아래위를 천천히 훑어보고는 손짓을 해 보이며 엘리베이터 쪽으로 앞장섰다.

방은 원룸이었지만 제법 큰 편이었다. 씽크대가 있는 부엌공간과 거실이 같이 있었지만 식탁과 의자들 그리고 안락의자와 텔레비전이 놓인 거실공간이 서로 떨어져 있어서 옹색해 보이지는 않았다. 부엌 옆에 문이 있고 거실 앞쪽은 커튼으로 가려져 있었다. 아마 그 뒤쪽에 할머니의 침대가 있으리라. 그네는 오래 전에 파마를 했는지 백발이 부옇게 일어나 있었지만 귀밑에서 짧게 잘라 오히려 단정해 보였다.

요섭은 방안을 둘러보고 나서 습관대로 두 손을 무릎 사이에 모으고 입속으로 잠깐 기도를 올렸다. 할머니가 씽크대 앞에 선 채로 안락의자에 앉은 그에게 물었다.

"지금 기도를 하구 있나요?"

요섭은 대답하지 않고 마지막 구절을 중얼거리고 나서야 고개를 들었다. 할머니가 입가에 야릇한 웃음을 머금고 그를 바라보고 있었다. 요섭이 그네에게 물었다.

"뭐라고 하셨습니까?"

"기도를 했냐구 물었어요."

"네, 저는…… 목삽니다. 교인이 아니신가요?"

"당신네가 교인이냐 아니냐 물을 자격이 있는가 몰라."

박명선 할머니는 냉장고에서 식힌 옥수수차를 꺼내어 잔에 따르다가 그에게 말했다.

"뭐 커피라두 한잔 마실라우?"

"아니, 물이나 한잔 주십쇼."

그네는 옥수수차를 유리컵에 따라서 그가 앉은 자리 앞의 탁자 위에다 놓아주고는 다시 식탁으로 돌아가 앉았다.

"그런데 날 만나자구 하는 이유가 뭐예요?"

"우리 형님을 잘 아십니까?"

박명선 할머니가 식탁에서 반쯤 몸을 돌리더니 안경을 벗었다.

"나는 요한씨도 당신도 잘 알구 있어요."

요섭은 그네의 주름진 얼굴 뒤편에서 어딘가 낯익은 데가 있다는 막연한 느낌만 받았을 뿐 확실한 짐작이 가질 않았다.

"발산에 살던 딸부잣집 몰라요?"

그는 마른 체격에 키가 큰 그네의 몸집에 머릿속으로 치마저고리를 입혀보았다. 아아, 전도부인 처네가 아닌가. 광명교회 청년부 부회장 하던 그 키 큰 누나였다. 발산은 이웃 동네였고 다른 산줄기에 등을 대고 있는 마을이었지만 농사짓는 들판은 서로 섞여 있어서 사철 내내 두 동네가 슬픈 일 기쁜 일을 함께 나누며 살았다. 요섭은 자기 또래 여자아이의 이름을 기억해냈다.

"이…… 인선이네 큰언니로군요."

"인선이는 우리 넷채지."

여름날 뭉게구름이 탐스럽게 피어나고 매미와 쓰르라미가 버드나무 높은 가지에서 울어대는데 벌거벗은 아이들이 코를 쥐고 귓구멍에는 침칠을 하고 언덕에서 개천으로 줄지어 뛰어내린다. 그때 남자아이들 틈에 끼여 있던 계집아이가 인선이다. 저녁에 도둑놈잡기 놀이에 빠져 있을 제 '인선아, 너 어매한테 혼나고프냐, 날래 들와 밥먹어라' 하는 외마디소리가 들판을 울린다. 그것이 저 딸 많은 집 맏이인 명선이 누나의 목소리다.

"인선이는 지금 어디 삽니까?"

류요섭 목사가 박명선 할머니에게 아잇적으로 돌아가기나 한 듯이 웃음을 지으며 물었는데 그네는 대답 대신 수납장 서랍에서 담배를 꺼냈다. 옛날 전쟁 때 군인들이 즐겨 피우던 필터 없는 '아까다마' 럭키 스트라이크를 한대 뽑았다. 요섭은 소파에 앉아서도 그 빨간 동그라미를 알아볼 수 있었다. 명선은 담배에 불을 붙여서 두어 번 연기를 내뿜었다.

"우리 큰아이는 필라에 살고 작은애는 여기 엘에이에 살아요."

요섭은 물음의 방향을 잃고 그냥 상대방의 목소리만 듣고 있을 뿐이었다. 오히려 명선이 그에게 물었다.

"요한이가 죽었다고……?"

"네, 그저께 저녁에 잠자는 것처럼 평화롭게요. 형님 수첩에 보니까 성함이 남아 있어서…… 전화를 드렸습니다. 여길 방문하기루 약속하셨다면서요."

할머니는 아직도 담배연기를 길게 내뿜는 중이었다.

"죽으면 다 끝나는 거 아닌가."

하고 혼잣소리를 하더니 그네가 요섭에게 물었다.

"전쟁 때 몇살이댔어요?"

"열, 셋 넷이던가……"

"인선이는 버얼써 죽었는데. 진선이, 영선이…… 막내 덕선이까지, 다들 죽었지."

요섭은 잠깐 꿈생각이 났고 그해 겨울의 숱한 주검들이 슬라이드 영상같이 휘익 스치고 지나갔다.

"전쟁 때 그랬군요. 거긴 교회 나가던 집 아니던가요?"

"어머니하구 나만 나갔지."

박명선이 중얼거렸다.

"류요한이가 어떻게 날 찾아올 생각을 했는가 몰라."

"그전에는 서로 연락이 없었나요?"

"애들 아부지하군 더러 연락이 있었을지두 모르지."

"그분은 어디 사시는데요?"

"서울 살아. 아마 요섭씨도 보면 알 텐데……"

요섭은 이제 놀라지 않는다. 그 집도 요섭네처럼 나이 비슷한 형제가 있었다. 요섭 나이 또래의 중학생이던 순호와 그의 형인 상호가 요한 형과 절친한 동무였다. 순호는 과수원집 아이였다.

"상호 형님은 미국 안 왔습니까?"

"싫대. 서울서 그냥 살아."

두 사람은 한참이나 말없이 서로 떨어져 앉아 있었다. 박명선이 식탁 맞은편의 벽에 걸린 전자시계를 힐끗 올려다보았다. 요섭은 소파에서 일어섰다.

"실은 제가 이번에 고향방문을 하게 되었습니다."

"어디…… 이북엘 간다구?"

"예, 머 소식 전할 분이라두 계시면……"

박명선 할머니는 고개를 희미하게 가로저었다. 그는 돌아서서 나가려다가 문앞에서 다시 멈추어섰다. 명선은 따라나서지는 않고 식탁 앞에서 일어나 보였을 뿐이다.

"이젠 교회는 안 나가세요?"

하는 요섭의 물음에 그네는 삼십분쯤의 만남 가운데서 가장 확실한 동작으로 고개를 저었다.

"안 나가, 다시는."

차디찬 안개가 거뭇한 산기슭에서부터 천천히 미끄러져 내려와 앙상한 나뭇가지를 휘감고 땅바닥에 엉기며 머물러 있었다. 나는 군복을 뜯어서 만든 배낭을 짊어지고 그의 뒤를 따랐다. 운좋게 트럭을 탄 선발대는 이미 초저녁에 떠났고 뒤처진 사람들은 바닷가로 가서 배를 얻어타야 한다고 그랬다. 그이는 군복에 방한모를 쓰고 등에는 나처럼 배낭을 짊어지고 있었다. 상호씨는 짤막한 카빈총을 거꾸로 메고 아직도 청년단 완장이 달린 야전점퍼를 입은 차림이었다. 나는 쌀을 두 말이나 퍼담아 짊어지고 있어서 그를 바짝 따라붙기가 힘에 부쳤다. 그이는 한참을 가다가는 돌아서서 어허! 하고 짜증내는 소리로 나를 재촉했다. 우리 동네가 보였다. 동네의 고샅길로 들어서는데 사방이 괴괴했다. 상호씨가 총을 어깨에서 풀어내려 앞에다 겨누고 천천히 걸어들어갔다. 이번에는 내가 앞장을 섰다. 우리집까지 가는 지름길은 내가 더 잘 알았으니까. 돌담을 돌아 싸리문을 열고 들어서는데 무엇인가 발에 걸렸다. 나는 숨이 턱 막혀서 발을 더이상 내딛지 못하고 와들와들 떨며 서 있었고 그가 문앞에 넘어져 있는 어머니를 흔들어보았다. 어둠속에서도 어머니의 하얀 저고리가 선명했다. 그는 아무렇지도 않게 마루와 방 두 칸짜리의 우리집 곳곳을 손전등으로 비췄다. 나도 방안을 들여다보았다. 동생들은 안방에 나란히 누운 채로 죽었다. 비린내가 가득했다. 그가 얼른 손전등을 껐다. 형상들이 어둠에 묻혀버린다. 나는 덕선이 몰골만 선명하게 기억하고 있다. 그애의 가느다란 손목이 문지방에 걸쳐져 있었다. 그애는 내 쪽을 보고 입을 조금 벌린 채로 정지되어 있었다. 그이가 울음을 참는 나를 마당 쪽으로 끌어냈다. 쓰러져 있던 어머니가 꿈틀거렸다. 오마니, 정신차리라요. 어머니는 내게 어서 가라고 손짓을 했다. 누가, 어느 놈이 이케 했시오?

요섭이 숙소로 돌아온 것은 열시쯤이었다. 양로원에서 나와 한인 타운에 가서 한식으로 저녁을 먹고 그는 혼자서 오랜만에 소주를 마셨다. 그를 기다렸던 집주인 후배 목사는 문을 열어주면서, 들어서는 요섭에게서 술냄새가 나자 조금 당황했던 모양이다.

"무슨 일이 있었어요?"

그러나 요섭은 아무 말 없이 웃어 보였을 뿐이다. 계단 아래에서 그의 쉬세요, 하는 소리에 요섭은 그냥 한손을 거나하게 쳐들어 흔들어 주었다.

그가 침대 위에 무너지듯 쓰러지자 잠시 아래로 가물가물 가라앉는 듯한 기분이었는데, 궁둥이께에 뭔가 볼록 튀어나온 것이 있어서 옆으로 돌아누워 만져보았다. 바지 뒷주머니에서 그것을 꺼내는 순간 요섭은 그게 뭔지 알아챘다. 모피 주머니였다. 그는 가슴을 두근거리면서 주둥이를 졸라맨 가죽끈을 풀고 안에서 손가락 한마디만한 작은 골편을 꺼냈다. 그것은 그저 상아도장의 반만한 크기와 모양이었다. 요섭은 옛날얘기에 나오는 여행길의 나침반 같은 이 물건을 엄지와 검지 손가락에 쥐고 요모조모 돌리고 살펴보다가 다시 주머니에 넣고는 끈을 졸라매고 침대 탁자 위에 던져두었다.

옷을 대충 벗고 시트 안으로 들어가 잠에 빠지려는데 자신의 목구멍 속에서 뭔가 치받치면서 목덜미를 지나 머리통 속에서 요한의 나직한 목소리가 들려왔다.

너 알구 있다, 알문서두 가만있었잖니.

내가 무얼 안다구 그래요.

우리가 그 사십오일 동안에 저지른 일들을 말이디.

내가 본 것만 알아요.

너 명선이한테 다녀왔디? 그 집 식구들 몽땅 내가 해치웠다 왜.

무엇 땜에 그런 몹쓸 짓을 저질렀어요?

그냥…… 나중에 다 알게 될 거다.

상호 형은 형님의 오랜 동무 아니었어요?

기랬디. 그 새낀 나보다두 더 많이 해치워서.

둘은 같은 편이잖아요.

야야, 그 얘긴 관두라. 우린 아무 편두 아니야.

옛날 아주 오랜 옛날에, 중국 톈진 항구에서 제너럴 셔먼호라는 미국 배가 출발했다. 선주 프레스턴은 조선 평양의 왕릉에 귀중한 보물이 묻혀 있다는 소문을 듣고 영국인 상회 메도우즈사와 결탁하여 조선 항해에 나섰다. 중국에서 인기있는 서양 물품과 각종 무기를 배에 가득 실은 프레스턴은 덴마크 사람 페이지를 선장으로 스코틀랜드 출신의 개신교 목사 토마스를 통역 겸 안내인으로 삼아 그의 친구 윌슨과 호가드 그리고 열아홉명의 선원들을 이끌고 천팔백육십육년 유월 십팔일에 조선으로 향하였다.

그에 앞서 스물일곱살 먹은 영국인 목사 토마스는 산뚱에서 선교를 하다가 천주교 신자라는 두 조선인을 만나게 되었다. 토마스 목사는 신비한 은둔의 나라 조선에서 최초의 개신교 선교를 하고 싶었다. 황해도 서쪽 연안 백령도에 당도한 그는 그곳에서 두달 반 동안 머물면서 한문판 복음서 열여섯 권을 도민들에게 나누어주었다. 토마스 목사는 조선을 작은 토호국쯤으로나 알았는지 왕을 직접 만나서 선교 허가를 받으려 하였지만, 서울로 가는 길도 모르고 우선 이 나라가 초행길이라 후일을 기약하고 중국으로 되돌아간 터였다. 그 일을 계기로 토마스 목사는 조선말을 열심히 익혀서 의사소통을 할 수 있게 되었다. 그는 자신의 이름도 한자명으로 최란헌이라 지었다.

몇달 전에 강화도에서 프랑스 함대의 침공에 의한 작은 난리가 있었으므로 당시의 조선 조정은 외국에서 들어오는 배에 대하여 강경한 입장을 가지고 있었다. 칠월 십일일 밤에 제너럴 셔먼호는 대동강을 거슬러올라 평양부 초리방의 신장포에 닻을 내렸다. 소문대로 물러갔던 프랑스 이양선이 침공한 게 아닌가 하여 관민이 크게 동요했다. 평안도 관찰사는 중군을 보내어 이양선의 내항 목적과 동태를 살피도록 하였다. 중군이 배에 이르자 최란헌 즉 토마스 목사가 통역으로 나섰다. 토마스 목사는 자기 일행들을 소개하고 자신들의 목적이 단순한 상거래에 있으며 서양의 각종 물품과 조선의 금이나 인삼 종이 호피 따위들을 교역할 것을 청했다. 그리고 토마스 목사는 저들이 말썽많은 천주교가 아니라 개신교임을 밝혔다. 평양부 중군은 서양인과 교역하는 일뿐만 아니라 신교도 천주교와 더불어 국법으로 금지되어 있으니 곧 돌아가기를 바라노라고 당부하고 그들의 요청에 따라 식량을 보태어주었다. 그러나 제너럴 셔먼호는 십삼일에 강을 더 거슬러올라와 만경대 아래 두로도에 닻을 내리고 작은 배로 강변을 오르내리며 평양의 물정을 살폈다.

개신교 교단측에서는 의견이 다르다. 그들은 처음부터 평양 대동강을 서울 어귀의 한강으로 착각했다는 것이다. 보트로 장사포와 석호정 부근에 내린 토마스 목사는 배를 구경하려고 언덕에 모여든 백성들에게 가지고 온 한문 성서와 전도지를 나누어주기 시작했다는 것이다. 아마도 임무를 받고 나온 중군 일행은 이를 그대로 내버려둘 수 없었던 모양이다. 십육일에는 이들을 제지하려는 중군 일행을 잡아 본선에 인질로 잡아두었다.

이 사실도 개신교단측의 의견과는 차이가 있다. 중군 일행에게 토마스 목사가 조선에 온 목적을 다시 설명했다.

우리는 결코 다른 야망을 가지고 귀국을 방문한 것이 아닙니다. 첫째는 기독교를 전하기 위함이요, 둘째는 좋은 물건을 서로 교역하자는 것이며, 셋째는 아름다운 산천과 명승지를 구경하려는 것이 그 목적입니다.

그렇지만 중군 일행 가운데 진사가 지니고 있던 문서에는 선원 전부를 유인하여 상륙하게 한 다음 살해하라는 내용이 있었다고 교단 측에서는 주장한다. 배의 선원들은 그에 분노하여 이들을 잡아가두었다는 것이다.

당황한 관찰사는 관리를 보내어 이들의 석방을 교섭하였지만 서양인들은 계속해서 교역을 요구하며 십구일 아침에는 다시 강을 거슬러 황강정 앞에까지 정박하고 보트를 내려 까막여울을 거슬러올라갔다. 서양인들의 거친 행동에 놀라고 분노한 백성들이 강변으로 몰려들었다. 백성들은 소리를 합쳐 중군을 놓아보내라고 외치면서 옛적부터 평양에서 유명하던 돌팔매를 날리니 관군들도 합세하여 활과 총을 쏘아대며 접전이 일어났다. 혼란중에 중군이 구사일생으로 배에서 탈출했고 서양 배는 돌아가기는커녕 강변의 민가를 급습하여 식량과 가축을 약탈하고 인명을 살상했다.

칠월 이십이일 아침에 조선 관군은 본선에 포격을 퍼붓기 시작했고 셔먼호에서도 두 문의 대포로 응답하여 치열한 포격전이 벌어졌다. 셔먼호에서는 그물을 펴서 조선 관군의 포격을 막으면서 소총과 함포를 쏘았다. 그러나 화약과 병력이 한정되었던 셔먼호는 하루 종일에 걸친 전투로 전력이 소모되어 이튿날인 이십삼일에 강 하류로 후퇴하기 시작했다. 하류에서도 조선군은 매복하고 있다가 끊임없이 공격했고 장마비로 불었던 강물도 점점 줄어들어 사흘 동안의 공방전을 벌이며 하류로 내려가던 셔먼호는 모래톱에 걸리고 말았다. 그때 평양성의 백성들은 계교를 내어 불붙인 배들을 하류로 떠내려보냈다. 이

양선에 불이 붙었고 선원들은 저항할 힘을 잃고 뱃머리에 나와 구원을 청했다. 배 안의 화약이 터지고 기름통이 맹렬하게 타올랐다. 선원들은 뛰어내려 강물에 빠져죽기도 하고 뭍에 닿은 이들은 살기 오른 군중들이 칼과 창으로 시살했다. 교단측에서는 토마스 목사의 순교 광경을 이렇게 기억한다.

그는 달아나서 살겠다는 생각보다는 가지고 온 성경을 불에 태우지 않고 조선사람들에게 전하려고 애썼다. 토마스 목사는 불길을 피하여 성경이 들어 있는 상자를 메고 강변 둔덕으로 올라갔다. 그는 성경을 한권씩 꺼내어 언덕에 서 있던 백성들에게 던졌다고 한다.

오오, 하나님, 아직 복음을 듣지 못하고 있는 저 불쌍한 백성들에게 은혜 내려주시옵소서.

체포된 토마스 목사는 사형장인 대동강변의 양각도로 끌려가면서 '예수 그리스도'라고 끝없이 외쳤다는 것이다. 구월 육일 땅거미질 무렵 스물일곱살의 토마스 목사는 참수되었다. 이것이 서북지방에서 처음 뿌려진 개신교의 씨알이었다. 그를 처형했던 조선 관군 장교 박춘권은 훗날 회개하여 세례를 받고 평양에서의 초대교인이 되었다고 교회사에 나온다.

조선에서 황해도에 처음으로 교회가 서게 된 것은 이미 천팔백팔십 년대부터였다. 중국에 있던 개신교 목사들은 국경이어서 드나들기에 수월했던 의주에서부터 선교활동을 시작했다. 관아의 핍박을 피하여 친척이 살고 있던 고장으로 숨어들어온 초대교인 서상륜이란 이가 황해도 개신교회의 첫 건립자가 되었다.

장연 솔내는 금모래 은모래가 수십리나 깔린 구미포와 더불어 솔숲이 울창하고 후남에서 내려와 바다로 흘러들어가는 솔여울을 끼고 있는 아름다운 고장이다. 솔내에는 오십팔 세대가 있었는데 그중 오십 세대가 교인이 되었다. 천팔백팔십칠년에 언더우드 목사가 솔내를 방문하여 교인들 중에서 일곱 사람을 가려 세례를 주었다. 그때로부터 칠년 동안 마을사람들은 계를 무어 비용을 적립하여 조선 최초의 교회당을 지었다.

사진에 보면 서너 칸짜리의 허름한 기와집이었다. 가운데 격자 창호의 여닫이문 앞에는 툇마루 대신 작은 지붕이 달린 현관이 붙어 있었다. 거기서 신발을 벗고 교회 안으로 들어갔을 것이다. 집 뒤에는 지붕을 뒤덮을 정도로 높다란 느티나무가 서 있는데 그전에는 마을의 당나무가 아니었을까. 마당 앞에도 일년초들이 가지런히 자라나 있다.

언더우드 목사 뒤에는 다시 아펜젤러 선교사가 서북지방 선교여행을 하면서 솔내를 다녀갔고 또 그 다음에는 게일 목사가 조선말과 풍속을 익히려고 머물렀으며 마펫 선교사가 뒤를 이었다. 솔내에 아주 정착해서 살았던 사람으로 농부 출신의 선교사 펜윅이 있었고 류씨네 집안과 깊은 인연이 있던 이는 매켄지 목사였다. 매켄지 목사는 캐나다의 래브라도에서 장로교회파의 선교사로 일하고 있다가 천팔백구십삼년 가을에 우연히 조선으로 오게 되었다.

요섭네 할아버지의 동무였던 조반석 선생은 할아버지보다 나이가 세살 위였으니까 천팔백칠십칠년생이다. 조선생네 집은 원래 소작인이다가 백령 연평에 조기잡이를 다녀 돈을 모아 배도 사고 전답도 마련하여 중농이 된 집안인데, 그이 아버지가 언더우드 목사 다녀간 뒤에 열심히 예수를 믿어 교회 건립의 계원이 되었고 교회가 설립되자마자 세례를 받았다고 한다. 펜윅 선교사나 매켄지 목사가 솔내에 정착했을 때 조반석은 제 아버지의 권유로 그 댁을 드나들며 심부름도

하고 성경공부도 하였다. 요섭네 할아버지가 신천에 왔던 조반석과 알게 된 것은 일년감 모종 때문이었다. 조반석은 펜윅에게서 토마토나 양배추 재배법을 배웠는데 그이가 장연 근방으로 나다니며 전도를 할 때면 저러한 새 농사법을 가르쳐주기도 하고 언문판 성경을 나눠주기도 했다는 것이다. 요섭의 할아버지도 신학문에 눈이 뜨이던 때라 조반석을 형처럼 열심히 따라다녔다고 한다.

삼성이 우리 동네에 한번 가보지 안카서?

정말? 반석이 언니…… 솔내 교회에 어서 가보구 싶어.

할아버지는 거기 가면 예수님 그림도 볼 수 있고 세계가 한눈에 뵈는 지구의도, 진짜 가죽 뚜껑의 성경책이며, 예수님이 못박히신 십자가 형상도 볼 수 있고, 매견시 목사님도 만날 수 있다는 생각으로 가슴이 뛰었다.

매켄지 목사의 조선식 이름은 매견시였는데 그는 농민들이 입는 무명 바지저고리를 입고 짚신을 신고 다녔다. 예배를 보는 일요일에만 양복을 입고 타이를 매는 것이었다. 그런 점은 아마도 먼저 솔내에 와 있던 펜윅 선교사의 영향이었을 것이다. 펜윅은 편위익 선교사라고 불렸다. 편선교사는 처음에 솔내에 도착하던 때부터 조반석네 집 바깥채를 거처로 정하였다. 반석은 그래서 영어도 배웠고 성경도 일찍부터 읽었으며 바깥세상이 엄청나게 크고 문명개화되었다는 사실도 알게 되었다. 그러한 반석의 식견은 요섭네 할아버지에게 큰 감명을 주었음에 틀림없다. 요섭의 할아버지 류삼성은 어려서는 대대로 물려온 마름으로 벼슬에 포한이 맺힌 증조부의 지시에 따라 해주에서 치르는 향시를 보아 초시라도 따려고 서당을 다니며 열심히 공부했다고 한다. 그러나 증조부가 동학당을 따라다닐 무렵부터 과거공부를 때려

치웠을 것이다. 나중에 밝혀지긴 했지만 할아버지가 조반석을 만나 예수를 믿게 될 무렵인 갑오년에 동학난리가 전국을 휩쓸었고 증조부는 어느 곳에선가 맞아죽거나 병들어 객사한 것이 틀림없었다. 그렇지만 어쨌든 류씨네는 선대로부터 궁방전을 관리하며 야금야금 장만했던 전장이 수십마지기는 되는 터라 밥술깨나 먹는다는 살림이었다.

　요한이 요섭이 잘 듣거라.

　난 첨에 조반석 장로를 따라서 솔내에 갔던 일이 평생 닞혜지지 않넌다. 매견시 목사는 솔내 교회 앞 토담에다 초가를 얹은 삼간누옥에 살았드랬다. 나넌 거기 찾어가기 전에 반석이 성에게서 말얼 듣군 장연 읍내에서 닥알 두 줄얼 샀다. 서양사람덜언 닥알이며 꿩이며 마른 생선이나 밀가루럴 조와한다구 하두만. 매목사님언 그때 한 서른살 되었을까. 반석이 성이 먼저 툇마루 앞에 가서 목사님 계십네까, 했더니 또렷한 우리말루 어서 틀어오십시오, 답하는 게여. 동그란 안경을 씨구 바지저구리 차림에 우에다간 털배자를 입구 있더라. 반석이 성이 자기허구 성경공불 함께 했다구 소개를 허니깨 내 손을 잡으멘서 고갤 끄덱이넌데 손이 아주 따뜻하더만. 방벽에다간 달력을 붙여노왔넌데 태양력이라구 하데. 또 그 앞이넌 괘종시계두 걸려 이서. 난 참, 괘종시겔 첨 보넌 물건이라 시계부랄이 왔다갔다할 적마다 저절로 고개가 좌우로다가 흔들려서. 매견시 목사님이 책상 우에서 두꺼운 가죽 뚜껑으 성경책이랑 유리럴 끼운 액자럴 보여주었넌데 그거이 예수님과으 첫대면이댔다. 내가 첨 본 예수님언 매목사님얼 많이 닮았더라. 머리가 밤색인 것두 기렇구, 코 아래와 턱에 수염을 길른 것두 기렇구 머리만 예수님이 여자처럼 길게 길렀더라. 예수님두 코가 큰 것은 서양사람이기 때문이지. 매견시 목사님이 내게 물어서.

성경공부를 얼마나 했습니까?

내 대신 반석이 성이 대답했지.

같이 언문판을 한번 죽 읽었습니다. 제가 설명을 해주었구요.

목사님언 다정한 눈으로 나를 똑바로 들여다보면서 물어서.

크렇습니까? 어느 곳이 제일 조았습니까?

아브라함이 지 아덜을 희생으로 바치려다가 하나님으 믿음으 계시럴 받는 장면이 생각납니다.

하구 말씀얼 올렸더니 매목사님언 고개를 천천히 끄덕이시데.

에이브라함은 선택을 받은 사람이었습니다. 하나님은 차신을 믿는 모든 크리스천을 사랑으로 선택하십니다.

우리 손자 요한이 요섭이 잘 듣거라. 나넌 그날 매견시 목사님에게서 은혜 많이 받아서. 나넌 지금두 목사님 목소리가 귀에 쟁쟁허다. 그날 내가 배운 바가 머이댔너냐, 믿넌 자의 사명과 우리 아바지 하나님으 커나컨 사랑이다. 매견시 목사님언 신천에 우리가 차린 성경강독회으에 찾아와선 내게 세례럴 주시고 그해 여름에 전도 려행을 나가셨다가 일사병으루 돌아가셨다. 내가 조반석이 언니랑 피양 나가서 부흥회 예배 보구선 방언한 얘긴 들었지? 그 길루 집에 돌아와 대할마니가 뫼시던 성줏단지를 부세버렸다. 난 피양서 성경학교를 나와 목사 안수럴 받았다. 너이 오마니두 나허구 성경학교 함께 나온 목사 집안 딸이여. 너인 친가 외가 모두 하나님에게서 택함받언 백성덜이다.

보세요 형님, 하나님두 니느웨를 함부로 쳐없애기는커녕 아끼신다구 요나에게 말씀하셨어요. 이제는 한도 미움도 풀고 천당엘 가셔야

죠. 조상님들도 그걸 바라구 계실 겁니다.

어어, 난두 한 같은 건 없어야. 사는 거이 모두 욕이지 안카서? 그땐 멀 하러 기리케 안달복달했는디 모르갔다.

나하구 함께 고향에 가봅시다. 그러고 나서 형님은 갈 데루 가야 돼요.

어디 갈 데나 있나. 우린 같이들 떠돈다.

누구누구 말예요?

머 여럿이 있디. 두더지 삼촌두 있구 이찌로두 있구 또 많이 있디.

내가 밥 날라주던 누나들두 있구요?

티끌처럼 많이 있다.

목소리가 점점 잦아들어 다른 소리와 바뀐다. 시계의 초침 돌아가는 소리가 희미하게 들리기 시작하더니 더욱 또렷해졌다. 야광의 바늘은 벌써 새벽 세시를 가리키고 있었다.

3. 저승사자

망자와 역할 바꾸기

하룻밤 사이에 요섭은 전설에 나오는 모험가와 같이 큰 새처럼 생긴 보잉비행기를 타고 바다 건너 다른 세계로 왔다.

한숨 자고 나서 땅에 내리니 중국이었다. 방문단 일행은 호텔에서 북측 여행사에 인도되었다. 평양행 조선민항기는 내일 있을 예정이었고 오전에 여행사 버스가 태우러 오기 전까지 그들에게는 개인적인 자유시간이 주어졌다. 이번의 고향방문단은 모두 서른여섯명이었다. 미국에서 온 사람이 스물다섯이고 재일동포가 열한 사람이었다. 그들은 호텔 로비에서 서로의 얼굴을 한번 바라보았을 뿐이다.

그렇지만 방 하나에 두 사람씩 배당되어 류요섭 목사에게도 동숙자가 생겼다. 형님 또래나 되어 보이는 머리가 반쯤 벗어진 노인이었다. 요섭은 나중에 수인사를 하고 나서 그가 동년배에 지나지 않는다는 것을 알았다. 겨우 세살 위였다. 미국 서부에 있는 어느 대학의 교수였는데 고향은 평양이라고 하였다. 두 사람은 양쪽 벽에 붙은 침대를 각자 차지하고 앉아서 미국 얘기와 고향 얘기 사이로 두서없이 왔다갔다했다.

"모두들 원자폭탄을 떨어뜨린다구 해서 남쪽이 어딘지 뭘 하구 살 건지 아무런 대책두 없이 그냥 식구들 데리구 집을 나서는 형편이었지요."

대머리의 교수는 이야기를 계속했다.

"할아버지께서 원자폭탄이 터져 온 식구가 몰살하느니 장손이라두 데리구 내려가 대를 이어야 한다구 이르셔서 그렇게 된 겁니다. 저는 둘째아들이었는데 그때 중학교 오학년이었어요. 머리가 클 대루 다 컸으니 아버지가 형만 데리구 피난을 가신 게 몹시 섭섭하더라구요. 고모 집에는 방학 때마다 내려가군 했으니까 혼자서라두 충분히 뒤쫓아갈 수 있다구 생각했어요. 나는 할아버지나 어머니에게두 아무 말 없이 혼자서 집을 빠져나왔지요. 나중에 서울 수복이 되어 거리에서 고향사람을 만났는데 도중에 우리 아버지와 형을 만났다는 겁니다. 아버지가 아무래두 남은 식구들 걱정으로 피난가지 못하고 집으로 돌아가신 거지요. 고모네는 아마도 피난을 내려왔을 겁니다만 저는 남한에서 만나지 못했어요. 나 혼자만 온 세상을 떠돌며 고생하다가 이제 겨우 환갑이 넘어서 식구들을 만나러 가게 되다니 이게 무슨 팔잡니까?"

전쟁 때 식구가 헤어지던 이야기는 너무도 흔해빠져서 방송에 나오는 이산가족들의 사연을 적은 작은 팻말만큼 몇줄 적어놓은 것으로 충분할 정도지만, 장본인들의 얘기는 언제 들어도 가슴에 와닿는 데가 있었다. 류요섭 목사네 식구도 그 무렵에는 해주 근방에 가 있었다. 요한 형은 나중에 배를 타고 안면도로 철수했다. 형 친구들은 거의 모두 현지 입대하거나 특수부대에 편입되었다.

"목사님두 평양이 고향이랬지요?"

"아…… 예, 그렇습니다."

"남은 가족들이 있나요?"

그는 얼버무렸다.

"못 찾았습니다. 다 돌아가셨을 거예요."

"난 이 작자들을 믿지 않습니다. 고향의 식구들이 얼마나 변해 있을지 상상두 못하겠어요."

요섭은 하마터면 당신이 변한 건 생각하지 않느냐고 되물을 뻔했다. 그러나 이렇게 말했다.

"저이들도 우릴 믿지 않을 겁니다. 어떤 사정이 되었든 고향을 버린 건 우리였으니까요."

"아니, 난 그렇게 생각하지 않아요. 저들이 우릴 못살게 굴었거든요. 저들은 소위 기본계급 외에는 애초부터 믿지 않았어요."

요섭은 막연하게 고개를 끄덕여주었다. 미국에서도 보면 이쪽으로 나와 성공했다는 사람일수록 북에 대한 적개심이 강한 편이었다. 요한 형이야 싸우던 당사자였으니 그렇다손 치더라도 그의 경우는 말하는 걸 들어보면 동포에게 아무런 짓도 하지 않고 운이 나빠 고향을 떠나게 되었던 터인데도 가보기도 전에 비난부터 하고 있다는 생각이 들었다. 그것은 서로 다른 세상의 세월 탓인지도 몰랐다.

"출출하지 않아요? 뭣 좀 먹으러 나가볼까 하는데, 목사님 어떠세요?"

"그러죠. 호텔 식사는 기내 음식하구 비슷할 테구 여기 어딘가 한국 식당이 있을 텐데……"

교수와 요섭은 호텔에서 나와 번화가를 향해 걸었다. 여기서는 저녁 때가 되어야 식당문을 연다는 걸 알았다. 택시 운전사에게 물어 관광객 상대의 작은 식당들이 모여 있는 골목에 내렸다. 한글 간판들이 제법 보였다. 서라벌식당, 부벽루반점, 모란봉식당, 고려식당 등등이 보였는데 교수가 말했다.

"저것 보세요. 식당 간판에도 정치적 경향이 있군요."

"그러면…… 고려식당이 중립인가?"

그들은 서로 눈길을 마주치고 나서 식당에 들어갔는데 역시 그 집은 중국의 조선족 동포가 하는 곳이었다. 식당은 제법 넓었지만 좌석은 모두 비어 있었다. 저녁 참으로는 좀 이르고 점심으로는 늦은 시간인 때문이리라.

"뭘 먹을까."

벽에 붙은 식단이 적혀 있는 종이쪽지들을 두리번거리며 교수가 중얼거렸다.

"된장찌개는 없는데…… 저어 낙지볶음 맵게 됩니까?"

요섭이 그렇게 말하자 식탁에 다가온 아주머니가 배시시 웃으며 물었다.

"선생님들 미국에서 왔지요?"

"그런데요. 어떻게 알았지요?"

"누구나 오래 못 잡수신 걸 찾습니다. 차림새도 그렇구요."

"서울서 온 사람들은요?"

"그분들은 차림표에서 아무거나 시킵니다. 국밥 같은 걸루요."

"그럼 우리두 그걸 주시오."

교수가 선선히 말했다. 그러고는 느닷없이 아주머니에게 물었다.

"아주머니, 남하구 북하구 어디가 좋소?"

주인여자는 또 배시시 웃으면서 말했다.

"그건 꼭 아이들 놀리는 식이군요. 어머니가 좋냐 아버지가 좋냐 하구 말이지요. 큰나라 탓이지 백성들이야 무슨 죄가 있나요."

교수가 크게 웃으면서 말했다.

"이 아주머니 말솜씨가 정치인들 뺨치겠군."

아주머니는 식탁 옆을 떠나며 중얼거렸다.

"내 어째 그런 얘기가 안 나오나 싶었지요."

"뭐라구요?"

여자는 고개만 돌리고 중국사람들처럼 느긋하게 말했다.

"이젠 하두 같은 대답만 해서 입이 아플 정도라 말입니다."

하여튼 요섭은 식당에서 기분이 그리 나쁘지는 않았다. 교수가 반주로 죽엽청주를 시켰는데 목사도 하는 수 없이 동숙자가 주는 술을 석 잔이나 받고 대번에 불콰해졌다.

요섭은 혼자서 호텔로 돌아왔다. 교수가 번화가를 돌아보러 가겠다고 했지만 그는 못 마시는 낮술에 온몸이 노곤해져서 쉬고 싶다고 했던 것이다. 미국에서 형님의 장례를 치르느라고 내리 사흘 동안 잠을 제대로 못 잔 탓이기도 했다. 미국으로 이민을 떠나올 무렵의 서울처럼 중국이 변화의 돌풍 속에 있는 것 같다고 요섭은 생각했다. 그래서 별로 낯설지 않았다. 아파트와 빌딩이 늘어선 앞길을 지나 뒷골목으로 옛날 동네를 찾아들어가면 흙투성이의 새카만 아이들이 고함을 지르며 뛰어다니고 노인들이 서넛씩 둘러앉아 장기라도 둘 것이다. 그는 정말 고향 근처에 당도한 느낌이었다.

눈앞에 개구리알처럼 잘게 부서져서 반짝이는 빛들이 보이는데 암적색이다가 주황색으로 밝아지다가 점점 연두에서 노랑, 그리고 푸른 빛으로 바뀌면서 점들은 합쳐져 무슨 해파리나 묵같이 흐느적거리며 움직였다. 그것이 어둠 저편으로 멀어지다가 캄캄해졌다. 나는 그것을 따라서 빨려들어가듯 어둠을 뚫고 나아갔다. 저어 끝에 바늘귀만 한 빛이 보이고 가까이 갈수록 구멍이 넓어졌다. 나는 이제 햇빛이 가득한 풀밭 위에 사뿐히 내려섰다. 내 발걸음은 폭신한 풀 위에서 아주 가볍고 경쾌하기까지 했다. 오솔길이 있고 풀밭은 작은 언덕 위에까지 닿아 있었는데 그 너머에 무엇이 있는지 여기서는 보이지 않았다. 안개인지 아니면 밥짓는 연기인지 뽀얀 자취가 언덕 위에 감돌고 있었다. 나는 오솔길을 따라서 올랐다. 언덕 위로 오르자 안개 같은 것이 나를 둘러싸고 사방은 보이지도 않았다. 오솔길 앞쪽에 희미하게 뭔가 집 같은 게 서 있었다. 다가서 보니 아무런 칠도 하지 않은 생나무로 지은 정자가 있고 거뭇한 사람의 형체가 나를 향하여 서 있었다.

누, 누구요?

나는 어쩐지 두려워져서 더듬거리며 그에게 물었다.

나다, 나야.

그가 안개 속에서 앞으로 한걸음 나서자마자 그의 몸부분만이 밝은 햇볕에 나선 것처럼 선명해졌다. 나는 그를 대번에 알아보았다. 어려서 우리집 과수원 일꾼으로 살던 순남이 삼촌이었다.

어어, 삼촌이 웬일이오?

네 형이랑 함께 가자구 왔다.

요한 형은 벌써 갔어요.

나처럼 아직두 떠돌구 있지.

그럼 회개하구 어서들 가세요.

자아, 저 너머에 뭐가 있는가 보라우.

나는 앙상하고 삐죽삐죽한 사과나무 가지 사이로 눈 덮인 들판과 겨울 햇빛에 반짝이는 얼어붙은 개천을 바라보았다. 옛날의 찬샘골이었다. 나는 그의 등에 업혀 있는 듯한 느낌이었다.

조선민항기가 떠오를 때 '장군의 노래'가 가사 없이 곡만 나왔다. 빠른 곡조의 행진가 풍인데 해방 이후 인민학교와 중학교에서 늘상 부르던 노래라 요섭은 어쩐지 가슴이 뭉클했다. 같은 방에 들었던 교수가 그의 옆에 따라와 앉아서 고개를 빼고 창밖을 연신 내다보았다.

"자리를 바꿔드릴까요?"

류요섭 목사는 마음에 없는 소리를 했다.

"아니 천만에요. 나중에 비행기 내릴 때에나 한번 자세히 봐야지."

그는 말은 그렇게 해놓고도 자꾸 요섭의 어깨 너머로 창밖을 기웃거렸다. 만주를 거슬러가는지 대륙의 주름진 산맥이 내려다보였다. 아마 요동 부근이 아닐까. 스피커에서 안내하는 목소리가 들려왔다.

"여러분께서는 지금 조국의 상공을 지나고 있습니다. 이제부터 자리에 앉으셔서 안전띠를 매주시기 바랍니다."

요섭은 모형처럼 보이는 산과 숲이며 그 사이에 하얗게 모래알같이 박혀 있는 도시의 집들을 내려다보며 울컥, 하고 눈물이 치솟았다.

비행기는 벌건 흙을 드러내고 낮은 과일나무들만 자라난 작은 언덕들을 스치듯이 낮게 날아서 활주로에 내렸다. 창밖으로 내다보니 꽃

66

다발을 든 인민학교 어린이들과 해외동포원호위원회 관계자들이 지루한 표정으로 줄지어 서 있었다.

고향방문단 일행은 고려호텔로 안내되었다. 그들은 로비에서 안내원을 소개받았다. 안내원은 두 남자와 여성 한사람이었다. 하나는 눈이 작고 몸집이 뚱뚱한 오십대의 사내였고 다른 하나는 머릿기름을 발라 단정하게 올백으로 빗어넘기고 몸집은 마르고 신경질적으로 보이는 사십대였다. 여자는 서글서글한 인상에 좀 뚱뚱한 편이며 목소리가 드높은 쏘프라노에다 걸음걸이가 큼직한 사십대 중반의 아줌마였다. 류요섭 목사는 그들이 자신을 소개할 때 이름을 듣긴 했지만 곧 잊어버릴 것이기 때문에 마음속으로 그들의 별명을 지었다. 일번은 뚱보, 이번은 올백, 삼번 여성은 쏘프라노라고. 뚱보는 별로 말이 없어 여행객들과 눈이 마주치면 그 작은 눈을 아예 감고서 싱긋이 웃기만 했다. 올백이 나서서 오늘의 일정을 말했다.

"먼저 각자 배정받은 방에 올라가 짐을 푸시고, 점심 드시고 나서 한시간 동안 휴식을 취하신 다음, 오후에는 평양 시내를 한바퀴 돌면서 관광을 하고 돌아오면 저녁을 들게 됩네다. 밤에는 여러분들의 긴 여행의 피로를 풀어드리기 위하여 교예극장에서 관람을 하시게 됩네다. 우선 점심은 한시부터 두시까지 마치고 세시에 이 자리로 모여주시기 바랍네다."

이번에는 다행스럽게도 한사람에 방 하나씩 배정되었다. 요섭이 북경에서 함께 지냈던 교수를 싫어한 것은 아니었지만 그의 나이쯤 되고 보면 사내들이 한방에서 지내는 것이 영 거북한 점이 있었다.

호텔은 쌍탑식으로 지어진 사십여층의 빌딩이었는데 그 많은 방들에 비해서는 투숙객들이 별로 없는 것 같았다. 로비와 커피숍에는 제법 많은 사람들이 앉아 있었는데 승강기를 타고 그의 방으로 배정된 십이층에 오르니 복도에는 사람의 그림자도 보이질 않았다. 류목사가 약간 어두컴컴한 통로에서 머뭇거리고 있는데 앞치마를 두른 젊은 아낙네 하나가 내다보고는 얼른 달려나왔다.

"몇호실입니까?"

그는 대답 대신 열쇠를 내밀어 보였고 아낙네가 방으로 안내했다. 놀랍게도 방은 매우 호화판이었다. 도어를 열자마자 거실이 따로 있었고 거실 안쪽에 침실이 분리되어 있었다. 바닥에는 카펫 대신에 개성산 화문석 돗자리가 깔려 있었으며 집중냉방인지 천장 부근에서 냉기가 흘러나왔다.

"필요하신 게 있으시면 전화로 불러주십시오."

아낙네가 나가고 나서 요섭은 거실 소파에 앉아 두 손을 모으고 입속으로 잠깐 기도를 올렸다.

하나님 아버지 이제 저는 고향에 돌아왔습니다. 저들이 우리와 다르고 이교도의 무리라 할지라도 제가 증오하는 마음이 일어나지 않도록 하나님께서 도와주시옵고, 저들에게도 한시바삐 하나님의 말씀이 영혼에 깊이 새겨질 수 있도록 제게 능력을 내려주시옵고, 제가 추호라도 주의 뜻을 어김이 없이 기독교인으로 당당하게 행동할 수 있도록 용기를 주옵소서. 이곳을 떠나 집에 돌아가는 날까지 주께서 함께 하시고 성령이 역사하셔서 부족한 저에게 믿음의 은혜를 내려주시기를 간절히 비옵나이다. 우리 주 예수 그리스도의 이름으로 기도하옵나이다, 아멘.

천리마표 냉장고를 열어보니 배사이다, 오미자물, 룡성맥주, 금강생맥주, 그리고 광천수와 신덕샘물이 있었다. 참외 두 개와 사과 두

개가 있었고 탁자 위에는 물컵이며 중국제 보온병과 녹차, 우유과자 한갑과 옛날식 사탕 한봉지가 놓여 있었다. 침대보는 푸르스름한 무늬가 들어간 비단 모양인데 아마도 합성섬유일 것이다.

하여튼 방안의 모든 사물이 그에게는 매우 낯설었다. 이것들은 지난 사십여년 동안 그가 여기 없는 사이에 진행된 이곳의 생활력을 반영하고 있었다. 벨이 울렸다. 요섭은 문가로 가서 물었다.

"누구세요?"

"예, 안내원입니다."

요섭은 의아한 생각이 들었지만 곧 문을 열었다. 올백이 서 있었다. 그는 들어오란 말도 하지 않았는데 마치 제 집에 들어오듯이 서슴지 않고 들어와 소파에 척 걸터앉았다.

"좀 앉으시지요."

그가 주인처럼 말했기 때문에 입장이 바뀐 채로 요섭은 올백의 맞은편에 엉거주춤 앉았다.

"몇가지 알아볼 일이 있어서 말입니다."

그는 안주머니에서 서류를 꺼내어 펼쳐들었다.

"류요섭…… 목사선생이시지요?"

"그렇습니다. 제가 목사란 것은 어떻게 아셨습니까?"

올백은 요섭을 힐끗 바라보고는 다시 서류에 눈을 주었다.

"신청서에는 고향이 평양시 선교리라구 하셨는데, 맞습니까?"

"예, 번지는 잊었소만."

"우리 공화국에 남아 있는 가족들이 있나요?"

류목사는 문득 신천에 살아 있을지도 모르는 외삼촌과 작은누나와 형수며 맏조카 단열을 떠올렸지만 단호하게 고개를 저었다.

"없습니다."

"한 사람도……?"

"예, 한 사람도. 온 식구가 월남했습니다."

"선친의 연령과 성함은 어떻게 되나요?"

"글쎄요, 살아 계셨다면 이미 구십이 넘으셨습니다. 함자는 인자 덕자 되십니다. 남쪽에서 작고하셨습니다."

"류인덕? 그분도 기독교인입니까?"

"기독교 장로였소."

"잘 알겠습니다. 혹시 만나고 싶은 친척이나 친지가 없으신지요?"

요섭은 잘라서 말했다.

"없소."

"그럼 쉬십시오. 실례했습니다."

"아, 나도 나가려던 참이오. 점심시간이 아닌가요?"

"그렇군요."

요섭은 올백과 함께 밖으로 나와 승강기에 올랐다. 그는 승강기의 반대편 벽에 기대서서 요섭을 빤히 쳐다보았다.

"목사선생께서 조국을 방문한 목적이 뭔지 잘 모르겠습니다."

"그저 나이드니 한번 고향에 와보고 싶었소."

올백은 차가운 표정으로 입끝을 약간 올려서 웃음을 떠올렸다.

"그런데도 고향에는 만나볼 만한 사람이 아무도 없단 말이지요?"

요섭은 말없이 출구만 뚫어지게 바라보고 서 있었다.

식당에는 제법 사람들이 많았다. 해외동포방문단 일행들 외에도 일본인들, 유럽인들이나 러시아 기술자들도 보였다. 방문단의 메뉴는 북쪽 식으로 미리 조직된 대로 한정식으로 통일되어 있었다. 음식은 좀 싱겁고 덜 매웠으나 먹을 만은 하였다. 그가 식탁에 가서 앉자 다른 자리에 있던 교수가 얼른 일어나 앞에 와서 앉았다. 교수가 목소리를 낮추어 소곤거렸다.

"누군가 내 가방을 뒤졌어요. 이 자들은 우리를 샅샅이 감시하구 있다니까."

"그게 무슨 말예요."

"목욕을 하구 나와서 살펴보니까 내 가방의 지퍼가 열려 있더란 말입니다. 속옷가지두 구겨지구요."

"통관할 때 자세히 조사했을 텐데요."

"손가방은 내릴 때부터 내가 줄곧 들고 있었거든요."

그는 분개한 듯이 고개를 좌우로 흔들며 말했다.

"저는 가족을 만나겠다구 신청을 했습니다. 그랬더니 이렇게 경계를 하는 것 같아요."

요섭은 그를 위로하기 위해서 말해주었다.

"그렇다면 가족들이 살아 계시는 게 분명하군요. 만나게 해주기 전에 교수님을 완전히 파악하려고 하지 않겠습니까?"

"아, 목사님 말씀이 맞는 거 같습니다."

그는 고개를 끄덕였다.

류목사는 호텔 정문으로 나가 거리를 거닐어볼까 생각했다가 방으로 되돌아오고 말았다. 어쩐지 이 거리와 자기가 현실이 아닌 것만 같았다. 그는 교구를 돌보는 목회자로서 많은 곳을 여행하지는 않았지만 교회 관계의 회의에 참석하느라고 미국의 여러 곳은 물론 유럽도 몇번 가본 적이 있었다. 이를테면 암스테르담이나 코펜하겐 같은 멀고 낯선 도시에 가서도 혼자서 휘적휘적 여러 가로를 다녀보기도 하고 식당에도 혼자 들어가 맛난 것도 사먹고 시간이 남으면 박물관이나 미술관도 찾아다녔다. 그런데 여기는 왜 이렇게 낯설까. 마치 또하나의 자기가 좌우 앞뒤 위아래에서 스스로를 관찰하고 있는 듯한 느낌이 들었다. 요섭은 승강기의 단추를 누르기 직전에 또다른 자신이 웅얼웅얼 곁에서 지시하고 있는 것 같아 멈칫 손을 내렸다. 주위를 둘러보고 나서야 문이 열린 승강기 안으로 들어섰다. 방으로 돌아와 문을 잠그고 침대에 가서 벌렁 눕고 나니까 마음이 조금 가라앉았다.

오후에 고향방문단 일행은 버스를 타고 평양 중심가와 기념비적인 건물들을 둘러보았다. 요섭은 교수와 나란히 한 좌석에 앉았다. 그가 버스에 올라타자마자 좌우 사방을 살펴볼 수 있는 운전사 바로 뒷자리에 자리를 잡고 요섭을 불러주었기 때문이다. 글쎄, 요섭은 무엇을 보았을까. 그는 먼저 이상한 간판들을 읽기 시작했다. 그가 낯선 도시에 가면 영어나 일본어 또는 독일어로 씌어진 광고간판들을 중얼거리며 읽어볼 때처럼. 그리하여 요섭은 그 낯선 풍경과 별다른 위화감 없이 화해를 꾀하곤 하였다.

공산품상점, 농산물상점, 물고기상점, 남새상점, 육고기집, 단고기집, 국수집, 떡집, 얼음보숭이 청량음료점, 리발소, 미장원, 목욕탕, 과자점, 전자기구 수리점, 옷집, 양복점, 국밥집, 책방. 그리고 아직 불이 들어오지 않은 서투른 원색의 붉고 푸른 네온유리 글자로 쓴 선동구호들이 보였다. 우리식대로 살아나가자! 속도전, 섬멸전, 기동전. 혁명의 수도 평양을 가꾸자! 위대한 수령 김일성 동지 만세! 당이 결심하면 우리는 한다! 혁명도 건설도 항일유격대식으로!

버스는 천천히 인적이 드문 거리를 흘러다녔다. 가끔씩 방문단 일행은 개선문이라든가 주체탑이나 인민문화궁전 또는 평양백화점 같은 장소에서 내려 안내원들과 해설자의 인도를 받으며 돌덩이나 대리석, 시멘트, 타일의 더미와 같은 우람한 건축물 앞에 멍하니 줄지어 서 있어야만 했다.

류목사는 버스의 창가에 앉아 지나가는 평양 시민들을 내다보는 게 훨씬 마음이 편했다. 어디론가 손가방을 들고 부지런히 걸어가고 있는 할머니, 둘이서 혹은 셋이서 뭔가 말을 주고받으며 길을 건너는 젊은이들, 줄을 서서 이동하는 학생들, 모두가 어딘가 가야 할 방향과 해야 할 일이 분명히 있다는 듯한 발걸음이었다. 평일이라 그런지 대개는 작업복 차림이고 남자는 앞이 목에까지 닫힌 인민복 차림이고 간혹 양복도 보였다. 고등중학교 학생들은 감색의 교복에 레닌모 비슷한 학생모자를 썼고 인민학교 어린이들은 울긋불긋한 셔츠 위에 점퍼스커트를 입거나 큼직한 붉은 리본을 매고 목에는 붉은 소년단 목수건을 매고 줄을 맞추어 지나갔다. 여자들은 젊거나 늙었거나 간에 거의 비슷한 모양의 투피스 차림인데 젊은 여자들의 옷색깔이 비교적 밝은 것과 구둣굽이 좀더 높은 점이 나이 많은 여자들과 다른 점으로 보였다. 어쩌다가 좀 짧은 치마의 양장이나 원피스에 파라솔을 멋지게 쓰고 머리 모양도 어울리게 가꾼 젊은 여자들이 지나가는 것도 보였다. 직장에서 일하던 모습 그대로 작업복에 차양이 긴 운동모자를 쓰고 장을 봤는지 파와 푸성귀 묶음을 보퉁이에 묶어들고 가는 여자도 있고, 한 아이는 걸리고 하나는 등에 업고서 무궤도전동차 정류장으로 바삐 걸어가는 주부도 보였다.

허공에는 전깃줄에 연결되어 있지만 차체가 버스와 비슷하고 바퀴도 타이어 그대로인 무궤도전동차가 가끔씩 뒤로 지나쳐갔다. 전동차는 앞칸과 뒤칸으로 두 몸체가 아코디언처럼 연결되어 있었다. 정류장마다 줄을 선 시민들이 보였다. 작업복 차림의 남녀가 트럭을 타고 지나가는데 서거나 앉거나 하지 않고 줄을 맞춰 일제히 앞을 보고 쭈그려 앉아 있었다. 전동차가 안내봉을 휘두르는 젊은 여성 교통안내원 가까이로 획 지나쳤다. 녹색 제복과 모자 아래로 하얀 얼굴이 순간 정지된 것처럼 차창에 떠올랐다가 사라졌다.

이 도시는 영화의 화면같이 네모난 평면이 저기 떨어져 있고 요섭은 입체적으로 존재하지 않는 것 같았다. 류요섭만을 따돌리고 저희들끼리의 영상을 만든 무수한 사람들은 그들 주변에서 화면 속으로 들어가려고 애쓰는 그를 절대로 끼워주지 않으려는 것처럼 보였다.

요섭은 밤에 교예극장에 따라갔는데 줄을 타고, 공을 굴리고, 널뛰기로 재주를 넘고, 말을 타고, 마술을 하고, 별의별 재간을 다 부리는 공연을 보았지만 아무런 감흥이 일어나지 않았다. 빌딩 건물들이며 기념적인 조각상들과 가로등의 뿌연 불빛이며 행인들까지도 너무 생생했지만 무슨 초현실적인 그림 속에 들어와 있는 듯한 느낌이었다.

원형무대 위로 유리의 원통형 수족관이 천천히 올라오면서 스모그가 어렴풋한 베일처럼 아래에서 따라올라왔다. 원통 안에서는 수영복에 빨갛고 희고 푸른 기다란 띠를 허리에 두르고 물고기의 지느러미처럼 흐느적이며 춤을 추는 무희들이 수중무용을 하고 있었다. 위에서 색색가지의 조명이 비치면 마치 무용수들은 허공을 너울너울 날아다니는 것만 같았다. 조명이 차츰 어두워지고 스모그가 점점 올라가면서 그들은 위로 천천히 상승했다. 그러고는 거의 무대 위편 장막에 가려질 즈음 조명이 일시에 나가면서 암흑 속에서 관중들의 우레 같은 박수가 터져나왔다. 한데 그 어둠속에서 희미한 사람의 모양이 떠올랐다. 그 형

74

상은 차츰 또렷해졌는데 입을 옆으로 주욱 벌리며 웃기까지 했다. 아니, 저게 누구야. 두더지 순남이 아저씨가 아닌가. 잠깐 그랬지만 요섭은 별로 놀라지 않았다. 잘못 본 게 틀림없을 것이기 때문이었다.

요섭은 어둠속을 더듬으며 좌석 사이의 통로를 빠져나왔고 뒤편에 서 있던 봉사원 여성이 그에게 다가서며 물었다.

"어디 가십네까?"

"저어, 속이 좀 불편해서……"

봉사원이 그를 이끌고 왼편 모퉁이에 있는 비상구의 문을 빠끔히 열어주며 속삭였다.

"저쪽 복도 끝에 위생실이 있습니다. 돌아오실 젠 이 출입구로 들어오십시오."

요섭은 나와서 서성대다가 화장실이 있는 복도의 반대편으로 돌아섰다. 그가 걸어나온 곳은 극장의 드넓은 로비 쪽이었다. 로비에는 아무도 보이지 않았고 거울이 달린 기둥과 빈 소파들뿐이었다. 어느 기둥이었는지는 기억이 나지 않았지만 누군가 저 뒤에서 나타나 기둥 사이로 지나가며 그를 힐끗 돌아보았다. 그는 자기도 모르게 그림자의 자취를 따라서 걸어나갔다. 기둥의 거울 속에서 요섭은 무수한 자신의 상반신을 보았고 몇번이나 걸음을 멈추고는 했다.

극장의 커다란 유리가 달린 현관문을 밀고 거리에 나서자마자 서늘한 바람 한줄기가 내 몸을 감싸며 지나갔다. 나는 비탈진 시멘트 도로를 허청허청 내려가기 시작했다. 어둠속에서 누군가 내 곁으로 다가서며 말을 걸었다.

어디 가니, 나하구 함께 가자우.

돌아보니 하얀 형체의 순남이 아저씨였는데 예전에 고향으로 돌아오던 때의 모습 그대로 단추가 많이 달린 국민복 차림에 머리를 짧게 깎았고 마흔살 가까이 되어 보였다. 그래도 어쩐지 노인이 아니라 그보다 훨씬 어린 애인 것만 같았다.

형님은 어딜 가구 아저씨만 자꾸 나타나요?

요한이가 너한테 가보라구 해서 왔디. 내레 너한테 멀 보여줄라구 한다.

그는 나를 이끌고 불이 드문드문 켜진 아파트 건물들 사이를 지나 강변으로 갔다. 나는 버드나무 우거진 강변의 나무벤치에 가서 앉고 그는 내 등뒤에 서 있는 듯했다.

자, 보라우. 어딘가 하문 우리 고향이여.

골짜기 앞에는 논밭이 펼쳐졌고 산등성이 아래로 초가집들이 작은 버섯처럼 숲 사이에 돋아나 있는 풍경이 나타났다.

저기가 내레 살던 동네다. 당초에는 장재이벌에 사드랬넌데 아부지가 동척에 땅 잃고 먼바우골서 소작 짓구 살았다.

은행나무가 섰는 동네 빈터에 소달구지가 세 대나 서 있었다. 장부를 들고 고함치는 것은 일본인 직원이고 곁에는 마름도 보였다. 힘깨나 쓰는 장정들이 어느 집에서 짐을 끌어내고 있었다. 아직 털지도 못하고 마당에 쌓였던 나락을 짚단째로 실어내고 장롱과 순남이 어머니가 시집올 때 가져왔던 삼층장도 어깨에 짊어지고 나왔다. 벽에 걸렸던 옷가지며 이불까지 거기다 부엌의 솥도 떼어내오고 물독을 비워서 굴려왔다. 어느 놈은 큰 광주리에다 부엌 찬장에 채곡채곡 쌓였던 사기그릇을 모조리 담아서 내왔다. 아버지가 이불을 빼앗아보려고 달려들다가 장정의 발길에 차여 쓰러지고 어머니는 그릇을 담아내가는 광주리를 붙잡고 버티었다. 마름이 어머니를 광주리에서 억지로 떼어내고 밀쳐버렸다. 순남이는 그때 열살이다. 아래로 여덟살짜리 아우, 네살짜리 누이동생이 땅바닥에 주저앉은 채 울고 있었다. 순남이는 돌멩이를 집어 짐을 내가는 사내의 등에다 던졌다. 돌이 그의 등에 맞고 툭 굴러떨어진다. 사내가 얼굴을 찡그리며 눈을 부릅뜨고 돌아보는데 순남이는 얼른 토담 뒤로 숨는다.

너이 아부지두 땅마지기나 장만했넌데 원래가 동척 마름이댔지. 마름이 어떤 소행얼 저질렀너냐 하문 작료럴 올리구 저이 작료까지 물게 하군 듣지 않으문 계약을 해지하구 다른 농사꾼에게 소작권 이작 증명얼 해주는 거여. 동척회사나 금융조합이나 땅쥔들도 수완좋은 서기와 마름덜얼 좋아해서 서루 바꿔가멘 일얼 시키니라구 마름놈이 새로 오문 지난해 작권언 일체 인정하디 않구 새루 작권료럴 올레서 받거나 미리 수확할 량얼 멋대루 정해선 예채럴 받구 보증전두 받구 하댔다. 우리두 수테 갖다바쳐서. 철철이 그물쳐서 쏘가리 메기 잉어에, 덫 놓아 꿩이며 노루며 잡다 바치구, 떡해 가구, 광목 옥양목 끊어 가구. 기래두 가뭄이나 태풍으루 한해 농사만 거시기니 되어두 그냥 작권을 떼이구 말어서. 기때 동네사람덜이 많이 밤참 지어 먹군 만주루 도망갔디. 그렁깨 쌀값이 똥값인데 수리비 조합비 비료비 다 물구 작료럴 내어두 그동안 빚만 개지구두 온 가산얼 다 털어두 못 갚을 테니 그리 했갔디.

먼바우골 산비탈 골짜기에 소작 떨어진 작인들의 움집들이 하나 둘씩 늘어가더니 삼사십여호가 생겨나고 순남이네 식구들은 그리로 들어갔다. 소나무 껍질도 벗겨먹고 머름도 먹고 칡뿌리도 캐고, 땅을 파서 황토 쫀드기와 백토를 캐어다 좁쌀을 섞어서 떡도 해먹었다. 무나

무청을 걷이 끝난 밭에서 주워다가 좁쌀가루 넣어 죽도 해먹고, 배추 꼬랭이는 얼마나 맛이 있던지, 콩잎에 도라지 뿌리에 더덕에 메밀껍질과 도토리 술지게미, 그것도 없으면 산나물을 캐어다 쌀겨 우린 물로 미음도 쑤어먹었다.

나하구 죽은 내 아우넌 어니날 밤에 놈에 밭에 들어가서 비료루 덮어논 콩깻묵얼 걷어다 먹구 배알이 나선 사날 동안 그렁저렁 물찌똥을 쌌넌데 아우넌 그 일루 하눌나라에 갔디. 우리 식구가 재령강 개수 공사터루 옮게가선 누이넌 아이보개루 보내구 몇년 못 가 뿔뿔이 흐터제서. 내가 너이 집엘 가게 된 건 스무살 나서다.

순남이 아저씨가 오던 이듬해에 내가 태어났으니 그는 한 오년쯤 고용살이를 한 셈이었다. 요한 형은 그때 열살이 다 되어 있었고 해방 되기 여섯해인가 전에 순남이 사라져버렸다. 어릴 적에 그의 등에 업혀서 읍내 장에 다녀오던 길이 생각난다. 그의 등짝은 무슨 나무등걸이기나 한 것처럼 탄탄했고 땀에 전 광목 저고리에서는 솔잎 탄 냄새 같기도 하고 무슨 바위이끼 같기도 한 냄새가 났다. 일찍 오른 달은 동산머리 위에 두어 뼘 높이로 걸리고 길 옆의 물가에는 갈대와 억새의 하얀 꽃이 바람에 한들거렸는데 그의 타령소리가 들려왔다.

도라지 도라지 도라지 은률 금산포 백도라지
한 뿌리만 캐어도 광주리 철철 넘는다
에헤 에헤에 헤야 에야란다 디야라
네가 내 간장 녹인다

해방이 되고 나서 그가 돌아오지 않았다면, 요한 형이야 다 커서 동네 사랑도 드나들고 일꾼들도 따라다니고 했으니 그를 기억했을 테지만, 나는 그의 얼굴조차 모르는 게 당연하리라.

　내가 류장로네 집얼 떠나게 된 거는 강선생 덕분이야. 그이넌 몇해 전에 만주에서 몸얼 상해개지구 돌아온 인테리야. 그이네 집안은 읍내서 한약방얼 해선 밥술깨나 먹더니 천주학얼 믿다가 형제덜이 독립 운동얼 하노랍시구 중국으루 떠나고넌 집안이 기울어서. 강선생언 만주엘 가서 독립군에 들었다구두 하구 광복회에 있었다구두 하넌데 거지반 다 죽어서 돌아왔디. 페병으루 시난고난하던 거럴 그이 부친과 고향에 남아 아이덜 키우던 아내가 지성으루 약얼 달여멕여선 살려놓아서. 그이가 병이 나아 바깥 출입얼 하게 되문서 조합창고루 쓰던 곳에다 야학을 열디. 기때 학교 구경두 못한 떠꺼머리덜콰 아이덜이 가서 먼저 언문얼 배우넌데 난두 어쩐지 글 읽넌 소리가 부러워개지구 뒷전에 끼우게 되었디. 일본놈덜 쳐없애야 한다넌 소리럴 곧이곧대루 말은 안했어두 내가 배운 소리넌 '무산자으 세상'이니 '평등'이니 '자본가와 지주'니 하던 알쏭달쏭한 이얘기덜이다.

　기러구 보니깨 우리집 주인덜 가족이 다니넌 광명교회에 나 겉은 사람언 한번두 얼씬얼 못해서. 소작인이라두 제 식구가 있넌 이덜언 서루 권하구 이끌어서 교회에 더러 나가댔어. 우리 겉은 일꾼덜이나 머슴덜언 일년 사시사철 일만 하거나 하다못해 꼴얼 베구 나무럴 하구 소 멕이기라두 하구 있대서. 그냥 먼발치서 예비당에서 들레오넌 종소리나 찬송가 소리럴 듣기만 했대서.

　내가 찬샘골얼 떠나 은률루 나가게 되었던 거넌 기때 조합측과 싸우게 되었기 까탄이야. 땅 많이 가진 군내 유지덜언 서루 회합해개지구 조합얼 만들었넌데, 조합 직원덜이 소작권두 맘대루 쥐락펴락하구 농비 작료 수매까지럴 전담하구 땅주인덜언 수수료럴 걷어내선 조합얼 저이들 좋은 대루만 운영했디. 은률서넌 농민공제회가 생겨났넌데 원체가 조산틀으 너른 땅이 회사 소유라 작인덜 단합이 잘 이뤄졌기 때문이디. 우리 고장에서두 기걸 본떠서 야학 다닌 이덜이 주동이 되어선 공제회를 무었지마는 조합측에서 한두 사람씩 어르고 겁주어 빼내가넌 바람에 유야무야가 됐대서. 나넌 애쎄 이따우 고장엔 넌더리가 나서 은률루 나가 어디 머슴자리라두 알아볼 요량이었넌데, 그곳 공제회에두 검거바람이 일어나 모두 해주까지 끌레가 호된 경을 치고 넌 두어 달 만에 병신이 다 되어서들 풀레나왔다.

은률 동무덜이 덕대를 소개해개지구 나넌 그이들하구 함께 금산포 광산으루 들어가게 됐다야. 일언 고되었지만 나넌 동무들콰 패럴 지어 함바에서 먹구 자구 하넌 생활이 홈자서 남으 집 살이럴 하느니보단 몇배나 겐딜 만하데. 해방 직전에야 우리구 왜놈 감독덜이구 모두가 죽을 맛이라 숨두 크게 못 쉬구 살아내었디만 내가 가서 삼년언 피가 뛰던 시절이댔다. 함바에넌 열홀에 한번씩 노동자회보가 쫘악 돌아가구 나문 그걸 해설해주넌 젊은이가 찾아왔디. 회보넌 교회주보처럼 말똥종이에다 등사기루 찍어낸 거인데 거게서 나넌 '사회주의'라넌 말콰 '계급'이라넌 말얼 배우게 돼서.

해방되던 날 난두 다른 사람덜처럼 갱차를 타구 점심얼 먹으레 나오던 중이야. 종소리가 요란하게 울리구 일본인 감독이 탄광 사무실 앞으 운동장에서 기다리구 있넌 거이야. 그 새끼 이전과넌 아주 달리 공손한 말투루 폐업얼 한다넌 거이며 일본이 전쟁에 졌다구 우물대두만. 몇몇 사람덜언 만세럴 부르멘 겅중겅중 뛰구 대부분은 거저 멀뚱

하니 섰다간 함바루 흐터제 갔디. 덕대가 다시 기다리구 섰다가 전표를 나누어주군 사무실 가서 환전하라구 기러문서 자기두 손을 턴다는 말을 하더라. 나넌 회보를 함께 읽던 동무와 말했디. 이젠 이 광산두 논밭두 몽땅 우리 꺼다.

"여기서 멀 합네까?"

류요섭 목사는 누군가의 목소리에 흠칫 놀라며 주위를 돌아보았다. 그는 강변의 벤치에 앉아 있었던 것이다. 뒤에서 말을 걸었던 사람이 그의 옆으로 다가서며 벤치에 나란히 앉았다. 그는 안내인 올백 사내였다.

"네…… 저어 속이 좀 안 좋아서 바람을 쐬러 나왔소."

"바람 쐬러 좀 먼데까지 오셨구만요."

요섭은 잠자코 강 쪽을 내다보았다. 버드나무가 우거진 뒤편 언덕은 어두웠지만 강변의 유보도는 띄엄띄엄 가로등이 켜져 있어서 부옇게 밝았다. 두 남녀가 고개를 숙이고 뭔가 이야기하면서 지나가고 있었다.

"가십시다. 모두 기다리구 있는데……"

안내인이 그를 재촉했고 요섭은 벤치에서 일어났다. 보도 쪽으로 올라서니 앞등을 켠 차가 기다리고 있었다. 요섭은 사내가 열어주는 대로 뒷자리에 올랐고 그는 앞자리에 가서 앉았다. 요섭이 타자마자 차 안에서 기다리던 뚱보 지도원이 말했다.

"걱정들이 많았습니다."

"무엇 때문에요……?"

뚱보는 사람좋게 생긴 둥근 얼굴을 부풀리며 거의 감긴 눈으로 웃었다.

"목사선생은 우리 사회를 리해하셔야 합네다. 이런 걸 자유주의라구 하디요. 선생은 단체로 오신 여행잡니다."

앞자리의 사내도 고개를 돌려 그를 돌아보며 말했다.

"우리가 목사님을 찾노라구 이 부근을 뱅뱅 돌았수다."

"미안합니다."

요섭은 진심으로 말했다.

4. 대내림

살아남은 자

그는 아침에 늦게 일어났다.

밤새 잠들지 못하고 뒤척였기 때문이다.

간밤에 비가 왔는지 유리창이 떨면서 웅웅대는 바람소리가 들려왔고 다른 무엇보다도 그는 이 도시에 누워 있다는 것이 몹시 이상했다. 밤이 되니까 인적은 일시에 끊어지고 건물의 유리창에 점점이 보이던 불빛도 모두 꺼져버렸다. 일어나 커튼을 젖히면 가로등까지 꺼진 캄캄하고 까마득한 한길 위로 천천히 흘러가는 자동차의 앞등 불빛이 보이곤 했다.

요섭이 식당에 내려가니 그가 제일 늦어서 자리는 거의 비어 있었다. 그는 죽을 한공기쯤 먹고 신덕샘물 한컵으로 요기를 끝냈다. 이층 로비로 나오는데 구석자리에서 교수가 손을 흔들어 보였다.

"목사님, 이쪽입니다!"

요섭이 곁에 가서 앉자마자 교수가 들뜬 목소리로 말했다.

"제 가족을 만나게 됐습니다."

"언제요?"

"뭐 한 삼십분쯤 뒤에요. 아까 밥먹는데 안내원이 와서 알려줬어요. 다른 사람들도 가족을 만나는 모양입디다. 오늘 오전 순서는 그래서 취소됐다는데요."

"좋으시겠군요. 누가 오신대요?"

"어머니…… 어머니께서 아직두…… 살아 계시답니다."

교수의 목소리가 갑자기 격해지더니 눈에서는 눈물이 연이어 흘러내렸다. 그는 손수건을 꺼내어 눈시울을 닦고 벗어진 이마까지 훔쳐 올렸다. 그가 시계를 힐끗 내려다보고 나서 말했다.

"목사님, 부탁입니다. 저하구 같이 있어주세요. 혼자선 어쩐지 불안하고 못 견디겠습니다."

"오전에 별일이 없다니까 그래두 좋겠지만…… 이 사람들이 허락을 할까요?"

"염려 마세요. 나두 고집이 있다구요. 혼자 그 사람들 틈에 끼여서 가족들을 만날 수는 없어요."

올백과 쏘프라노가 두리번거리며 로비를 빙 돌아서 다가오고 있었다. 쏘프라노가 먼저 가까이 오더니 뚱뚱한 몸집을 흔들며 호들갑을 떨었다.

"아유, 여기 계시는 걸 모르구 방에까지 올라갔다 내레왔잖아요."

올백이 다가와 앉지 않고 한팔을 들어 식당 쪽을 가리키며 말했다.

"날래 가십시다. 다 와서 기다리구 있시오."

"오마님, 형님하구 누이들두 오셨더만. 이거 다 조국에 오신 덕분이야요."

두 안내원이 재촉을 하는데 교수는 류목사에게만 시선을 주면서 말했다.

"목사님, 가십시다."

"아니, 목사선생 가족두 오셨습니까? 당사자만 가셔야 합니다."

올백의 말에 교수가 고개를 저으며 단호하게 말했다.

"나 혼자서는 안 가겠소. 우리 교회 목사님이니까 증인으루 모시구 가야 합니다."

"증인이라니요……"

"내가 돌아가게 되면 교인들 앞에서 가족들을 만나고 왔다는 사실을 얘기해줄 사람이 필요하지 않겠소?"

"허, 고집이 세시구만."

올백이 눈짓하자 쏘프라노가 몸집에 어울리지 않는 잽싼 걸음으로 의자들 사이를 가로질러 갔다. 하는 수 없다는 듯 올백은 요섭의 옆자리에 앉았다.

"목사님은 뉴요크에 계시지 않습니까?"

"예……"

"그런데 교수선생은 씨 뭐라는 서부에 살지 않습니까?"

"씨애틀이오. 그게 뭐가 어쨌다는 겁니까?"

교수가 일부러 몹시 기분이 상했다는 표정으로 대꾸를 하자 올백은 요섭에게 정면으로 얼굴을 들이대며 말했다.

"리치에 맞지 않으니까 하는 말입니다만, 뉴요크에 사는 목사선생 교회에 서부에 산다는 교수선생이 나갈 수가 없잖소."

요섭은 할 수 없이 교수의 편을 들어주기로 했다.

"예, 저는 서부에 강연도 자주 나가고 우리 한인교회들끼리는 목사들이 번갈아서 강론 교류를 하게 되니까……"

"그렇겠군요."

"하여튼 나 혼자선 가족을 만날 수 없어요. 사진 찍어줄 사람두 없을 테구."

쏘프라노가 얼른 달려와 이 곤란한 대화는 끊기게 되었다. 쏘프라노는 손수건으로 목 언저리를 씻으면서 모두 들을 수 있도록 큰 소리로 말했다.

"지도원 동지가 일없답네다. 그 대신 목사님 외에 다른 방문자들은 아무도 동석하면 안된답네다."

그렇게 해서 류요섭 목사는 교수의 극적인 이산가족 상봉자리에 참례하게 되었다. 두 사람은 목사와 교수를 이끌고 식당의 창 쪽으로 돌아가며 있는 여러개의 방들 가운데 한곳으로 데려갔다. 교수는 이미 문앞에서부터 눈이 벌게져서 자세가 흐트러지기 시작했고 겁이라도 나는지 연신 요섭을 돌아보고 곁에 있는가를 확인하려고 했다. 쏘프라노가 먼저 방문을 열고 들어서면서 팔을 들어 보였다.

"자아, 여기 오마님이 계십네다!"

요섭은 카메라를 두 손에 꼭 쥐고 교수의 뒤에 바짝 붙어서 있었다. 갑자기 교수가 안으로 뛰어들더니 곁에 섰던 요섭을 잊고 과감하게 안쪽으로 돌격하여 어느 자그마한 몸을 껴안았다.

"어머니이……"

한데 엉긴 두 사람의 바깥쪽에서는 다시 두 남녀가 팔을 둘러 그들을 얼싸안았다. 류목사는 안내원들과 함께 입구에 몰려서서 그들의 만남을 구경했다. 그들은 부둥켜안고 허우적거리는 중이었다. 어떻게 보면 우스꽝스럽기도 하고 한편으로는 가슴이 무너져내리는 듯한 느낌이었다. 바짝 말라붙은 가뭄의 밭에 한방울씩 떨어지는 단비의 전조처럼 할머니의 주름진 얼굴 위로 눈물이 흘러내렸다. 교수는 엉거주춤한 자세로 허리를 구부정히하고는 아주 작게 오므라든 것 같은 노파의 품에 파고들어 엉엉 소리내어 울었다. 한참 뒤에야 교수는 상체를 펴고 노파의 얼굴을 두 손으로 감싸쥐면서 들여다보았다.

"어머니…… 얼굴 좀, 얼굴을……"

"오오, 네가 둘채니? 이렇게 늙었구나."

"아버지는요……"

"할아버지 할머닌 전쟁 끝나구 이내 돌아가셨다. 너이 아바지두 돌아가신 지 십년이 넘어서."

"나 너이 형이다. 여긴 너 밑에 여동생이구."

교수가 다시 두 사람에게로 돌아서서 셋이 얼싸안았다. 요섭은 그들이 만나는 장면을 서너 장쯤 찍었다. 그러고는 너무도 주체할 수 없이 눈물이 솟아나와 문을 열고 슬그머니 그 자리를 빠져나왔다. 문앞에 쏘프라노가 두 눈이 시뻘게져서 연신 손수건으로 코를 풀고 있었다.

"이건…… 민족에 비극입네다."

요섭은 카메라를 돌려주지도 못한 채 로비 쪽으로 나갔다. 방문자들이 모두 흩어져서 가족을 만나는지 상담을 하는 사람들 외에는 한산한 편이었다. 뚱보가 요섭에게 다가와 정중하게 말했다.

"우리가 차 한잔 대접해두 될까요?"

뚱보 지도원과 쏘프라노는 요섭을 데리고 로비 옆의 커피숍으로 가지 않고 에스컬레이터를 타고 이층에 있는 칸막이가 된 바로 갔다. 칸막이 안에는 큼직한 소파가 있었다. 쏘프라노가 접대원을 부르러 간 사이 뚱보가 말했다.

"이런 말을 해서 될까 모르디만 목사선생은 우리에게 속을 주지 않는 것 같아 아주 섭섭합네다. 우리가 이 사업을 하는 것은 여러분이 버리고 떠난 조국과 화해를 하고 새로운 관계를 맺을 수 있도록 도와드리려는 데 있소."

요섭은 진심으로 말했다.

"정말 고맙습니다. 헌데 내가 속을 주지 않는단 말은 무슨 뜻입니까?"

뚱보는 다시 소리를 내어 부드럽게 웃었다.

"혹시 목사선생의 고향이 황해도 아닙네까?"

"그건……"

하면서 망설이는 참인데 뒷전에서 돌아오던 쏘프라노가 말했다.

"류목사님 가족을 만나고프지 않나요?"

요섭은 저절로 한숨을 푹 내쉬었다.

"사실은 제 고향이…… 신천입니다."

"아아…… 기래요?"

두 사람의 얼굴에 긴장한 표정이 떠올랐다. 접대원 여성이 인삼차 세 잔을 날라다 탁자에 놓고 갈 때까지 무거운 침묵이 계속되었다. 지도원 사내는 담배를 꺼내어 불을 붙이고는 나직하게 말했다.

"우리는 처음부터 알고 있댔습네다. 형이 류요한이가 아닙네까?"

"맞습니다. 그걸 어떻게……"

"그 이름을 우리는 닞을 수 없디 안캈소?"

요섭은 고개를 떨구고 잠깐 생각에 잠겼다. 쏘프라노가 이제는 알토가 되어서 말을 건넸다.

"왜 두 분이 함께 오시디 않구."

그는 두 손을 맞잡아 깍지를 끼고 고개를 더욱 숙인 채 중얼거렸다.

"형님은 내가 여행을 떠나기 사흘 전에 돌아가셨습니다."

하고 나서 요섭이 고개를 들었다.

"사죄드립니다. 제가 대신…… 이렇게 왔습니다. 기독교의 목사로서 여러분과는 생각이 다르겠지만 우리 형님은 죄인입니다."

지도원이 담배를 깊이 빨았다가 내뿜었다.

"나는 고향이 평북이라 그켄쪽 일은 잘 모릅네다. 이거이 다아 옛날 상처를 치유하자고 하는 놀음 아니갔소?"

"목사님 가족관계를 말씀해보시라요."

여성 안내원이 여전히 목소리를 낮추어 부드럽게 말했고 요섭은 상의 안주머니에서 그가 적어가지고 온 명단을 꺼냈다. 뚱뚱한 지도원이 종이를 넘겨받으며 말했다.

"이리케 다 준비를 해개지구 오셨구만요. 날래 줬으문 거저 오늘 아침에 만나볼 수 있었을 거 아닙네까."

요섭은 자신이 내준 종이쪽지를 지도원과 함께 들여다보면서 설명했다.

"여긴 형수님이고 이분은 외삼촌입니다. 아직 살아 계실지는 모르겠군요. 그리구 얘는 내 조칸데 이제 오십 가까이 됐겠군요."

"류단열이? 이건 우리가 먼저 파악하구 있던 것 같은데……"

지도원이 고개를 돌려 여성 안내원에게 묻자 그네는 핸드백에서 수첩을 꺼내어 확인을 했다.

"예, 맞습네다. 류단열이는 사리원 시당에 연락을 해놓았습네다."

"헌데 여기 이 여성들 이름은 다 누구요?"

요섭이 차례로 이름을 짚어가며 말했다.

"애들도 다 내 조캅니다. 이제 다들 오십이 넘었지요. 그러구 그 아래는 우리 누나들인데요."

"둘 다요?"

"네, 두 분 다 당시에는 시집가 계셨지요."

"염려 마시오. 조카가 확인이 되어 있으니까 인차 오후쯤이면 자세히 알게 될 겁네다."

지도원이 쏘프라노에게 종이쪽지를 건네주며 눈짓을 했고 그녀는 고개를 까딱하며 인사를 해 보이고는 칸막이 너머로 사라졌다. 단둘이 있게 되자 지도원은 작은 눈을 지그시 감고 잠시 생각에 잠겨 있는 듯했다.

"전쟁기간에 미제침략자들은 공화국 북반부 지역을 일시 강점하였던 불과 한달 반 동안에 천인공노할 범죄를 감행하였소. 외세뿐만 아니라 몰수지주, 친일파, 간상배, 기만과 위협으로 규합한 일부 락후분자들이 저들의 앞잡이가 되어서 만행의 협력자가 되었지요. 그러나 전쟁기간중에 우리 위대한 수령님께서는 반동단체에 가담하였던 자들일지라도 구체적인 죄상이 없는 단순가담자나 범죄자의 가족들에 대해서는 일체 전과를 묻지 않도록 했소. 우리가 해외동포들과 고향방문단 사업을 추진하면서 세운 원칙은 뉘우친다면 절대로 과거를 묻지 않겠다는 것입네다."

요섭은 며칠 전까지 겪은 요한 형의 말년을 생각하며 중얼거렸다.

"하지만…… 상처는 남아 있겠지요. 우리 가족도 그랬습니다."

지도원이 고개를 끄덕였다.

"우리끼리는 상처도 아물게 됩네다. 모두 외세의 탓이라고 해둡세다."

오후 세시쯤에 방문단 일행은 학생소년궁전을 돌아보는 중이었다. 아코디언을 연습중인 방을 돌아보고 나오는데 올백이 류요섭 목사의 뒤로 다가와 한쪽 소매를 은근히 잡아당겼다.

"지금 나가셔야겠습니다. 조카가 와 있답니다."

요섭이 그의 뒤를 따라 밖으로 나가니 승용차가 기다리고 있었다. 그들은 나란히 차에 올랐다.

"목사님은 지금 우리 당의 특별한 배려를 받구 있시오. 이렇게 벼락같이 찾아내는 걸 보시라요."

요섭은 별다른 감흥이 일어나지는 않았지만 어리벙벙한 가운데 그냥 대답했다.

"감사합니다."

호텔로 돌아가 이층에 있는 작은 연회실로 안내되었다. 올백이 문을 열어주었고 요섭은 두리번거리며 안으로 들어갔다. 뚱뚱한 지도원이 창문 쪽을 등지고 앉아 있었고 후줄근한 감색 양복에 붉은 넥타이를 맨 남자와 반소매의 회색 인민복을 입은 두 남자가 그의 양옆에 나란히 앉아 있었다. 요섭은 감색 양복 차림이 자신의 상대임을 대번에 느낄 수 있었다. 지도원이 손으로 양복 차림을 가리키면서 소개했다.

"이켄이 류단열 동무요. 이분은 류요섭 선생이구."

요섭은 빈 연회 식탁의 맞은편 자리에 가 앉으면서 그에게 말을 걸었다.

"아버지 성함이 류요한이 맞아요?"

"예, 다 맞습네다. 작은아부님이시지요?"

요섭은 얼결에 상반신을 일으키며 그에게로 두 팔을 뻗었고 조카도 손을 내밀어 마주잡았다. 다행히 그들 사이에 식탁이 끼여 있어서 가슴이 닿을 정도로 껴안을 수는 없게 되었다. 요섭은 눈시울이 화끈했지만 감정을 자제하고 있었는데 조카가 그의 팔을 놓더니 얼굴을 일그리면서 한팔로 눈을 가리고 흐느끼기 시작했다. 요섭은 얼굴도 모르던 조카의 격정이 지나가기를 기다리면서 그제야 손가락으로 젖은 두 눈을 찍어냈다.

"고만, 고만 하라우……"

요섭은 저도 모르게 그들처럼 사투리를 하면서 자리에 먼저 앉았다. 다니엘이 잠깐 더 울더니 코를 길게 한번 들이마시고는 맞은편에 앉았다. 그는 이미 반백인 머리카락을 몇번 옆으로 쓸어넘기며 감정을 가라앉히려는 것처럼 보였다. 요섭이 먼저 형수의 안부를 물었다.

"너이 어머닌 살아 계시냐?"

"예, 사리원에서 제가 모시구 있시오."

"건강하시구?"

"작년까지는 벨일 없으시더니 올해부터 조티 않아요."

요섭은 차례로 식구들의 안부를 묻는다. 단열의 누나들인 여조카들은 둘 다 죽었다. 전후의 어려운 시기에 어릴 때 죽은 모양이다. 시집 가서 살던 요섭 자신의 누나들도 전쟁시기에 진작에 죽었다고 한다. 그러면서 다니엘이 덧붙였다.

"모르시누만요. 고모부 한분만 살아 계시는데 고모들은 미제놈들이 죽였다구 하든데요."

"소메 삼촌은…… 살아 계시구?"

"소메 할아부지는 정정하시디요. 요사이두 가끔 오마니한테 오십니다."

그들을 지켜보고 앉았던 지도원이 끼여들었다.

"거저 궁금한 내막은 대강 알게 된 것 같구만. 잠깐 인사들 하시오. 이쪽은 류동무를 데레온 사리원 시당 동무들입네다."

처음부터 두 사람을 지켜보고 앉았던 인민복 차림의 두 남자가 차례로 일어나 류목사와 악수를 했다. 그중의 하나가 말을 꺼냈다.

"류단열 동무는 아주 성실한 당원입네다."

"기쎄 난두 놀랐단 말이오. 협동농장 지도원을 한다구 기래서……"

지도원도 그의 말을 거들며 고개를 끄덕였다. 요섭은 조카에게 아직은 그의 아버지에 대한 얘기를 꺼내지 못하고 있었다. 요한 형은 그의 아내나 자식들이 진작에 모두 죽은 것으로 알고 있지 않았던가. 그런데 더구나 당원이라니. 요섭은 처음으로 조금 놀라기 시작했다. 지도원이 먼저 자리에서 일어났다.

"자아, 두 사람만의 시간을 좀 줘야 되지 않갔소? 오늘은 머 같이 잘 수는 없갔디만 목사선생을 위해서 우리도 별도의 조직을 하구 있습네다."

올백이 요섭과 나란히 나오면서 말했다.

"두 분이 같이 방으로 올라가시지요. 그리구 내일은 혈육상봉을 위해서 특별방문도 있게 되니까 오늘은 저녁이나 함께 드시고 일단 헤어지는 걸루 하구요."

요섭은 조카를 데리고 방으로 돌아갔다. 그는 방안을 두리번거리는 조카에게 앉기를 권하고 나서 가방에서 사진을 꺼냈다. 그는 먼저 형님의 독사진과 재혼한 안성댁과 찍은 사진이며 삼열과 빌립이 포함된 가족사진을 조카에게 넘겨주었다.

"그게 너이 아버지다. 넌 갓난쟁이였으니까 얼굴도 모르겠지."

조카가 사진을 받아들더니 한번 내려다보고는 다시 울음을 터뜨렸다.

"다니엘아, 내가 떠나기 사흘 전에 느이 아버진 돌아가셨다."

그는 울음을 그치지 않는데 특별히 그의 아버지의 죽음에 대한 감회는 없는 것처럼 보였다. 요섭은 그의 반응을 기다리며 침대머리에 앉아 있었다. 갑자기 조카가 사진을 탁자 위에 소리나게 덮어놓으면서 부르짖었다.

"제 이름은 다니엘이 아니라 류단열입네다. 길구 이제 와서 식구들을 무슨 염치루 찾겠다는 겁네까. 우리가 기동안 얼마나 어려운 세월을 살아왔는디 아십네까?"

요섭은 일어나서 창가로 갔다. 그는 창밖의 하늘을 내다보면서 한참이나 서 있었다. 뒷전이 조용해지자 조카가 이제는 감정이 웬만큼 가라앉았다는 것을 느낄 수 있었다.

"너 아는지 모르겠지만 우리 가족은 대대로 기독교인 집안이다. 너두 태어나자마자 유아세례를 받았지. 너이 아버진 장로구 나는 기독교의 목사가 되었구나. 공화국의 사상과 어긋나는 점이 많이 있었다."

"머 종교야 어두운 시절의 미신이니깐 다 좋다 말입니다. 반동이던 앞잡이던 기것두 거저 넘어갈 수 이서요. 사람은 왜 죽입네까?"

"그땐 서루 죽이구 미워했지. 이제 그 사람들두 하나 둘 세상을 떠나구 있다. 서로 용서를 하지 않으면 우리는 영영 못 만나게 된다."

요섭이 조카의 맞은편 의자에 가 앉으면서 그의 손을 잡았다. 조카는 뿌리치지 않았고 그가 다시 말했다.

"형님은 너이 모두들 죽은 걸루 알구 있었어. 이렇게 살아서 이 사회에서 당원까지 되었다니 얼마나 마음이 놓이는지 모르겠구나."

조카는 다시 고개를 숙이고 울음을 터뜨렸다.

"기래요, 당원이 되느라구 얼마나 고생을 했는디 모르실 거야요."

아침에 식당으로 내려가니 올백이 지켜서 있다가 요섭을 이층으로 안내했다. 그는 칸막이에서 기다리고 있던 지도원과 만났다.

"어제는 조카를 만나서 좋았겠습니다."

"좀 서먹서먹하더군요. 같이 데리고 자면서 식구들 얘기두 하구 그랬으면 더 좋았을 텐데요."

요섭의 말에 지도원은 고개를 끄덕였다.

"우리두 다 생각이 있습네다. 오늘은 목사선생을 위해서 단독적인 참관행사를 마련할 것입네다. 가족들과 다시 만나서 숙박을 함께 하는 문제두 검토가 될 거야요."

올백이 옆에서 그를 거들었다.

"오늘 목사님은 고향방문을 하실 겁니다."

"어디…… 신천이요?"

류요섭 목사는 자기도 모르게 말을 더듬었다. 올백 안내원이 말했다.

"개성까지 황해도를 관통하는 고속화도로가 뚫려서 신천은 한시간 남짓밖에 걸리지 않습니다."

"우리가 선생을 보자구 한 것은 다른 게 아니라…… 이 말씀을 꼭 드리자구 해서요. 민족의 단결을 위해서는 명심해야 될 문제가 있시오. 우리가 분열하게 된 것은 원천적으로 외세 때문입네다. 일제와 미제가 그렇게 만들었디요."

지도원은 그에게 손을 내밀어 악수를 청했다.

"그동안에 고향이 어떻게 변했는디 잘 보구 돌아오시오. 나중에 뵙겠습네다."

식당으로 내려가서 요섭은 두리번거렸다. 아침상이 차려진 원형 식탁들 사이로 교수가 보였다. 요섭은 그에게로 가서 마주앉았다.

"어제 가족들 만나서 어떠셨어요?"

"접견이 끝나고 나서 목사님을 찾았더니 가족을 만나신다구 합디다."

"예, 조카를 찾았지요. 다른 친척들 소식도 들었어요."

"거 잘됐습니다. 나는 이거 좀 생각이 묘하군요."

하면서 교수는 멋쩍게 웃음을 지었다.

"어머니하구 형을 만나구 나니까 갑자기 여기가 푸근하구 편하게 생각된다 이거요. 낯설고 물선 미국보다는 여기가 훨씬 나은 편이겠지요."

그는 주위를 둘러보고는 다시 목소리를 낮추어 중얼거렸다.

"목사님, 공산당두 인정은 있는 모양이지요?"

"그야…… 사람은 누구나 하나님 자녀들이지요."

식사를 마치고 각자의 방으로 헤어지기 전에 요섭이 교수에게 말했다.

"저는 오늘 고향방문을 하게 되는 모양입니다."

"허어, 그래요? 특별대우로군요."

그러나 그들은 긴 얘기는 하지 않았고 요섭은 특히 형 류요한 장로에 관해서는 혈육이 아닌 누구와도 구구한 사연을 말하고 싶지 않았다.

차가 준비되어 요섭은 간단한 손가방에 셔츠 한벌과 세면도구만을 챙겨들고 호텔 밖으로 나섰다. 에어컨의 영역 밖으로 나오자 구월 초순이었는데도 날씨는 제법 무더웠다. 승용차에는 운전사만 기다리고 있었다. 그는 뒷자리에 탔고 올백의 안내원이 앞자리에 앉았다. 시내를 벗어나자 외곽에 너른 채소밭이 계속되었고 하얀 기포 콘크리트 벽돌로 지은 연립주택들이 들가에 몰려서 있었다. 차는 곧 시멘트의 사차선도로에 들어섰다.

도로는 텅 비어 있었고 가끔 화물차가 털털거리며 지나갔다. 도계의 검문소에서 그들의 차는 멈추었는데 앞자리에 앉은 올백 안내원이 창문을 내리고 통행증을 보여주는 모양이었다. 경무원은 기록을 하고 나서 그들을 통과시켰다. 도로표지판이 보이지 않아 어디쯤인지 알수 없었지만 한시간쯤 더 달리다가 차가 옆으로 새더니 수수밭이 양쪽에 늘어선 비포장도로로 들어서면서 길이 좁아졌다. 먼지가 나긴 했지만 길은 탄탄했다. 다시 포장도로가 나오고 집과 건물들이 모여 있는 거리가 나왔다.

"여기가 어딘지 모르갔시오?"

안내원이 뒤를 돌아보며 요섭에게 물었다. 그는 차창 밖을 열중해서 내다보았다. 사방에 들판이 펼쳐져 있고 낯익은 산자락이 먼곳에 보이기 시작했는데 요섭은 아슴푸레하게 그 산의 모양을 짐작하기 시작했다.

"아, 저건 꽃메 같은데……"

그는 입속으로 우렁산이니 화산이니 하는 고향 산의 잊었던 이름들을 중얼거려본다. 그러고 보니 건물과 집들이 달라지긴 했지만 길은 그대로인 듯하다. 길가에 남녀 몇사람이 나와 서 있는 게 보였다.

"저기 세우라."

안내원이 지시하자 차가 사람들 앞에 가서 섰다. 그들이 차에서 내리자 키가 자그마하고 머리가 희끗한 사내가 반소매 작업복 차림으로 요섭에게 다가섰다. 안내원이 말했다.

"목사님, 인사하시오. 신천군 책임비서입니다."

아마 여기 식으로 군수라는 말인 줄 알아듣고 요섭은 허리를 숙여 정중하게 인사했다. 그의 손을 마주잡으며 사내가 말했다.

"먼길 오시노라구 수고가 많습네다."

안내원이 다시 책임비서의 뒷전에 섰던 노인을 소개했다.

"여긴 박물관장 동집니다."

일행이 앞서거니 뒤서거니 하면서 샛길로 들어서자 앞에 벽돌담과 살창 정문이 보였다. 문 옆에 '신천박물관'이라는 네모난 나무 간판이 보였다. 안에는 시멘트로 포장한 넓은 마당이 있었고 버스가 몇대 서 있었다. 학교 건물처럼 가운데에 현관이 있으며 좌우로 창문이 이어진 이층 건물이 보였다. 화단에는 잣나무와 키 큰 미루나무가 현관 양옆에 그늘을 드리우고 있었다. 현관에 들어서자마자 맞은편에는 이층으로 오르는 계단이 보이고 좌우로 통로가 있는데 정면 벽에는 주석의 교시가 붙어 있었다. 관장의 뒤에 다소곳이 따라왔던 한복 차림의 여성이 가느다란 막대기를 두 손에 받쳐들고 요섭에게 목례를 했다.

"안녕하십니까. 저는 선생님의 참관을 도와드리려는 해설원입니다."

류목사도 고개를 끄덕이며 인사했다.

"고맙소."

해설원 여성이 지시봉을 쳐들어 주석의 교시를 짚으면서 읽었다.

"지난 어느 한 시기에 엥겔스는 영국군대를 가장 야수적인 군대라고 불렀다. 제이차세계대전 시기에 독일 파쇼군대는 그 야수성에 있어서 영국군대를 릉가하였다. 사람의 두뇌를 가지고서는 그 당시 히틀러 악당이 감행한 만행보다 더 악독하고 더 무서운 만행을 상상할 수 없었던 것이다. 그러나 조선에서 양키들은 히틀러 도배를 훨씬 더 릉가하였다."

그러고는 오른쪽으로 돌아서서 전시실로 들어서기 전에 벽에 붙은 도표들을 짚어나갔다. 요섭의 귀에 숫자는 들어오지 않았지만 주택 파괴 소각, 공공건물 및 관개시설 파괴, 각종 기계기구설비 파괴, 각종 수송수단 파괴, 소 가축 략탈, 농기구 파괴 략탈, 농경지 파괴 같은 단어들이 스치고 지나갔다.

해설원의 목소리가 차츰 높아지기 시작했다.

"지난 조국해방전쟁 시기 미제침략자들은 조선에서 인류력사상 일찍이 그 류례를 찾아볼 수 없는 전대미문의 대규모적인 인간살륙 만행을 감행함으로써 이십세기 식인종으로서의 야수적 본성을 만천하에 낱낱이 드러내놓았습니다. 흡혈귀 신천지구 주둔 미군사령관 해리슨놈의 명령에 따라 감행된 신천 대중학살은 그 야수성과 잔인성에 있어서 제이차세계대전 시기 히틀러 도배들이 감행한 오스벤찜의 류혈적 참화를 훨씬 릉가하였습니다. 미제침략자들은 신천에서 살아 움직이는 모든 것은 잿가루 속에 파묻으라고 지껄이면서 오십이일 동안에 신천군 주민의 사분지 일에 해당하는 삼만오천삼백팔십삼명의 무고한 인민들을 가장 잔인하고 야수적인 방법으로 학살하는 천추에 용납 못할 귀축 같은 만행을 감행하였습니다."

대부분의 전시물은 사진이었고 곳곳에 당시의 외신보도나 포스터들이 붙어 있었다. 그들의 앞에는 남녀 인민들이 참관을 하는지 다른 젊은 해설원이 설명하는 목소리가 간간이 들려왔다. 해설원은 시멘트 바닥에 나무판자로 칸막이를 해놓은 상자 같은 물건에 이르러 목청을 드높였다. 요섭은 상자 위에 무슨 잡동사니가 가득 쌓여 있다고만 여기고 그 앞으로 다가섰다. 거기서 그는 잡다한 종류의 신발 무더기를 보았다. 우선 여자의 흰 고무신이 보였다. 그것은 두 짝이었는데 하나는 중동이 끊어져 있었고 색깔도 누렇게 퇴색되어 있었다. 찌그러진 구두, 그리고 아직도 녹슨 못이 튀어나온 구두 뒤축들, 아이들의 작은 검정 고무신, 끈이 끊어진 낡은 검정 운동화 한짝, 동그랗게 무슨 팔찌처럼 엉겨 있는 수많은 전화선들, 굵은 철삿줄, 그것들의 임자는 이미 존재하지 않지만 이들 누군가의 발을 담았던 물체는 그래서 더욱 부재를 선명히 드러내고 있었다. 방충망이 쳐진 채 활짝 열린 창으로 바람이 시원하게 불어들어왔지만 요섭은 목덜미에 진땀이 확 돋아났다. 나는 알고 있다……라고 그는 머릿속에서 중얼거린 느낌이 들었다. 저것들은 구덩이 속에서 파냈을 것이다. 그는 문득 귓가에 바이올린의 가녀린 소리가 들려오는 것 같았다. 길고긴 날 여름철에 아름답게 꽃필 적에 어여쁘신 아가씨들 너를 반겨 놀았도다.

요섭이 해설원을 따라가던 바로 앞에는 참관하는 인민들 일행이 관람을 마치고 다른 방으로 옮겨가는 중이었다. 그들의 맨 끝에 섰던 사람들이 이쪽을 돌아보았다. 요섭은 그 틈에서 목까지 단추를 잠근 낡은 연두색 인민복을 입은 순남이 아저씨를 발견했다. 그리고 순남이의 어깨 너머로 누군가 요섭을 향하여 고개를 돌려 히쭉 웃어 보였다. 그것은 언제나 머리를 박박 깎았던 이찌로 일랑이의 얼굴이었다. 아아, 저들이 여기까지 따라오다니. 앞서가던 사람들의 꼬리가 다음 전시실의 문짝 없는 통로 안쪽으로 사라지자마자 요섭은 관람객들 모두가 죽은이들이 아니었을까 의심스런 마음이 생겼다.

요섭이 그들을 따라잡기 위해 잽싸게 발을 놀려 앞의 전시실로 들어서려는데 뒷전에 따라오던 올백 안내원이 그의 팔을 가볍게 잡아당겼다.

"목사님, 여기 아직 안 끝났습네다."

그가 돌아보니 해설원 여성은 지시봉을 쳐든 채로 그를 멀뚱히 바라보았고 군당 책임비서도 관장도 뒷짐을 지고 서 있었다. 류목사는 명청한 얼굴로 다시 관람객들이 사라져간 입구를 바라보다가 안내원에게 물었다.

"저 앞에 사람들 어디서 왔지요?"

안내원은 어리둥절해서 요섭에게 되물었다.

"왜요, 아는 사람이라두 있나요?"

"아니, 뭐 그런 건 아니지만…… 분명히 앞에 사람들이 많이 있었지요?"

그들이 주고받는 말을 듣고 있던 관장이 말했다.

"우리 박물관에넌 전국 각지에서 참관 조직을 해설라무네 찾아오구 있시다."

요섭은 그제야 다른 이들 눈에도 다 보이는 현실의 사람들인 것을 확인했다. 그는 아직도 여기서는 전쟁의 참화가 끝나지 않았음을 느꼈다. 혀끝이 깔깔하고 목이 마르고 숨이 가쁘고 어딘가 숨거나 달아나야 한다는 조바심이 아랫배에 가득 찼다.

"신천이 강점된 다음날인 시월 십팔일에 미제 살인귀들은 미리 계획

한 대로 이전 신천군당 방공호에 삼백여명의 부녀자들과 아이들을 포함한 구백여명의 인민들을 가두어넣은 다음 휘발유를 뿌리고 불을 질러 태워 죽이는 집단적인 학살을 감행하였습니다. 여기 관람이 끝나면 인차 그 장소에 가서 보도록 하겠습니다. 이튿날인 십구일과 이십삼일에는 군당 방공호 주변 전호에서 무려 류백오십여명을 생매장하거나 불태워 죽였습니다. 이렇게 단 세 차례에만 군당 방공호와 주변 전호에서 학살된 인민들만 해도 무려 천오백오십여명에 달합니다."

다음 방에는 살인흉기들이라는 무기가 전시되어 있었다. 그것은 그저 산야에서 수집한 낡은 노획무기들일 것이다. 녹슨 대검이며 부러진 엠원 총검과 권총들, 기관단총, 개머리판 없이 총열만 남은 엠원총, 카빈총, 녹이 슬어 구멍이 뚫린 철모도 있었다. 총검은 이미 빛이 바랬지만 칼날 가운데 오목하게 팬 혈조는 검붉게 녹이 슬어 피가 묻은 것처럼 보였다.

요섭은 해설원의 뒤를 따라서 죽음을 무릅쓰고 당에 대한 충성을 보였다는 어느 소년의 흉상이 있는 방이며, 인민들을 무더기로 빠뜨려 죽였다는 저수지들의 사진이며, 수많은 여성들을 온천휴양소에 붙잡아다놓고 농락한 다음 연못에 빠뜨리고 수류탄을 던져 살해했다는 사진이며, 신천정미공장 노동자를 소달구지에 붙들어매어 양쪽으로 잡아당겨 찢었다는 사진을 둘러보았다. 수많은 시체의 사진들이 벽의 아래위에 빈틈없이 붙어 있었다.

그들은 다시 처음 출발했던 현관 앞으로 나왔고 요섭의 셔츠는 땀으로 가슴과 겨드랑이가 흠뻑 젖었다. 관장이 요섭에게 말했다.

"저어 건너편에 방공호가 그대루 있습네다. 거길 보구 나서 원암리 학살현장을 관람하면 다 끝납네다."

류요섭 목사는 박물관 건물 앞 시멘트로 포장된 앞마당에 하얗게 내려쪼이는 햇볕의 열기가 그의 뇌수와 심장의 물기를 다 말려버린 것 같은 느낌이었다. 그와 요한 형이 생각하던 고향이며 당시의 참경까지도 자신들은 얼마나 다른 색깔로 그림을 그려놓았던 것일까. 저들도 다르게 구성을 해놓았지만 이것은 우리가 함께 저질렀던 악몽의 즉물적인 잔재들이라고 그는 생각했다.

그들은 길을 건너서 화단이 있는 둔덕으로 다가갔다. 건물의 앞쪽에 불쑥 솟아오른 녹지대 비슷한 곳 위에 네모난 굴뚝 같은 물체가 보였는데 해설자는 그것이 지하 방공호의 공기구멍이라고 했다.

"야수들은 이곳으로 휘발유를 부어넣었습니다. 이 방공호는 일제시대에 공사를 해놓은 것이지만 전쟁시기에도 신천군당의 대피호였습니다. 안으로 들어가볼까요?"

가파른 계단을 내려가니 전구가 달려 있는데 안은 콘크리트로 밀폐된 장소였다. 천장에는 검은 그을음이 두텁게 덮여 있었고 격자로 된 통로의 나무기둥은 불에 탄 숯이 되어 있다. 벽의 시멘트는 삭아서 이곳저곳이 떨어져나갔다.

"여기서 구백여명의 무고한 양민들이 갇힌 채로 타죽었습니다."

관장이 류목사의 등뒤에서 속삭였다.

"저 환기구 앞을 보시라요. 손톱자국들이외다."

요섭은 칼이나 유리 파편 따위로 벽을 긁어낸 듯한 자취를 보았고 머리카락이 타서 엉겨붙은 것 같은 섬유들도 보았다.

바깥은 정오에 가까워지면서 점점 더 뜨거워지고 있었다. 군이라고는 해도 마무리 농번기라 그런지 길에는 사람의 자취가 보이질 않았다. 그들이 차를 타려고 한길을 건너는데 한줄기 바람과 함께 뭔가 날아왔다. 흐느적, 하면서 허공에 날아올랐다가 우쭐우쭐 내려와 땅에 미끄러지면서 맞은편 건물 벽에 붙었다가 떨어졌다. 요섭은 잠시 발을 멈추고 그 물체를 바라보았다. 아마 크고 작은 글씨가 보이는 게 신문지나 잡지 같은 인쇄물이었을 것이다. 그저 그뿐이었다. 햇빛이 읍내 거리의 절반쯤에 하얗게 내려앉았다. 네모반듯한 시멘트 건물들과 푸른 칠을 한 창틀과 유리창은 잘려나간 것처럼 빛과 그늘로 나뉘어 있었다. 사물들은 아무런 소음도 없이 꿈속에서 볼 때와 같이 부분적으로 선명했다. 그리고 어쩌다 저 앞쪽 골목으로 느릿느릿 걸어들어가는 사람의 몸짓도 게임기계의 화상처럼 평면적이었다.

원암리 현장은 나무가 울창한 야산의 중턱에 있었는데 두 채의 창고가 산비탈의 위쪽과 아래편에 남아 있고 전시실은 새 건물이었다. 안에는 사진과 유물들이 전시되어 있었다. 두 줄로 늘어선 사람들이 안내원의 해설을 들으면서 계단을 오르내리고 있었다. 창고는 요섭이 잘 알고 있듯이 예전 조합의 과일저장소였지만 전쟁 때에는 화약창고로 쓰였다고 한다. 여기저기 총탄자국으로 구멍이 뚫리고 시멘트 벽체도 불에 그슬려 있는 채로였다.

"놈들은 어머니와 아이들이 함께 있는 것이 너무나 행복하지 않은가, 당장 떼내어 따로 가두라, 그리하여 어머니들이 어린이를 찾아 애가 타 죽고 어린이는 어머니를 찾아 간이 말라 죽게 하라면서 떠벌리었습니다. 살인귀들은 총칼을 휘둘러 필사적으로 항거하는 어머니들의 품에서 어린이들을 강제로 떼내어 다른 창고에 가두어넣었습니다. 어머니를 찾는 아이들의 애절한 울음소리, 아이들을 애타게 부르는 어머니들의 부르짖음은 차마 들을 수 없었습니다. 피에 굶주린 살인귀들은 살아남은 부녀자와 아이들의 머리 우에 조짚과 휘발유를 뿌리고 불을 질렀으며 그것도 부족하여 수류탄을 마구 던져넣었습니다. 이리하여 이 두 창고에서만도 사백명 어머니와 백공두명의 어린이를 포함하여 구백십여명의 무고한 인민들이 무참히 학살되었습니다."

요섭은 입구에서 나누어준 인쇄물에 흐릿하게 나온 참극의 사진과 자료를 읽어보았다. 자료에는 어느 목격자의 글이 실려 있다.

처음 창고 문을 열어보니 문앞에는 어린이들의 시체가 겹겹이 있었는데 모두 문으로 나오자고 애쓴 흔적이 분명하였습니다. 얼어죽고 굶어죽은 시체와 함께 불에 탄 시체도 많았습니다. 그 대부분 어린애들의 손톱은 전부 빠지고 피투성이가 된 채 있었으니 그것은 그들이 죽기 직전까지 고통에서 벗어나려고 온갖 애를 쓰다가 그만 쓰러진 흔적임을 여실히 말해주고 있습니다.

창고의 오른편 언덕 위에는 왕릉처럼 봉분을 높다랗게 쌓아올린 사백명 어머니와 백두명 어린이의 집단 합장을 해놓은 무덤 둘이 있었다. 양쪽에 비석이 하나씩 섰고 줄을 맞추어 참배하는 사람들이 보였다.

그들이 다시 읍내로 돌아와 군당청사로 돌아온 것은 오후 한시가 훨씬 넘어서였다. 누구보다도 요섭은 녹초가 되어 있었다. 식당에는 벌써부터 차려진 점심상이 그들을 기다리고 있었다. 군당비서가 한턱 쓰는 셈이었다. 박물관장과 중앙에서 함께 내려온 안내원과 류요섭 목사와 여성 해설원까지 모두 다섯 사람이 동석했다. 요섭은 우선 시원한 물수건으로 눈가와 목덜미를 훔쳐내고는 신덕샘물 한컵을 대번에 꿀꺽이며 마셨고 올백 안내원이 말했다.

"시장하시디요, 돌아보느라구 거저 수고가 많았갔습네다레."

그러나 요섭은 멍하니 앉아 있었고 다른 사람들도 어쩐지 말을 꺼낼 분위기가 아닌 듯했다. 당비서가 웃음도 없이 손바닥을 쳐들어 보였다.

"자아, 별 찬은 없디만 자십시다."

상 위에는 백로주도 두어 병 있어서 당비서가 말없이 병을 따서 들고 요섭에게로 내밀었고 그는 작은 목소리로 사양했다.

"저는 술은 못합니다. 더구나 점심인데……"

"그래두 따러만 노시라요. 부러 개져다는 거닝개."

옆에 앉은 관장이 권하여 요섭은 하는 수 없이 잔을 받았다. 잔을 채우자마자 관장이 자기 잔을 당비서의 눈앞으로 들이대며 말했다.

"야야, 당창 따라보라."

군당비서는 쓰다 달다 말도 없이 박물관장의 잔에 술을 따라주고 안내원에게도 내밀었다. 밥은 이밥이고 국은 생선국이었다. 삼겹살도 있고 나물에 전에 된장찌개에 상추와 까나리젓갈이 맛이 있었다. 모두들 아무 말 없이 밥을 먹고 술잔을 비웠다. 여성 해설원은 인사를 하고는 박물관으로 돌아가고 일행은 당비서의 방으로 옮겨서 엽차를 한잔씩 하는데 관장이 점심 반주에 취기가 거나하게 오른 듯했다.

"나 이거 증이 나서 못해먹갔시다. 쟈는 당비서라구 쉬엄이 쓸구 점잔을 빼는데 이건 머, 다 마른 못에 이미기모냥 맨날 사람 죽은 넷말이나 하구 돌아치니."

"거 저엉…… 취했으문 날래 가서 오침이나 하구 있지. 늙은이가 남부끄런 줄 알라."

군수짜리가 옆으로 돌아앉으며 투덜대자 안내원이 물었다.

"두 분이 한 고향 동뭅네까?"

"동무가 다 머요. 어릴 적부텀 볼 거 못 볼 거 다 겪구 살았시다. 그렇깨 사램이 이 세상에서 제일 악종이라구 안하겠시꺄."

당비서는 눈을 흘기고 앉았더니 문을 열고 자기 방에서 나가버렸다. 박물관장은 요섭을 향하여 호소하듯이 말했다.

"내 나이 올에 꽉찬 일흔이오. 살아남은 거이 장헌 일언 아니갔디. 여기 원래 본고향 놈덜언 열에 두엇도 안되오."

"전후에 이동이 많았디요."

안내원이 심드렁하게 받았고 노인은 다시 떠들었다.

"저희끼리 그랬시니 천벌을 받았지. 논밭은 온 천지가 텅 비구 빵때쑥대만 도깨비집처럼 자랐대서요."

올백 안내원이 관장에게 알아들으라고 넌지시 말했다.

"목사님은 여기가 고향이오."

안내원의 말이 떨어지자마자 관장은 요섭에게 눈을 홉떠 보이더니 비틀거리며 일어났다.

"야소 믿넌 목사요?"

하고 나서 그는 발밑에 가래침을 돋우어 칵 뱉고 나가면서 말했다.

"내 양코백이 놈덜허군 술 안 먹어!"

어디에나 목격자는 있게 마련이다.

해설원이 문을 열고 들어오더니 안내원에게 준비가 다 되었다고 했고 안내원은 일어서서 류요섭 목사에게 접견실로 가자고 말했다. 요섭은 영문도 모르고 그들을 따라갔다. 넓은 실내에 응접 소파가 사방 벽을 따라서 놓여 있었고 자리 앞에마다 기다란 탁자가 있었다. 가운

데는 목란꽃을 수놓은 주단이 깔려 있는 채로 텅 비어 있었다. 오른쪽 벽에 하얀 영사막이 걸려 있어서 여러가지 모임을 하는 곳임을 알 수 있었다. 군당비서는 남자 하나와 네 사람의 여성과 맞은편 자리에 나란히 앉아 있었다. 요섭이 들어서자 그들은 자리에서 일어나 박수를 쳤고 해설원 여성이 말했다.

"이 동무들은 당시의 참극을 목격하고 살아난 사람들입니다. 선생님께 생생한 진실을 알려드리기 위해서 모였습니다."

그들은 처음에는 조심스럽고 불안한 기색으로 이야기를 꺼내더니 시간이 흐르면서 차츰 분노와 슬픔이 되살아나면서 마치 신이 오른 것처럼 목청이 커지고 눈물을 흘리기까지 했다. 그럼에도 불구하고 요섭은 이들의 호소가 기획된 것임을 잘 알았다. 요섭 자신도 당시의 그 자리에 있었으니까. 그러나 참극은 거의가 사실일 것이다. 악몽은 사실이지만 꿈에서 깨어났을 때 그 생생함을 잃어버린 말은 또한 얼마나 가벼운가. 수십 수백번 거듭된 말은 마치 타버린 책의 종잇장처럼 검게 일그러져 허공에 떠서 나풀거리고 있었다. 거기 찍혔던 활자와 의미는 재가 되고 먼지가 되어버렸으리라.

그들의 말은 타자기의 활자체 글씨처럼 단문이 되어 요섭의 현재와 과거를 찍으면서 스쳐 지나갔다. 그들은 모두 미군이라고 고쳐서 말했지만 당시에 미군은 주둔하지 않고 북쪽을 향하여 차를 타고 재빨리 지나갔을 뿐이다. 군대가 오기 직전과 뒤의 사십오일 동안 후방 병력의 대부분은 치안대와 청년단이었던 것을 요섭은 자신의 형 요한과 함께 잘 알고 있었다.

김명자. 현재 평양백화점 판매원으로 일하고 있음. 당시 여덟살, 인

민학교 일학년이었음. 아버지는 군인민위원회 지도원이었음. 그들은
아버지를 고문하다가 휘발유를 뿌려서 태워 죽임. 불꽃 속에서 허우
적거리며 짐승 같은 소리가 길게 들리고 바닥에 쓰러져 무슨 헝겊데
기처럼 타버림. 명자의 어머니는 여섯 남매를 두었음. 길이 막혀서 미
처 북으로 후퇴하지 못함. 마을에 남았던 가족들은 적들이 야영하는
곳으로 끌려갔는데 장작으로 큰 모닥불을 피워놓았음. 술취한 그들이
어머니를 때리고 옷을 마구 찢었음. 빨갱이 새끼들이라고 아이들을
마구 장작불 속에다 던져버렸음. 여자들이 아이들을 건지려고 불속에
뛰어들면 거기다 난사했음. 명자는 어린이들만 가두었던 창고에 일주
일간 갇혀 있었음. 그들은 물 한모금도 주지 않았음. 더 어린 철없는
것들은 배가 곯아 울었음. 젖먹이들은 울음소리가 곧 쇠약해졌음. 십
이월이라 날이 곧 어두워지고 추워졌음. 너무 굶주리니 회충이 올라
와서 그것을 다시 씹어…… 어머니들은 창고에서 최후를 각오하고 물
을 달라고 부르짖으며 소동. 적들은 바께쓰에 시궁창물을 떠다 놓음.
아이들은 쏟아진 물을 혀로 핥아먹느라 혀에서 피가 나왔음. 어머니
들은 소변을 받아 아이들에게 먹임. 미군들이 나타나 처녀들의 얼굴
을 전짓불로 비춰보며 쌕씨 쌕씨, 하였음. 언니를 끌어감. 인민학교
여교원도 끌어감. 그들은 돌아오지 않음. 해리슨은 어머니와 아이들
이 함께 있는 것은 너무도 행복하다, 갈라놓고 서로 부르며 찾다 애가
타서 죽게 하라고 지령. 이렇게 되어 어머니들과 아이들은 별개의 창
고에 갇혔음. 아이들은 어머니를 찾아 시멘트 바닥을 기어다니며 울
었음. 팔굽과 무릎이 다 까지고 피가 났음. 아이들이 계속 물을 달라
고 보채고 울자 문을 지키던 보초들은 바께쓰에 휘발유를 떠다 줌. 신
발에 휘발유를 떠먹고 몸부림을 치는 아이들을 보고 그들은 구경하며

웃음. 이어서 안에다 불을 지름. 아이들은 불에 타서 죽고 연기로 가득 차서 질식해 죽음. 많은 아이들이 환기창 쪽에 몰려서 죽다. 놈들은 거기에 수류탄을 던지다. 명자는 그날 밤 벽가에 몰린 어린아이들을 딛고 환기창에 기어올라 구사일생으로 탈출하여 살아남다.

주창원. 현재 농장원임. 고아로 자라남. 당시 다섯살이었는데 손바닥만큼 뚫어진 벽 구멍에 얼굴을 대고 엎드려 있었음. 수류탄 파편으로 오른발이 상했으나 기적적으로 구출됨.

최경녀. 경녀의 어머니는 청년단에게 코를 철사로 꿰인 채 나체로 끌려다님. 남편이 군대에 나가 있다는 것 때문이었음.

오은순. 당시 열살. 현재는 신천박물관 해설강사로서 미제의 죄행을 전세계에 고발하고 있음. 아버지는 당원. 구월산 유격대에 들어가 있었음. 가족은 후퇴를 못함. 가족은 아버지를 찾아 산으로 올랐는데 어머니가 식량을 구하러 마을에 내려갔다가 잡힘. 은순은 지주네 집 창고에 갇힘. 거기서 뜻밖에 아버지를 만남. 그러나 그들은 부녀간의 상봉을 불허. 어린 딸 앞에서 아버지를 물고문. 딸은 기절. 그들은 아버지를 묘목 움에 생매장. 그때 은순은 구덩이 속에서 기어나옴. 일가친척 이십여명이 희생됨.

조순원. 당시 열살이었음. 아버지가 당세포위원장. 아버지가 잡혀서 여러 사람들로부터 몽둥이로 타살되는 것을 목격. 음력 십일월 초하루에 최후의 심문이 있었음. 밤 아홉시에 그들이 흰 보자기에 싼 것

110

을 들고 나타남. 그것은 실탄이었음. 여든두명의 어머니와 아이들 지주네 집 앞마당을 거쳐 처형장으로 끌려감. 언덕바지에 세우고 총을 쏘다. 그때 코흘리개 여섯살 난 동생이 먼저 배가 관통. 그래도 죽지 않으니 숨이 질기다면서 총창으로…… 순원은 입술을 꼭 깨물고 비명을 참다. 순원은 네 발의 탄알을 맞음. 어머니가 업고 온 동생들은 모두 사살됨. 그들은 산자와 죽은자를 식별하면서 산자는 찌르고 방망이로 때려죽임. 조순원은 새벽에 시체 속에서 기어나옴. 그 시신들 가운데서 귀신이 일어남. 그 귀신이 묶였던 전화선을 끌러줌. 귀신은 옆집 아줌마. 조순원은 아직 죽지 않은 사내아이 하나를 이끌고 산을 넘음.

유매물. 현재 신천군 여맹위원장. 그들은 인민유격대의 소재를 알려고 온갖 만행. 어머니의 품에서 세살짜리 은자를 떼어 늪에다 담그며 취조함. 나중에는 아주 늪에 던져버림. 어머니가 저항하자 몽둥이로 머리를 때려 그 자리에서 사망. 유매물은 유격대를 찾으러 다니던 그들의 인질로 끌려다님. 죽은 줄 알고 한정천 얼음판에 버려짐. 그때 입은 동상으로 뒤에 십오년 동안 병원생활. 양쪽 발가락 여섯 개가 없어짐.

리인화. 당시에 아홉살. 아버지가 리당세포위원장. 아버지를 비롯한 동네 남자들 네 명이 철사로 코가 꿰인 채 끌려다님. 그들이 아버지를 심문하다 대답을 않자 남동생은 밟혀 죽음. 인화는 마루 밑에 들어가 숨어 있었음.

아아, 이제야 그들의 말은 모두 끝났다. 아니 아직 끝난 게 아니다.

요섭은 군당청사에서 나와 너른 잎사귀 아래 방울열매를 주렁주렁 달고 있는 싱그런 플라타너스나무 아래 서서 그를 데리러 올 자동차를 기다렸다. 예전 오늘 같은 날에 저 잎사귀를 따다가 줄기로 왕관을 엮어 쓰고 요한 형과 작대기로 칼싸움을 하며 전쟁놀이하던 생각이 났다. 그는 안주머니에서 포켓 성경을 꺼내어 이곳저곳을 뒤적이다가 '에베소서'에서 찾아낸다.

그는 우리의 화평이신지라 둘로 하나를 만드사 중간에 막힌 담을 허시고 원수 된 것 곧 의문에 속한 계명의 율법을 자기 육체로 폐하셨으니 이는 이 둘로 자기의 안에서 한 새 사람을 지어 화평케 하시고 또 십자가로 이 둘을 한몸으로 하나님과 화목하게 하려 하심이라 원수 된 것을 십자가로 소멸하시고 또 오셔서 먼 데 있는 너희에게 평안을 전하고 가까운 데 있는 자들에게 평안을 전하셨으니 이는 저로 말미암아 우리 둘이 한 성령 안에서 아버지께 나아감을 얻게 하려 하심이라.

요섭은 눈안에 물기가 고이는 것을 느꼈다. 흐려진 시선 저쪽에서 차가 다가왔다. 앞자리에는 차를 부르러 갔던 안내원이 탔고 뒷자리에 타고 있던 사람이 문을 열어주며 안으로 물러났다. 그는 어제 헤어졌던 조카 다니엘이었다. 그가 차에 오르자 류단열이 어제보다는 훨씬 공손한 어조로 말했다.
"부과장 동지가 작은아부님 모시구 지내라구 해서요."
올백의 직책이 부과장이라는 것도 그제야 알고 요섭이 고개를 숙여 보였다.

"배려해주셔서 감사합니다."

"예, 위에서 지시가 있댔습네다. 오늘 조카와 함께 고향에서 쉬시라 구요. 여긴 머 려관두 마땅찮구 기래서 초대소루 모시갔시오."

자동차가 논 사이로 이어진 가로수 길을 달려갔다. 지치고 허름한 작업복 차림의 젊은 남녀 수십명이 단독무장을 한 채로 논두락길을 행군하고 있는 게 보였다. 무슨 농촌 예비군 비슷하게 보였다. 그들은 차 쪽으로 눈길도 돌리지 않고 천천히 들판을 지나갔다.

5. 맑은 혼

화해 전에 따져보기

초대소는 옛날식 여관 같은 구조였다. 현관 앞에 연회나 회의를 할
수 있는 넓은 홀이 있고 안쪽에 작은 식당방과 주방이 있었다. 연회실
옆으로 복도가 있는데 작은 거실이 나오고 다시 복도 왼편에 침실들
이 줄지어 있었다. 복도의 오른편에는 뒷마당이 내다보이는 유리문이
연달아 있었다. 요섭과 조카 단열이 들게 된 방은 안에 거실과 서재와
침실이 따로 있는 귀빈실이었다. 안내원 부과장은 복도의 맨 끝에 있
는 방에 머물렀다. 저녁을 먹고 나서 요섭은 단열과 집 밖으로 나와 초
대소 경내를 산책했다. 집 주위에는 활엽수가 시원하게 그늘을 드리우
고 있었고 안쪽은 소나무숲이었다. 숲 사이로 난 오솔길을 따라서 그
들은 나란히 걸었다. 주위가 들판이라 저녁 바람이 소슬하게 불었고
아직 어두워지지 않았는데도 귀뚜라미가 울기 시작했다. 오솔길에 자

갈을 깔았는지 그들의 발밑에서 자박거리는 소리가 들렸다.

"너이 어머넌…… 지금두 믿음을 갖구 계시냐?"

요섭이 조카를 돌아보지 않고 그냥 정면을 보면서 물었고 단열도 땅을 보고 걸으면서 심드렁하게 대답했다.

"우리 오마넌 옛말언 안하십네다."

"아버지 얘기두 안하셔?"

"안하십네다."

"그럼 어떻게 아버지 얘긴 알구 있었어?"

단열은 말없이 그냥 걸었다. 요섭은 실내가 아니라서 주저할 필요가 없다고 생각하던 참이었다. 그들의 대화는 소나무들이나 듣고 있을 테니까.

"너, 아버지 성함두 알구, 과거두 알구 있는 모양이든데……"

"기거야 모두가 알구 있던 얘기디요. 자라멘서 수테 들었시오. 길카구 소메 할아부지한테서 좀 들었시오."

"그 동네 그냥 사시냐?"

"예, 농장 도서관지기 하세요. 우리 식구넌 그 할아부지 도움을 많이 받았습네다. 저두 할아부지 덕분에 입당을 했디요."

하더니 단열이 걸음을 멈추고 요섭을 똑바로 쳐다보았다.

"생각 좀 해보시라요. 두문벌이 어떤 줄 아십네까? 동니에서 아무두 말을 걸디 않아요. 학교에 가두 동무덜이 아무두 상종얼 안해요. 그냥 협동농장에 나가 분여된 일만 하구 식량배급만 받디요. 열댓살 넘어서까지 기렇게 살다가 작은외할아부지 덕분에 소메루 옮겼시오. 이제 아부지라는 사람으 죄를 게우 벗어났넌데 왜 작은아부지가 와서 옛날얼 들추어냅네까? 우릴 그냥 놔두문 조용히 살아갈 텐데 말입네다."

"우리 속담에 털 뽑다 살인난다는 말이 있다. 손뼉이 마주쳐야 소리가 난다구두 했어. 누구 남들이 그런 행악을 한 게 아니라, 우리가…… 동네에서 같이 오손도손 살던 사람들이 그랬다."

"미신쟁이덜이 그랬다지요."

"아니다, 사탄이 그렇게 했어."

"그건 또 무슨 구신입네까?"

류요섭 목사는 말했다.

"사람의 마음속 어디나 따라다니는 검은 것이다."

송림이 끝나고 사람 키만큼의 높이로 막아선 둑 앞에 이르렀다. 그들은 둑 위로 놓인 시멘트 계단을 딛고 올라갔는데 둑 위에 도달하자마자 먼저 저 건너편에 시원하게 펼쳐진 너른 들판을 보게 되었다. 들판 너머로 해가 지는 중이라 노을이 한창이었다. 먼데서 아마 까치인 듯한 새의 울음소리가 고즈넉하게 들려왔고 초가을 바람이 풀 위로 스쳐오고 있었다. 요섭은 이제야 어린날의 고향에 돌아온 것 같았다. 그는 둑의 풀 위에 가만히 앉았다. 아래는 작은 저수지였는데 해질 무렵의 수면은 잔잔했지만 물 가운데서 가끔씩 고기가 하얗게 빛을 내면서 뛰어올랐다가 사라졌다. 그때마다 물소리가 들리고 매끈해 보이던 수면에 파문이 번졌다.

"여기 좀 앉으렴."

요섭이 말하자 단열은 우물쭈물 그의 옆자리에 앉았다.

"내가 여기 왜 왔는지 아니?"

"글쎄요……"

"너이 아버지와 나 같은 사람들의 죄를 씻으려고 왔다."

조카의 깡마르고 검게 탄 표정없는 얼굴이 약간 일그러지면서 냉소가 떠오르는 것처럼 보였다.

"아부지는 천추에 용서받지 못할 반동입네다. 그 죄를 어트케 씻갔시오. 이젠 세상에 없다는데."

요섭은 상의 주머니에 손을 가져갔다. 그리고 더듬거려서 안쪽에서 그 작은 모피 주머니를 꺼내고 가죽끈을 늦추어 형의 골편을 꺼냈다. 그의 손바닥 위에서 약간 누런색이 감도는 뼛조각은 처음에 보았을 때와 같이 도장처럼 보였다.

"여기 오기 전에 형님을 화장했다. 이건 그분의 남은 뼛조각이야. 너이 아버진 나하구 고향에 함께 온 셈이다."

단열이 고개를 삐죽이 내밀고 요섭의 손바닥을 들여다보았다. 요섭이 말했다.

"자아, 만져봐."

조카가 손가락을 내밀었다. 그의 엄지와 검지 손가락이 떨면서 골편에 닿더니 잠깐 그것을 잡았다가 얼른 달아나듯이 손은 제자리로 돌아갔다. 그리고 그는 두 다리 사이에 얼굴을 묻고 울기 시작했다. 요섭은 그의 격정이 지나가기를 기다리면서 다시 골편을 수습하여 주머니 속에 넣고 상의 안쪽에 간직했다. 단열이 손바닥으로 얼굴을 쓸어내리고 코를 몇번 들이마시고는 풀 위에서 일어섰다.

"전 당원입네다. 저이 같은 반동들을 공화국의 크나컨 품에 안아주신 수령님 은혜럴 닞을 수 없시오. 제가 작은아부지럴 뫼시게 된 것은 조국통일사업에 앞장서달라는 당의 심심헌 당부럴 전하기 위해서입네다."

"그래 그래, 고맙다."

류요섭 목사가 조카의 어깨를 두드리며 그렇게 말해주었다. 그들이 솔밭을 지나 초대소로 돌아오니 안내원이 현관에서 기다리고 있었다.

"욕탕이 준비되어 있습네다. 피곤할 텐데 목욕하구 푹 쉬시디요."

방안에는 목욕가운이며 큰 타월이 침대 위에 가지런히 놓여 있었다. 옷을 벗으며 요섭이 조카에게 말했다.

"단열아, 너두 어서 옷 벗구 같이 하자."

"예, 먼저 하시라요."

"나 등 좀 밀어다구."

귀빈실의 욕실은 다섯 평쯤 되는 아담한 크기였는데 타일을 붙인 둥근 욕조에 따로 수도꼭지가 있고 바닥에 나무판자로 짠 작은 걸상이 있었다. 유황 냄새가 매캐하고 물은 조금 노랗게 보였다. 둘은 말없이 욕조에 들어가 눈을 감고 앉아 있었다. 탕 밖에 나와서 요섭은 등을 돌리고 앉았고 단열이 물을 끼얹고 젖은 타월로 문지르기 시작했다. 조카의 손이 닿을 때 요섭은 잠깐 머리를 숙이고 그가 눈치채지 못하도록 기도를 했다.

요섭은 한밤중에 목이 말라서 저절로 잠이 깼다.

코고는 소리가 요란했다. 옆 침대에서 단열이 깊이 잠들어 있었다. 그는 더듬거리며 문을 열고 거실로 나갔다. 거실은 캄캄했다. 그는 벽을 이리저리 더듬어 스위치를 눌렀지만 불은 들어오지 않았다. 지방에서는 자정이 넘기 전에 절전으로 전기가 들어오지 않는다는 소리를 들은 것 같아서 그는 이내 불켜기를 단념한다. 탁자 위를 더듬어 물병을 찾아 병째로 꿀꺽이며 마셨다. 그가 소파에 앉아 있는데 맞은편 자리에 두 사람이 쓱 나타나 마주앉는 것이었다. 요섭은 이젠 놀라지 않는다. 하나는 백발의 늙은 요한 형이고 다른 하나는 중년의 순남이 아저씨다.

어떻게…… 이젠 두 분이 사이좋게 떠나려구 그러는 거요?

한복 수의를 입은 요한 형의 헛것이 고개를 끄덕였다.

그래, 그전에 옛말이나 한번 따져보자구 해서 왔다.

목까지 단추를 잠근 인민복 차림의 순남이 아저씨는 눈을 가늘게 뜨고 웃으면서 말했다.

떠나구 보니 벨루 끔찍하디 않두만. 공평하게 얘기해봐야 되디 않가서. 한이 없이 가야 떠돌디 않구.

해방이 되고 몇달 동안은 그저 모두들 정신이 없었다. 건국준비회를 만든다고 읍내로 해주로 평양으로 나다녔는데 이북 다섯 도에서 제일 먼저 움직인 것이 우리 기독교인들이다. 그런데 공산당에서 인민위원회로 명칭을 바꾸면서 말썽이 생기기 시작했지. 내가 그때 스물한살이다. 나는 기독청년회에 들어가 있었다. 그러니 당연히 나중에 민주당이 되었지. 해주에서 우측이 도인민위원회 본부를 습격해서 세 명을 죽이고 시가전이 벌어진 게 해방되고 겨우 한달 만이야. 그 다음에는 좌측의 보안대가 치안을 장악했거든. 알려진 친일파는 진작에 사라졌지만 가을이 되면서부터 건준에 참가했던 지주들이나 사업가들 그리고 교계의 많은 장로들이 벌써 삼팔선을 넘어 월남하기 시작했지.

십일월에 신의주에서 학생들과 기독교인들이 소련군 당국과 공산당에 항의하다 여러명 죽었어. 우리 군에 인민위원회가 생겨난 뒤에 가보니 정말 한심하더라. 어중이 떠중이에 머슴 건달 떠돌이 따위들인데 누가 보아도 제 고장에서 대접 못 받던 놈들을 긁어모은 것이라.

우리는 당연히 인민위원회와 결별하고 교회 중심으로 모여 있었지.

나는 아버님을 모시구 평양 산정현 교회에 갔더랬어. 일본놈들의 신사참배에 반대해서 칠팔년 동안이나 감옥에 갇혀 있던 교계의 목사님들이 나오셔서 이북 교회의 재건을 선언했거든. 그 자리에서 일제에 굴복한 목회자와 장로들은 하나님께 통회하고 두달 동안 자숙하여 정직하며 신도들에게도 신앙고백을 통하여 신사참배가 교리에 어긋나는 일이었음을 알려야 한다는 결정이 내렸지. 그들은 일제의 탄압을 받고 감옥에 가거나 교회도 해산되어 지하에 숨어서 신앙을 유지했는데, 참배를 했던 측에서도 교인과 더불어 교인을 지키며 굴욕을 당한 것도 그에 못지않게 어려운 일이었다며 반발을 했다. 결국은 그해 겨울에 평양 장태현 교회에서 이북오도 연합노회를 결성했는데 신의주의 참사가 있은 뒤라 공산당에 대한 저항을 할 것과 기독교인이 일치단결하자는 것이었지.

해방 이듬해 삼일절은 우리네 기독교와 공산당이 철천지 원수가 되는 마지막 고비였다. 이북 연합노회에서는 새해가 되자마자 전국 각 노회에 지시를 내려서 우리 기독교인들 주동으로 일어났던 삼일절을 교회 중심으로 치르기 위한 준비를 해왔지. 그리고 남한에서도 한독당이나 반공청년단에서 사람이 오가면서 전국에서 일어나기로 계획을 했다. 우리 군에서도 평양과 해주에 사람을 보내 연락을 하면서 대대적인 연합기도회를 하기로 작정하였다. 은률 신천 재령 세 군의 기독교인들이 재령 서부교회에 모여서 삼일절 행사를 하기루 되었구나. 그때는 조만식 장로가 모스끄바 삼상회의의 신탁통치안을 반대한 이후 평양 고려호텔에 연금당한 뒤이다. 우리네야 지금도 신탁통치를 반대하는 것이나 찬성하는 것이나 어느 편이 옳았는지 잘 모르겠다.

다만 남쪽은 반대를 하고 북쪽은 찬성하였다는 것이고 우리 교계는 모두 반대를 했다는 것만 알고 있다.

당시에 군내 치안은 임시인민위원회 아래에 보안대와 민청 여맹으로 꾸려진 적위대들이 맡고 있었는데, 일제가 버리고 간 것들을 접수해서 권총과 장총 같은 무기도 있었구 아주 서슬이 퍼렜다. 그래두 우리는 저항하기루 했지. 나는 성경연구반의 기독청년들과 우리 광명교회 뒷방에 모여서 등사기로 삐라를 만들었다. 내용은 잘 모르겠지만 목사님들 설교에 나온 대로 교회 탄압을 중지하라는 것과 공산당과 소련군을 반대한다는 말이 있었을 거다. 그때 그런 삐라나 벽보는 황해도 각처에서 성행중이었어.

삼일절 아침에 만사 제껴두고 우리는 삼삼오오 무리를 지어 재령 서부교회로 모였다. 청년들 중에는 이틀 전부터 가서 있는 아이들도 많았고 아버지 같은 장로님 축들도 전날 저녁부터 보안대 애들이 눈에 불을 켜고 있어서 캄캄한 새벽에 길을 떠나야 했다. 아침에 서부교회에 수천명의 사람들이 모였는데 회당 안 연단에까지 올라가들 않고 통로도 없이 빼곡히 앉고 바깥 마당에도 모두들 쭈그리고 앉고 서고 하였으며 문앞에는 기독청년들이 몽둥이며 괭이자루 따위를 들고 지켜섰지. 저들은 감히 들어오지는 못하고 먼발치에서 지켜보고 있고 회당 안에 몇몇 당원 녀석들이 들어와 있었어. 제 고장 놈들은 거의가 아는 얼굴들이라 저희 집 세간살림은 물론이고 어릴 적에 누구에게 맞고 누구에게 눌렸는지두 소상히 아는 처지다.

우리는 나중에야 평양에서 큰 난리가 났다는 소리를 들었지만 그때에는 온 천지가 기독교인이고 공산당은 한줌도 안되는 줄 알고 있었지. 목사님이 삼일운동은 우리 기독교인들이 단결하여 일으킨 운동이며 하나님의 역사하심으로 독립된 우리나라를 기독교의 나라로 만들도록 하여야겠다고 하면서, 공산당은 하늘이 무서운 줄도 모르고 온갖 무식쟁이와 비신자들을 모아놓고 소련이 시키는 대로만 하는 허섭스레기들이라고 강하게 말했지. 어디서 집어치워라! 하는 고함소리가 들리더니 사방에서 돌이 날아와 교회당 창문들이 깨어지고 우리는 몽둥이를 들고 나가서 막으려고 했는데 벌써 좌파 청년들이 문앞에서 우리 애들과 몽둥이 싸움을 벌이며 밀고 들어오는 거야. 그리고 어느 놈인가는 허공중에다 총을 팡팡 쏘데.

상호는 그날 대가리가 깨어지고 나도 어깻죽지에 몽둥이를 맞고 나뒹굴었어. 목사님은 내무서에 잡혀가고 아버지와 재령 노회의 다른 장로님들두 잡혀갔지. 나와 상호는 밤까지 교인 집에 숨어 있다가 신천으로 돌아가서도 열흘 동안을 집에 들어가지 못하구 묘목 움집에서 숨어지냈다.

그때 평양에서는 큰 난리가 났던 게야. 임시인민위원회에서는 삼일절을 교회의 단독행사로 치러서는 안되며 정부의 행사에 합류할 것을 각 교회에 시달했다. 그렇지만 교회측에서는 신교의 자유를 박탈당하지 않기 위해서라도 삼일절 기념예배 행사만은 거행해야 한다는 데로 모아졌고 일주일 전부터 당국과 신경전을 벌였다. 이십육일 새벽에 보안대는 유력한 교역자 육십여명을 미리 검거했어. 오전 열시에 교인 만여명이 삼일운동의 진원지였던 장태현 교회로 모였지. 교회당은 무장경비대가 겹겹이 포위하구 있었다. 그날 설교는 삼일정신을 본받아서 조선이 다른 나라의 신탁통치를 받아들여서는 절대로 안되며 완전한 자주독립이 보장되어야 한다고 역설했다. 목사님 설교가 끝난 뒤에 오천여명의 신도들은 자리에 엎드려서 두 손을 모으고 조국을 위한 통성기도에 들어갔고 기도소리는 울음과 외침으로 하늘에 사무친 듯하였다고 전하더라. 기도 도중에 무장한 내무서원들이 들어와 목사님을 자동차에 태워서 연행해 갔다더라. 그래서 교인들은 십자가와 태극기를 앞세우고 거리시위에 들어갔다지. 그리고 거리를 누비며 '믿는 사람들아 군병 같으니' 찬송을 목메게 불렀다. 거리에서도 미처 예배당에 오지 못했던 교인들이 합류를 해서 다시 교회로 돌아와 철야 단식기도에 들어갔지.

그런데 또 엉뚱한 일이 벌어졌다. 평양역전에서 인민위원회측이 개최한 기념식이 열리던 중에 인민위원회 간부들과 소련군정 간부들이 나란히 연단에 앉아 있었는데 누군가 던진 수류탄이 단상으로 날아들었다. 경비를 서고 있던 소련군 장교가 수류탄을 잡아 되던지려다가 터져서 팔이 날아갔지. 소련군 사령관은 며칠 후에 자신의 집이 폭파당하는 일을 겪었어. 그리고 또 보름이 못 되어 인민위원회측에서 조직한 어용 기독교도연맹의 강량욱 목사네 집에 폭탄이 날아들어서 그의 맏아들이 희생되었지.

이건 모두가 기독청년들이 거사한 일이야. 물론 남에서도 한독당이며 반공청년들이 들어와 함께 거사를 했지. 저들이 맑스의 자본론을 들이댄다면 우리에게는 성경이 있었다. 이제 우리는 주님의 십자군이요 저쪽은 사탄의 세력이 되구 말았지. 이건 우리 할아버짓적부터 조선이 개화하면서 시작되었던 거야.

그래두 아직까지 동네에서는 그렇게 마구 나가지는 못했어. 조선 사람이란 게 인정에 약하지 않느냐. 얼굴 대놓구 막무가내로 해보지는 못하거든. 그런데 천지가 개벽할 일이 일어나기 시작한 거다. 그게 무엇이냐, 조상 대대로 물려받아온 땅을 빼앗는 거야. 토지개혁이 실시되었지. 그것두 처음 보는 생면부지의 놈들이나 타지에서 온 놈들이 나타나서 총칼 들이대고 마구잡이로 빼앗으면 분하면서두 힘이 모자라고 생판 남이니 한차례 실컷 울면 그만이겠는데, 이건 그것두 아니야. 늘상 코를 맞대구 한집에서 살기두 하구 들이나 산에서 일두 같이 하구 천렵을 나가 고기 잡아 어죽두 같이 끓여먹구 함께 발가벗구 헤엄두 치구, 하여간에 소싯적부터 사타구니에 거웃이 날 때까지 한마을에서 딩굴어온 놈들이 안색을 싹 바꾸고 나타나서 땅을 내놓으란 거야.

난두 한마디 해야갔다. 황해도에 쏘련 해방군이 들어온 거이 이십오일인가였다. 선발대와 같이 온 정치장교가 조선 사회단체 사람들이랑 만나서 건준 황해도 지부럴 황해도 인민정치위원회로 바꾼 거는 페양에서의 결정에 따른 거였다. 위원장얼 기독교 장로루 앉히구 좌파넌 게우 두어 사람이고 나머지넌 모두 지주나 돈많언 유지들이었거던. 나넌 은률에서 고향으루 돌아와 야학하던 강선생두 찾아보게 되구 회보 돌려보던 동무덜과두 만나게 되었다.
기때 황해도넌 각 사회단체가 우후죽순격으루 생겨나선 베라벨 모임이 다 많드렜넌데 조선공산당 황해도지구위원회넌 전에 소작쟁의하던 농민들도 있고 경성이나 일본 유학갔던 책 읽언 주의자덜도 있댔구 우리네 말루 행세식 주의자덜이 많대서. 기러군 치안대다 보안대다 하넌 치덜은 읍내나 도회지에서 껄렁대던 건달꾼덜도 많았구 기독교 청년덜이 합세해 있대서. 그 사람덜 기독교인이 대부분이던 건준과 한몸이나 마찬가지라. 이런 사정언 함경도하군 달라서 평안도하구 황해도가 비슷했대서. 우리 청년덜언 불만이 많았디. 일제 치하에서두 쪽바리에 빌붙어서 떵떵거리멘 살던 놈덜이 해방이 됐는데두 높직헌 자리에 앉아선 이래라 저래라 하는 판국이댔단 말이다.

바른 말 하자문 너이 아부지 류인덕 장로나 너이 할아부지 류삼성 목사넌 일제 동척으 마름으루 땅마지기랑 과수원을 차지헌 사람덜 아니가. 그밖에 광명교회 나가던 동리사람덜두 거개가 많건 적건 제 땅 갖구 밥술깨나 먹던 사람덜이다. 읍내에 살던 유지덜언 또 어땠나. 요리점 주인이네 약방을 합네 으원이네 학교 교원입네 도정공장이네 하던 돈많언 이덜 아닌가. 그런 사람덜이 건준 요원으 대부분얼 이루었넌데 점잖게 민족진영이라구 부른다멘서. 우리넌 당장에 무상몰수 무상분배으 토지개혁얼 실시하자고 나대고 민족측에서넌 지주소유제럴 폐지하넌 것은 반민족적 발상이니 타협헐 수 없다구 발끈하여 지주 셋에 소작인이 농비를 감당하넌 조건으루 일곱을 먹넌 삼칠제를 내놓았다가 흐지부지되었디. 이거야 일제 때에두 소작쟁으에 다 나왔던 문제야. 기독교 지도자라는 사람치구 지주집안 아닌 사람이 있나 말이야.

기렇다구 좌파에 문제가 없던 거넌 아니야. 공산당 한다멘서 나 겉은 촌 무지렁뱅이넌 분간두 못할 지경으루 파벌이 많아서. 서울에 부지런히 드나들멘 눈치를 보넌 국내파가 있구 중국서 들어온 파두 있구 쏘련군 따라서 이상한 이름 달구 들어온 따바리시치덜두 있구 일본과 무기 들구 직접 싸우던 빨치산파넌 아주 소수라 지방에넌 아직 못 내레와서.

기래두 인민위원회루 바꾸고 나선 우리가 유리해졌디. 강선생이 시월 중순에 페양에 다녀와서 조선공산당 서북오도 열성자대회으 성과럴 우리덜에게 알레주어서. 기런데 김장군이 나와선 해방된 조선에서

이 사람 저 사람 가리다가넌 민족이 분렬하게 되니 양심적인 민족자 본가와 영합헐 수두 있구 일제하에서 일하였다구 그 모두럴 일본으 앞잡이루 볼 수 없다넌 연설을 하였다더만. 우리으 당면 투쟁으 대상 언 지주덜이며 당원으 탈을 쓴 일제 앞잡이덜이라구 하였대. 열성자 대회가 있구 나서 이튿날에 페양 시민대회가 열렸넌데 기독교측언 우리 조국으 해방언 하늘에서 부여받언 거라구 하더라누만. 장군님이 처음 대중덜 앞에 나왔넌데 민주조선얼 건설하기 위해선 돈이 있넌 사람언 돈얼 내고 지식이 있넌 사람언 지식을 힘이 있넌 사람언 힘을 써서 전민족이 대동단결하야 자주독립국가럴 맨들자고 하였대. 페양 에서 기독교측이 조선민주당얼 맨들었넌데 여기서두 너이 아부지 류 장로 겉은 어런덜이나 요한이 상호 겉은 기독청년덜, 전에 우리 사무 실 습격한 읍내 조무래기덜 모두 민주당원이 되었디. 그때까지야 우리가 꾹 눌러 참구 수걱수걱 너이덜 하자는 대루 가만있대서. 통전헌 다구 모두 참으라구 해서. 우리넌 좌파 우파럴 먼데서 안색이랑 입성 만 보구두 알아봤디. 우리넨 못 먹구 자라서 체격두 행펜없구 옷두 초 라했다 기거야.

너 말 잘했다. 신으주 사건은, 양켄이 다 잘못한 거이야. 어지러울 때 좌우로 붙어 돌아치넌 기회주이자덜이 많거덩. 행세식 공산당이 많댔넌데 신으주넌 국경도시라 일제에 붙어먹던 놈덜이 많대서. 너이 교인덜도 많았디. 조선으 에루살렘이라구 한다문서. 소작인두 벨반 없구 장사꾼하구 자작농이 많디. 먹구살 만하니까니 학교두 많구 학 생두 많아. 공산당 한다넌 넌석덜이 총을 함부루 쏘구 과오럴 저질렀 디만 너이 교인덜두 뒤에서 부추겨서.

너이야 반탁이나 찬탁이 뭐인지 아리숭했갔디만 우린 조직적으루

126

학습을 해선 다 알구 있대서. 세상이 다 아는 얘기디만 미국 쏘련이 다 코쟁이덜 아니가. 멩분이야 임시적 군사조처인 삼팔선얼 없애구 조선으 독립얼 후원하기 위한다구 했디만 머 속셈언 절반이 아니라 반도럴 다 먹자는 거이야. 미국언 쏘련으 권리럴 사분지 일루 줄이자구 영국 중국얼 포함하여 하자는 대신, 식민지였던 인민에 자신이 있던 쏘련언 조선얼 독립국으루 건설한다넌 전제루 조선임시민주정부럴 수립해주자구 모스끄바협상으 문안얼 수정해서요. 다 먹거나 기회럴 잃거나였디만 미쏘넌 일단 그 선에서 타협을 했디. 우리가 하기에 따라선 외세를 리용하야 삼년 후에 통일된 나라를 세울 수가 있었던 거이야. 너이덜 언제나 선 아니문 악이갔디만 우린 현실얼 주요하게 본다구. 너인 멩분얼 택해서 반탁으루 나가구 우리넨 찬탁을 했디. 남쪽으 미군정언 그때 상황판단을 했디. 남쪽얼 우선적으루 확보하자는 거디. 신탁통치넌 쏘련만이 주장한 것이구 미국언 반대했다는 선전이 시작돼서. 찬탁 반탁으루 이미 항일세력언 둘로 찢어제서. 나넌 당시 내부문건얼 기억하구 있다구.

우리넌 계급투쟁얼 보다 확실하고 가열차게 벌여야 한다는 것. 우파라구 불리우넌 자덜은 실제 친일파이며 지주이며 자본가이며 인민으 적인 미국과 남쪽 반동덜으 앞잡이라는 것. 외세와 계급으 적덜얼 분쇄할래문 북에 민주기지럴 수립해야 한다는 것. 일제와 민족반역자 조선인 지주으 수중에 있던 토지와 삼림얼 국유화하여 토지개혁얼 하고 소작제럴 폐지하여 토지럴 농민에게 무상분배할 것.

농한기인 정월달에 각 지방으루 농민대표럴 뽑아 페양으루 보내라넌 지시가 내레왔넌데 계급적 원칙을 지키라구 되어 있대서. 군당언 각 리마다 파악하던 대루 소작인덜과 머슴이며 일용잡부덜을 뽑아서 중앙으루 보냈디. 기때 찬샘골에서 일랑이 아저씨가 뽑헤갔구만. 나는 임시인민위원회가 열리구 나서 지방 당조직 교육이 있어서 중앙에 올라갔댔넌데 떼마가 뭔구 허니 계급투쟁이대서. 그러던 판에 삼일절 사건이 터졌으니 우리측 정세 판단은 이러하였다.

북조선으 민주적 사회개조으 실현언 격렬한 계급투쟁으 조건 아래서 행하여졌다. 분쇄된 지주계급과 친일파, 부르주아 잔당, 반동 관료 분자, 미제의 앞잡이인 선교사와 옛적부터 밀접한 관계에 있던 교회 및 주로 개신교 목사으 일부, 이덜이 국내 반동세력이었다. 그리고 이덜은 대개 서루 겹체서 대부분이 기독교인덜이었다.

넷날 장마당에 나가 옹구뎐에 가보문 찌그러딘 항아리가 있다. 기건 옹구럴 흑으루 비제서 말리다가 잘못해개지구 찌그러뜨린 거야. 못씨게 댄 물건이 아닌가. 하디만 버리디 않구 반푼에 팔아요. 번듯하구 잘생긴 건 몇배나 값이 나가구 부자덜언 색이나 무늬가 있넌 자기 항아리럴 사가요. 찌그러딘 독언 가난쟁이 차례디. 하디만 초가삼간 집에 양지바른 데 놓으문 장두 담구 김장두 하구 기래. 나중에 번듯한 집안이 되두 그 찌그러딘 독언 집안으 보물이란 말이디.

말하자문 조선으 빈농이며 가난헌 인민언 일제가 찌그러뜨린 못생긴 독이여. 그걸 귀하게 하여 시작허넌 것이 계급적 닙장이 아닌가. 너이야 그 독얼 깨어버리자는 거구.

우리는 재령 서부교회 사건으루 처음엔 마을에 무슨 일이 벌어졌는지 모르고 있었지. 움에 숨어 있댔으니까. 명선이가 제 동생 진선이를 데리고 번갈아 드나들며 밥을 날라다주었다. 하루는 명선이가 와서 누가 보잔다고 전했다. 그는 읍내 도정공장집 맏아들이던 봉수였다.

봉수는 평양에서 상업학교를 나와 물산상회를 크게 하고 있더니 일제의 전쟁시기에 고향으로 내려와 있다가 해방을 맞았다. 그는 돈도 잘 쓰고 술도 잘 먹었어. 좋게 말해서 한량이요 나쁘게 말하면 오입쟁이라고나 할까. 상호나 나는 어려서부터 그를 안다. 그는 보통학교를 나오자마자 평양으로 나가 학교를 다녔지만 방학 때는 집에 내려왔다. 그렇게 친한 사이는 아니었지만 해방이 되어 우리들이 민주당에 들고 청년단을 꾸릴 적에 그가 읍내 청년들의 중심이 되었고 인민위원회 사무실을 습격하여 불을 지른 뒤로 피해 다니던 중이었다. 우리는 그가 평양이나 해주로 나간 줄 알고 있었지. 상호와 나는 움에서 나와 마을 변두리에 있는 상엿집으로 갔다. 길이 갈리는 삼거리의 모퉁이 언덕바지에 나직한 헛간이 있었다. 우리가 어둠속을 더듬거리며 올라가노라니 위에서 헛기침소리가 들렸다.

봉수 거기 있네?

어, 올라오라.

상엿집 안은 컴컴하고 아무것도 보이지 않았는데 봉수가 성냥을 그어 양초에 불을 댕겼어. 나무 선반 위에 몽당 초 한자루가 붙어 있두만. 봉수는 양복 차림에 옆에다 니꾸사꾸를 꾸려놓고 있더군. 봉수가 말했다.

너이덜 재령 가서 거사를 했다문서? 하나님 나라럴 세우자문 공산당놈덜을 몰아내야 헌다.

보안대 아이덜이 널 잡넌다구 눈이 벌게서 다니넌데 여게서 멀 하네?

하고 내가 말하자 봉수는 껄껄 웃더군.

잡긴 어드렇게 잡나? 너이덜두 소문은 들었갔디. 우리가 페양을 발

칵 뒤집어놨다.

여기저기 폭탄이 터졌다구 하더라.

기래 남선에서 우리 동지덜이 여러명 올라왔대서. 나 지금 월남할래는 길이다. 내가 너이덜 보자구 한 건 기독청년덜이 지하조직얼 꾸리는 일얼 해달래는 거야. 우리두 자주 사람을 보내주가서.

이제 곧 잠잠해지갔디. 기러문 신천 재령 은률 청년덜만 모여두 꽤 되갔다.

상호가 말하자 봉수는 다시 웃었다.

너이덜 아직 세상 돌아가는 거 모르누나. 잠잠해지긴 글러서. 지금 갸들이 토지개혁령을 내렸디. 이북 전테가 벌집얼 쑤센 거나 마찬가디야. 일정 때 땅 개지구 밥술깨나 먹던 사람덜언 모두 반동이라구 하구 이서.

봉수는 시계를 보고 나서 륙색을 등에다 짊어지고 일어섰다.

가야갔다. 내 말얼 잊디 말라. 남선에서 사람이 오문 너이덜한테 보내가서.

상엿집 바깥 어둠속에서 휘파람소리가 날카롭게 들리고 봉수는 얼른 촛불을 불어 끄고 밖으로 나갔다. 우리도 뒤를 따라 나갔는데 언덕 아래편에 사람 둘이 서 있었지. 봉수가 먼저 뛰어내려가더니 그들과 몇마디 주고받았다. 우리도 그에게로 내려갔다. 봉수가 그들을 우리에게 소개했어.

남에서 온 우리 동지덜이다. 인사하라우.

상호와 나는 그들과 악수를 나누었는데 어둠속이라 얼굴은 알아보지 못했다. 그들 중의 하나가 악수를 하면서 내게 말했어.

난두 고향이 황해둡네다.

봉수와 두 청년은 어둠속으로 사라졌지. 날이 밝자마자 상호와 나는 잡아갈 테면 가보라고 버젓이 마을로 내려갔다. 아무 일도 없는 것 같더라. 동네 초입에서 마을사람을 만났는데 예전처럼 소를 몰구 들에 나가는 거야. 우리가 인사했더니 그 아저씨가 먼저 말을 꺼내는 거야.

너이 아부님 집에 오셌디?

어디멜 가셌는데요?

모르구 있댔구나. 읍내 내무서에 가디 않아서?

상호와 나는 그제야 우리가 없던 사이에 마을에 무슨 좋지 않은 일이 일어난 것을 알게 되었지. 내가 집 마당에 들어서자 제일 먼저 우물가에서 어머니와 마주쳤다.

오마니, 집에 무슨 일 있시오?

아이구, 무슨 일이 다 머이가.

어머니는 나를 붙잡고 우선 눈물바람이었다.

아부지 어디 가셌시오?

방금 사람덜이 읍내에 가선 업구 왔다.

아버지는 삼월 초닷샛날에 전국적으로 내려진 토지개혁령에 따라서 단속대상이 되었고 사흘 뒤인 팔일날 신천서 열린 농민궐기대회에서 반동으로 지목되었지. 그때 재령 나무리벌이며 우리네 어루리벌에 큰 지주들이 한 여남은 명 되었는데 거의가 삼팔선 생기자마자 월남해버리고 남은 사람들이래야 논밭 과수원 합쳐서 만여평 가진 사람들이 대부분이었다. 원래가 개혁령 내릴 적에는 만오천평 이상을 소유한 지주 땅만 몰수하게 되어 있었지마는 자작하지 않고 남에게 소작을 주는 모든 토지도 해당이 되었어. 일본사람들이 남긴 땅들은 모두 국가소유인 것은 물론이고 각 고장마다 친일했다는 증거만 있으면 무

조건 몰수하게 되어 있었지. 그래도 행여나 하며 버티던 오랜 지주들 중에 만오천평 이상을 소유했던 사람들은 반동이라고 하여 백리 밖으로 추방하게 되었어. 지주의 것을 몰수하여 소작인에게 분배하는 일이야 이치에 맞는다고 하여도, 고르게 한답시고 자작인의 것을 빼앗아 자작인에게 나누어주니 너남없이 국가의 소작인으로 떨어지지 않겠는가 말이야. 무상몰수 무상분배라구 하지만 우리집두 만이천평 농사가 일시에 오천평으루 줄어들었어. 칠천평이 소작지라는 거다. 그리고 아버지가 동척에 서기를 다녔다고 트집을 잡았지. 아버지가 교회 장로라는 건 내놓고 뭐라고 하지는 못했다. 상호네는 우리보다 더 심하게 당했는데 그 친구 아버지 목에 '악질 지주'라는 팻말을 걸고 읍내로 끌고 다니다가 군중비판을 시키고 나서 내무서에 가두어두었어. 자발적으로 토지개혁에 협조하지 않았다는 구실이다. 아버지는 순순히 도장을 찍구 자작지만을 분여받겠다구 쓰구 나서 풀려났지. 내가 방으로 뛰어들어가니 아버지는 이불을 둘러쓰고 누워 있었다. 머리는 까치집이 되고 눈가에 시퍼렇게 멍이 들었고 입술도 꺼멓게 터 있더군.

아부님, 이거 누구 짓입네까? 어떤 넌석덜이 때렸시오?

아버지는 그냥 이불깃을 올리며 눈을 감을 뿐이었다.

넌 무사했구나. 기도하구 찬송이나 하나 부르라우.

나는 두 손을 모으고 기도를 올릴 심정이 아니었지만 아버지 목소리가 너무 가라앉아 있어서 어머니와 함께 기도를 올렸다.

전능하신 하나님 나로 하여금 환난이 오고 핍박이 올 때에 담대하게 이기도록 하여줍소서. 마귀의 무리들이 아무리 우리를 억누른다 할지라도 주를 위해서 영광스럽게 순교할 수 있도록 하소서. 하나님께서는 나로 인하여 너희를 욕하고 핍박하고 거짓으로 너희를 거슬러 악한 말을 할 때에는 너희에게 복이 있나니 기뻐하고 즐거워하라고 하셨으며 하늘에서 너희의 상이 크다고 하셨습니다. 또 어떤 이들은 희롱과 채찍질뿐만 아니라 결박과 옥에 갇히는 시험도 받았으며 돌로 치는 것과 톱으로 켜는 것과 칼에 죽는 것을 당하고 양과 염소의 가죽을 입고 유리하며 궁핍과 환난과 학대를 받았다고 하였습니다. 우리가 살아도 주를 위해 살고 죽어도 주를 위해 죽게 하소서.

기도하고 나서 찬송가 '나의 갈 길 다 가도록 주여 인도하소서'를 두 번이나 계속해서 불렀어. 어머니에게서 자세한 얘기를 들었지. 일랑이가 앞장을 섰다고 했다. 뒤에 따라나선 것들도 모두 이름을 알게 되었어. 그들 대부분이 우리네 소작을 지었거나 상호네 또는 봉수네 소작인들도 끼여 있었다. 우리 동네가 한 오십여호 되고 동네사람들이 아녀자들까지 쳐서 이백여명 되었는데 공산당에 들어간 사람이라야 그때는 다섯 사람을 꼽을까 말까 하던 시절이었다. 일랑이가 우리 동네의 토지분배를 맡은 농촌위원장이 되었다니 소가 웃을 일이지. 나중에 해방되어서야 그 자식의 성이 있다는 걸 알았지만 전에는 온 동네 사람들이 모두 그저 일본이름으로 이찌로라구 그랬다. 이찌로가 언제부터 찬샘골에 살게 됐는지는 마을사람들 거의가 잘 모르고 있었지. 그때 마흔살쯤 됐지만 아무도 정확한 나이를 몰랐다니까.

우리 찬샘골은 과수원을 끼고 논밭이 제법 넓어서 인근에서 부농마을이라구 했다. 땅 많은 이들이 서넛이고 절반 이상이 밥술깨나 먹는 자작농이고 나머지가 소작꾼이었어. 그러니 따로 머슴이 필요하지는 않았다. 소작인이 지주네 잡일을 철마다 돌아가며 해주었거든. 그래두 부농이던 우리집이야 남녀 일꾼들이 두엇씩은 있었지만 소작인하다가 드난살이로 들어온 사람들이었지. 순남이 아저씨두 그렇게 우리 과수원에서 일하던 사람 아니냐.

이찌로는 자작농들 여럿이서 추렴을 해서 고용한 동네 머슴이었다. 여름철에는 부서진 마을 앞 징검다리도 놓고 물레방앗간도 관리하고 공동퇴비장도 돌보고 농번기에는 이집 저집 돌아다니며 농사일을 돕고 나중에 쌀말로 새경을 받아갔다. 일손이 딸리는 집에서는 물도 길어다주었지. 저기 찬샘골 어귀에 상엿집이 있었고 그 아래 물레방앗간 있고 과수원 들어서는 곳에 움들이 많이 있지 않았니. 묘목 간수하는 움집 말이다. 땅을 파고 위에다 거적을 덮었지. 이찌로는 처음엔 거기서 살았다.

동네사람들 누구도 이찌로에게 경어를 쓰는 사람이 없었지. 이찌로는 위건 아래건 장가든 어른들에게는 높임말을 쓰고 겨우 아이들에게나 반말을 했는데 아이들도 동무들에게 하듯이 같이 반말을 썼지. 그런 자가 아버질 때리다니 이거야말로 하늘과 땅이 뒤집힌 것 아니냐 말이다.

이찌로가 박일랑 동지로 둔갑한 것은 해방되고 나서 겨우 반년 만이었어. 하긴 그해 가을부터 그의 태도가 바뀌기 시작했는데 어느 누구도 드러내놓고 그의 바뀐 말투를 시비 걸진 못했단 말이야. 어느결에 마을 어른들도 그에게 하게 정도는 쓰게 되었다. 그는 움에서 살다가 해방 몇해 전부터는 동네 사랑에서 가마니와 망태기도 짜면서 기거했는데 한동안 타관으로 떠났는지 몇달 동안 보이지 않다가 겨울이 다 지나서야 돌아왔지.

어머니 얘기로는 그자가 인민복 입고 농촌위원장이란 완장을 차고 뒤에다 민청 아이들 몇명을 데리고 집안으로 썩 들어서더래. 그러군 아버지더러 나오라구 하더래. 무슨 일이냐니까 종이쪽지를 내어 얼굴에 흔들더란다. 임시인민위원회에서 토지개혁령이 내려왔는데 그걸 시행하겠다면서 소작지 무상몰수 처분을 받겠느냐 아니면 공평한 분배를 위해서 헌납을 하겠느냐 하더래. 녀석이 글을 모르는 줄 알고 눈이 어두워 공문이 보이지 않으니 읽어달라구 했더니 이찌로가 눈앞에 들구 천천히 읽더래. 아버지는 집어치우라구 종잇장을 채뜨려서 박박 찢어버렸지. 그때 눈앞에 불이 번쩍 하더래요. 이찌로가 아버지의 면상을 후려친 게야. 아버지가 얼굴을 싸쥐고 넘어지는 걸 어머니가 똑똑히 보았대. 어머니는 이찌로에게 달려들어 멱살을 잡았어.

네 이 배은망덕헌 놈 겉으니. 감히 누굴 치느냐?

이찌로는 천천히 어머니의 손목을 비틀었어. 그러고는 확 떠다밀었지. 어머니가 넘어지자 신발 신은 채로 안방으로 들어가서 제 패거리 서너 명과 같이 장롱이며 문갑을 뒤져서 땅문서를 가지고 나왔다. 그러군 꼭 한마디 하더래.

동무들, 인민의 적을 체포하시오.

나넌 일랑이 형님얼 좀 알아.

내가 은률 광산에 나가니라구 너이 과수원얼 떠나기 전에 야학 나갔다구 하지 않던? 기때 난 동네 사랑에서 홈자 글씨 쓰기두 하구 유인물얼 읽기두 하구 기랬디. 일랑이 형이 이찌로일 때의 일이다. 겨울엔 늦게까지 마을 젊은것덜이며 너이 요한이콰 거 또래 아이덜까지 와선 놀다 가군 해서 우리넌 벨루 속내 얘길 나눌 틈이 없드랬넌데. 이찌로 형은 어려서부터 놈에 고용살이럴 해놔서 벨루 말이 없어. 넌두 잘 알디 않네. 맨날 머릴 박박 깎구 있대서. 몇달 동안 놔두었다간 더부룩하니 자라멘 읍내 장날에 나가서 바리깡으루 박박 밀었디.

내가 그 형과 친해진 거이 가을 추수 끝나구 나서야. 난두 앳쎄 동네 사랑에서 자기루 했거덩. 날마다 함께 자니 아무리 무덤덤한 남정네 자식덜이라두 정이 생기디 않갔네. 마을엔 전지한 과목 가지덜이 많아서 낭구 장작은 당창이댔다. 아궁지에 가득 넣고 들어오문 구들이 절절 끓어서요. 우리는 콩두 삶아먹구 고구마두 쪄먹었다. 너이덜이 집에서 동티미두 개져왔다. 고구마 한입 먹군 얼음이 둥둥 뜬 동티미 국물을 훌훌 마시군 무를 손가락으루 집어내선 으적으적 씹어먹어서. 밤에 잘 때 보니 이찌로 형님이 이불두 없을뿐더러 그냥 맨몸으루 잔단 말이야. 기래두 방이 덥다 하디만 새벽에는 구들이 산득산득하구 제법 춥거덩. 내가 그에게 물었디.

성은 왜 이불두 안 덮구 자누?

머 덮어본 적이 없시오……

한단 말이야. 기래 하 기가 맥혀선 또 물었디.

아잇적부텀 안 덮었단 소리니꺄?

기래요. 산에선 이불두 없시오. 동니 내레와선 첨 봤시다.

나넌 그 말얼 듣고 이찌로가 어려서부텀 화전골에 살던 거를 알게 되었디. 그러군 또 물어서.

성은 아이덜이 반말지꺼릴 해두 부아가 안 나우?

다 쥔집 귀헌 세류덜인데 무슨 증이 나갔시꺄.

나넌 성보다 다섯살이나 아래니께 말얼 노라우요.

그러면 이찌로 형은 대꾸 없이 빙긋이 웃기만 해서. 한해 사철얼 동네 사랑에서 함께 살멘서 우리는 형제겉이 가까워졌디.

이찌로는 산판에서 태어나서 할매 아바지 오마니와 근처 산골 함바

136

에 사드랬넌데 이찌로란 이름두 일본 십장이 지어준 이름이래. 아바지가 나무 베는 일을 하다가 통나무에 깔레죽고 오마닌 돈 벌레 간다구 나가선 오디 않구 할매하구 화전마을에 가서 첨엔 밭붙이루 살아서. 거저 조나 감재나 매어서는 것두 소작이라구 반 가르기를 했다지. 이찌로가 열여덟에 샥씨를 얻어 장개두 들었다넌데 불을 놓아 비탈에 제 밭두 마련을 했다디 않간. 대대적인 화전 단속이 벌어제서 이찌로는 마을 향당 으견에 따라 형무소엘 갔디. 해주서 십개월 살구 나와보니 마을은 모두 불타버리구 소개 내려진 뒤에 동니사람들두 뿔뿔이 흐터졌다두만. 할매두 그새 돌아가구 어린 아내넌 없어디구. 공사판으루 이리저리 돌아댕기다 거 재령강 공사판엘 왔다가 우리 식구처럼 논벌을 찾아 일루 흘러들어온 게디.

해방돼서 돌아온 뒤에 나넌 젤 먼저 이찌로 형님을 찾았디. 난 광산에 있을 적부텀 공산주이럴 배워서. 기러구 황해도지구위원회 꾸릴제 나넌 강선생에게 우리 동니 박일랑 동무에 대해서 얘기럴 해두었대서. 너이 예수쟁이덜이 조선민주당을 무을 적에 우리두 뒤에서 공산당얼 조직했디. 읍내 주재소에넌 보안대 사무실얼 꾸리구 군청에넌 인민위원회럴 열구 공회당에선 학습회를 열었디. 우리 찬샘골에선 동네 머슴이던 이찌로하구 다른 머슴덜 둘이하구 중손이 아저씨가 제일 먼저 입당을 해서. 기건 모두 내가 추천헌 거이 아니가.

시월에서 정월까지 슥달 동안에 박일랑 동무넌 글을 깨쳤디. 찬샘골얼 나와선 군청 관사지기를 하며 지냈넌데 강선생이 붓글씨루 써붙인 가갸거겨럴 날마닥 오이고 또 오이더라. 페양서 왔다넌 팔로군 출신 아바이가 널판자에 돼지기름을 켜켜루 멕여선 겉에다 두꺼운 장판지를 발라주었넌데 야전에서 학습할 제 기렇게 썼다누만. 막대기루 글자럴 쓰군 장판지를 떼었다 다시 붙이문 글씨가 지워제서. 생각해 보라우, 너이덜이 반말지꺼리나 하구 아무 생각두 없넌 반편이라구 여기던 이찌로가 글얼 읽게 되어서. 박일랑이라구 제 이름얼 쓰게 되었다. 해방언 이런 거이 아니가. 너이가 이밥 먹구 따스한 이불 덮구 학교 댕기멘 글을 배워 교회두 나가구 성경두 읽구 기도 찬송하넌 동안 나뭇짐이나 지구 소겥이 일만 허던 박일랑 동무가 '토지개혁'이란 글자를 읽고 쓰게 되었던 거다.

나넌 민청과 여맹으루 적위대럴 꾸리고 보안얼 책임맡게 되어서 일랑이 형이 페양에 강습받으레 올라갈 제 함께 갔대서. 사리원서 기차 타구 갔다. 용챗돈이 조금 남아서 소다수하구 찐 닥알을 샀넌데 일랑이 형님이 찐 닥알을 단꺼번에 한 줄이나 먹었다. 난두 세 알 먹었나 기래. 난 기때는 아직 가족주이가 남아선 성님이라구 부르댔넌데, 성님 거 너머 잡수십네다레 체하갔시오, 했더니 전에 잔치 때 몇번 먹어 봤넌데 꼭 한두 알을 아껴서 먹군 한번 실컷 먹구팠다디 머이가. 한 줄이문 열 개야.

페양서 강습얼 받넌데 머 볼세비끼 당사니 맑스 레닌으 저작이니 하는 거는 말해봤자 머리에 들어올 리가 없대서. 시자 막 글을 게우 깨친 사람들이구 책이라군 담배를 말거나 뒷지루 쓰던 이덜인데 어려운 말얼 어드렇게 쓰갔나. 일제가 우리럴 어드렇게 압박하였나 하넌 것과 우리가 친일파와 지주 때문에 못살게 된 과정을 쉬운 옛말 하드키 말해주었다.

동무들, 손가락 열 개를 모두 펴보시오. 이중에 일곱 개가 자기 땅을 한뼘도 갖지 못한 소작농민과 소작도 하고 땅 조금을 가진 빈농들이오. 나머지 손가락 세 개가 일본 금융회사와 친일파 지주들이오. 그러구 전체 땅이 이 열이라면 여덟의 땅을 그 손가락 셋밖에 안되는 것들이 차지하구 있소. 논밭은 그렇다지만 그밖의 모든 땅과 산림은 일본의 것이었소. 우리가 해방이 되어 일본을 몰아냈다는 확실한 증거는 국토를 인민이 되찾아야 한다는 데 있소. 동무들 봉건이 뭐이오? 왕이 저를 지켜줄 한줌도 안되는 신하들에게 땅을 나누어주고 또 그 아래 벼슬아치들과 양반을 시켜서 백성들에게 소작하도록 하는 제도요. 왕이 일본에게 손들고 식민지가 되자 천황과 총독이 왕 자리가 되고 양반은 친일파가 되어서 옛날보다 더 못해졌소. 땅 없고 배운 것도 없는 동무들은 고향에서 고용살이와 빈농으로 대대로 일을 제일 많이 하면서도 아무것도 받지 못했소. 동무들이 동네에 돌아가게 되면 이제부터 자기 몫을 되찾아야 합니다. 땅은 어디까지나 농사를 짓는 이들의 것이 되어야 하오. 동무들이 돌아가서 동네 촌장이나 점잖은 지주어른에게 내 땅을 내놓으라고 할 수 있겠소? 상대는 눈 부릅뜨고 어느 안전에 내대는 버르장머리냐 호통칠 것이오. 여기서 주눅이 들면 동무들은 영영 봉건의 노예가 되고 맙니다. 그들은 대대로 동무들 같은 조상님들의 피를 짜낸 원쑤들이며 타도해야 할 인민의 적이란 것을 잊지 마오. 여러분 할 수 있습니까? 더 크게 대답하시오. 아, 물론 작은 동네에는 인정도 있고 거스를 수 없는 안면도 있을 거요. 이걸 칼로 베듯이 자르지 않으면 해방은 영영 오지 않소.

즉 반동덜으 경제적 기초넌 봉건적 소작제도구 그러헌 봉건적 토지 소유자넌 농촌에 봉건적 세력얼 보전허려고 어떠한 민주적 개혁에 대하여서도 다 반대헌다넌 것이다. 땅언 직접 갈아먹넌 자덜의 소유며, 일본국 일본인 단체으 토지와 일제와 정치기관에 붙어먹던 자와 해방 당시에 자기 지방에서 도주헌 민족반역자으 토지, 다섯 정보 이상 소유헌 조선인 지주으 토지, 스스로 경작허지 안허고 소작 주는 자으 토지, 면적에 관계없이 계속적으로 소작 주넌 자으 토지, 다섯 정보 이상 소유헌 성당 사찰 기타 종교단체으 토지덜이 몰수 대상이었디. 무상몰수 무상분배 원칙이여. 우리두 낡은 질서를 고수하려넌 계급적 반발얼 각오허구 있대서.

큰 지주나 드러내놓고 친일했던 사람들은 다 남쪽으루 달아나버리구 그래도 미적미적 북에 남아 있던 사람들은 기독교인이 대부분이었지. 뭐 별로 양심에 꺼릴 바도 없었구 어찌되었든지 명색이 종교와 신앙의 자유는 있다고 했으니까 말이다.

그리구 목사님들하구 장로님들은 조선민주당을 살려서 어떻게 해서든 하나님 나라를 세워보자구 했어. 이북 각지에서 기독청년들과 교인들이 여러가지루 반대활동을 했는데 함흥에선 토지개혁령 나고 일주일 만에 학생 시민들이 시위에 나서서 여섯명이 죽구 부상자가 서른셋이며 체포된 이가 이천여명이나 되었다. 우리네 고장 장연과 은률에서두 시위가 일어났지.

그해 십일월 삼일 최고인민회의 대의원선거 반대가 기독교측의 마지막 공개적인 운동이 되고 말았어. 그날은 마침 주일이라 이북오도 연합노회는 회합을 갖구 교회탄압 전반에 관해서 강력한 결의문을 채택했다. 성수 주일을 생명으로 하는 교회는 주일에는 예배 이외에 어떠한 행사에두 참가하지 않겠다는 입장이었지. 각처에서 목사님들과 교인들은 모두들 순교를 각오하고 교회에 모여 예배를 보면서 밖으루 나가지 않고 총선거에도 참가하지 않았다.

그날 우리는 광명교회에 모여 있었구 순남이 형님하구 전에 머슴하던 것들하구 보안대 아이들이 교회를 둘러싼 채루 순남이 혼자서 교회로 들어왔어. 교인이라군 해방 뒤에 점점 줄어서 한 이삼십명밖엔 나오지 않았다. 집집이 심방예배를 돌면 그전 교인들은 모두 반기고 제 집에서 예배두 보구 했는데 토지개혁 나구서는 당의 눈에 날까봐 버젓이 교회 나오는 건 꺼려했거든. 순남이 형님은 권총두 차지 않구 그냥 맨몸에 늘 쓰구 다니던 노동모를 벗구 교회 안으루 뚜벅뚜벅 걸어들어오더라. 우리 교회엔 아버지가 평양신학교 가서 모셔온 김전도사님이 목회를 이끌고 있었는데 순남이 형하구 나이가 비슷했지. 순남이는 가끔 교회를 방문하면 그를 절대로 전도사님이라구 부르지 않구 김동무라구 했다.

김동무 오널 에배 다 끝나지 않아서?

하니까 아버지가 전도사 대신 고개를 들고 말씀하셨지.

우리넌 기도모임중이니 자네두 참례를 할레나?

아부님 잘 아시디 않아요, 오늘 투표일입네다.

기쎄 기도가 안 끝나서.

허허, 누구한테 기렇게 열심히 기도를 올립네까?

보문 모르나. 여게 어디가, 하나님으 성전이야.

순남이 형이 실언을 했지. 뒷짐을 지구 교회 천장부터 강단까지 한바퀴 휘둘러보더니 중얼거렸다.

하나님이 어디 있다구 그럽네까. 있으문 좀 보여달라우요.

그때에 아버지가 자리에서 벌떡 일어나서 순남이에게 손가락질을 하며 고함을 쳤어.

네 이눔! 무슨 말버릇이야. 주님으 거룩한 전당에서……

아부님, 고정하시라요. 말이야 똑바루 하십세다. 인민으 주권얼 세우자는 대중덜언 잘 보여두 하나님언 보이딜 않아서 하는 말이외다.

이눔아, 네 가슴에 양심두 보이너냐?

그때에 순남이 형은 대답을 준비한 것처럼 말했지.

아부님하구 제 마음이 다르드키 사람마다 다 다르디요.

그러고는 돌아서서 나가버리더니 우리가 자정이 넘어서까지 집으로 돌아가지 않고 모여서 기도회를 계속했더니 새벽에 다시 왔어. 교회 안으로 들어오지는 않고 문앞에 서서 우렁우렁한 목소리로 달래듯이 말하더군.

이번이 마지막입네다. 내 다시는 동니에 얼씬얼 안하갔소. 이제 주일두 지나갔으니깨 날새기꺼지넌 군위원회 사무실얼 열어놓구 있갔시다. 투표에 참가럴 하시오. 빠젠 사람 명단얼 보고해야 되니까니.

저 마귀에 새끼럴……

하면서 내가 주먹을 쥐고 일어서려니 아버지가 말리셨어.

어카간, 교회럴 디키구 살아남아야디.

새벽에 기도회가 파한 뒤에 군청에 가서 투표를 한 사람두 적지 않았지. 이튿날 우리가 모르는 새에 전도사가 해주로 잡혀갔다. 전국에서 많은 교역자가 검속되었지. 그래두 교회는 신앙 굳센 교인들이 지키구 있었구 무엇보다두 집집을 방문하여 열리는 구역예배는 끊어지지 않았다. 그게 우리 조직망이기두 했거든.

문 열리는 소리가 들렸다. 어둠속에서 단열의 목소리가 들려왔다.

"작은아부지 밖에 계십네까?"

요섭은 소파에 앉은 채로 그를 향하여 대답했다.

"나 여기 있다. 왜 자지 않구 나오니."

하면서 둘러보니 헛것들은 어느새 사라져버렸다. 단열이 더듬거리며 커튼을 젖히자 그의 등 너머로 부옇게 새벽 동이 터오는 하늘이 보였다. 단열은 요섭을 보고 그의 맞은편 의자에 와서 앉았다.

"잠이 안 오시넌 모냥이구만요."

"목이 말라서 잠깐 깼다."

단열은 아직도 졸음이 가득 담긴 목소리로 중얼거렸다.

"저 난생 처음으루 아부지 꿈을 꿨시오."

"그래 어떻든?"

"벨루 무서운 얼굴은 아니던데요. 하얀 옷 입구……"

"뭐라구 말은 없으시든?"

"거저 바라보구 계시두만요."

요섭은 창가로 가서 새가 우짖는 소리를 들었다. 세상이 다시 깨어나는 중이다. 단열도 그의 곁에 나란히 서서 창밖을 내다보았다. 아직은 희부연 박명이었다. 단열이 혼잣말하듯이 중얼거렸다.

"사실은 저…… 이런 말언 해선 안되디만……"

요섭은 참을성있게 기다렸고 조카가 기어드는 목소리로 말을 이었다.

"우리 오마닌 저 어려서부터 가끔씩 기도럴 하셨시오."

"어떤 기도를……?"

"저를 낳자마자 아부진 손에 피를 묻혔다구 죄를 사해야 한다구요."

"피를 묻혔지만……"

류요섭 목사는 한숨을 길게 내쉬며 덧붙였다.

"구원받지 못할 영혼은 없는 거다."

6. 베 가르기

신에게도 죄가 있다

　　요섭 일행은 아침을 먹고 열한시가 넘어서야 온천 초대소를 떠났
다. 부과장 안내원만 동행했는데 차와 운전사는 평양에서 출발할 때
와 같았다. 어제는 날이 무덥더니 하늘에 낮은 구름이 짙게 깔려 있었
다. 검은 구름은 아니고 그냥 회색으로 두텁게 뭉쳐다니는 것이 쉽게
비를 뿌릴 것 같지는 않지만 일단 오기 시작하면 하루종일 줄기차게
비가 내릴 듯한 하늘이었다.

　"비가 좀 올라나, 더위가 끄체야디 이거야 원."

　출발하면서 부과장은 하늘을 보면서 혼잣소리로 말했다. 운전사가
거들었다.

　"라지오 예보에선 오늘 오후나 저녁부터 비가 내린답네다."

　"인차 시원해지갔구만."

자동차는 어제 왔던 비포장길을 천천히 가다가 시멘트 포장된 평양 개성 간 고속찻길에 닿아서 속도를 내기 시작했다.

"어디 간밤엔 혈친끼리 만나서 좋았습네까?"

부과장이 말끔하게 빗어넘긴 머리를 한손으로 쓰다듬어올리며 앞 좌석에서 몸을 반쯤 돌리고 말을 걸었다. 요섭은 차량소통이 거의 없 는 텅 빈 하얀 시멘트 도로 저편으로 지나쳐가는 무슨 공장 같은 건물 들을 내다보는 중이었다. 언덕에 팻말로 세워진 슬로건을 읽어보니 돼지사육단지였다.

"아무래두 첨에야 서루 대면하기가 메사하디 머."

요섭은 뒤늦게 그의 말을 한꺼번에 되새기고 우선 바쁘게 고개를 끄덕여 보인다.

"어젠 고마웠습니다. 이 사람하구두 제법 가까워졌지요, 그렇지?"

류목사는 조카를 돌아보았고 단열은 고개를 숙이며 피식 웃었다.

"류동무는 작은아바지가 어디서 많이 본 것 같디 않나? 흩어진 가 족들 만나문 첨 봐두 기렇다구 하두만."

안내원이 단열에게 물었고 그는 힐끗 요섭의 옆얼굴을 바라보았다.

"아부지를 본 적이 없어서 저야 모르디요."

"아, 기러케 돼서?"

요섭은 그의 호의에 답하기로 작정하고 말을 떼었다.

"처음 볼 때엔 잘 몰랐는데, 지내면서 자세히 보니까 저희 할아버지 와 아버지를 많이 닮았어요."

"기런데…… 목사님은 이제 형수를 만날 텐데, 메칠이나 함께 보내 면 되갔습네까?"

"글쎄요……"

요섭은 질문을 그에게 되돌려주기로 했다.

"거의 오십년 가까이 돼서 만나는데, 하룻밤으로 되겠어요?"

부과장이 잠깐 생각해보는지 몸을 앞으로 돌리고 앉았다가 다시 돌아보았다.

"좋습네다. 이틀, 어떻소?"

"정말 감사합니다. 그 대신 하루는 얘네 집에서 묵고 내일은 삼촌댁을 가볼까 하는데요."

"삼촌이…… 있댔나?"

부과장 안내원은 얼른 상의 안주머니에서 늘 펴보던 그 파란 비닐겉장의 수첩을 꺼내어 펴들었다. 그는 많은 이름이 씌어진 곳을 볼펜 끝으로 더듬어가다가 멈추었다.

"오오, 여기 있구만."

그는 수첩에서 고개를 들고 돌아보며 말했다.

"한데 이거 주소지가 신천 아니오?"

"예, 맞습니다."

안내원이 다시 앞을 보고 앉아서 중얼거렸다.

"허, 기럼 다시 돌아가야 하잖나. 가만있어보라요, 위에 알리구 낼 오전까지 지시를 기다레봅세다레."

삼십분이 채 못 되어 사리원에 도착했다. 사리원은 황해도의 두번째 시라서 그런지 고층아파트도 보였고 백화점 같은 외환상점도 두군데나 있었다. '떡집'이라고 붉은 글자로 쓴 작은 팻말이 차창 밖으로 지나갔다. 물고기상점 앞에는 작은 인파가 모여 있었다. 점심시간이라 밖으로 몰려나온 사무원과 노동자들로 중심가는 평양 못지않게 붐비고 있었다. 류목사가 두리번거리며 말했다.

"가만있자, 어디 뭐 상점이 없을까요?"

"멀 살라구요?"

"형수님 집엘 가는데 빈손으루 갈 수야 없지요."

부과장이 운전사에게 말했다.

"데켄쪽 네거리 모퉁이, 외환상점 보이디?"

차를 세워놓고 부과장 안내원이 앞장을 섰고 그를 따르는 요섭의 옆으로 나란히 걸으면서 단열이 말했다.

"작은아부지, 려행중인데 멋 허레 돈 쓰십네까?"

"그래 괜찮다. 어머니가 좋아하실 만한 게 뭐냐?"

"꼬부랑 국수럴 되우 좋아하시디요."

"꼬부랑 국수?"

"거 왜 버썩 말른 국수 말이야요."

요섭은 뒤늦게 알아듣는다.

"옳아, 라면 말이로구나."

외환상점에는 사람들이 제법 많은 편이었다. 판매대마다 기다리는 사람들이 몇씩 보였다. 일제와 중국제 물건들이 많이 보였다. 아마도 외화를 양성화하려는 불가피한 시설일 것이다. 요섭은 조카의 말을 들어 일제 미소라면 한 박스를 사고 조카네 아이들 옷가지도 사고 싱가포르 상표가 붙은 형수의 원피스도 샀다. 조카를 위하여 보온물통과 전자 손목시계를 샀다. 그리고 둘러보다가 삼촌 집을 방문할 생각을 하고는 담배 몇보루를 사기로 했다. 일본 담배를 사서 꾸리다가 두 보루는 따로 비닐봉지에 넣어둔다. 안내원과 운전사에게 줄 생각이었다. 단숨에 몇백달러가 나갔고 '외화바꾼돈'을 교환해다가 지불을 하려는데 사람들이 몰려들어 그가 산 물건들을 들춰보며 구경했다. 요섭은 조금 당황했다. 그리고 뉴욕의 거대한 창고식 쇼핑몰을 생각했다. 물건이 너무 많고 통로가 미로처럼 복잡해서 가끔 출구를 잃고 방황하던 생각이 났는데, 여기서는 그 반대로 매우 단순하고 초보적이어서 비현실적인 생각이 들었을까.

상점을 나와서 그들은 시당청사에 들러 그저께 단열을 평양의 호텔까지 데리고 왔던 시당지도원을 만났다. 부과장 안내원은 요섭에게 손을 내밀며 악수를 청했다.

"목사님, 기럼 여게서 헤디갔습네다. 내일 삼촌 댁으루 가갔는지 어케 될진 모르갔디만 머 잘될 거야요."

"잘 부탁합니다. 그럼 평양으루 올라가십니까?"

"아니야요, 난두 여게서 묵구 낼 지시가 내레오문 신천으루 함께 가자우요. 오늘은 아마 시당에서 안내를 할 겁네."

시당지도원은 머리를 말끔하게 빗어넘기고 반소매의 인민복을 입고 있었는데 얼굴이 새카맣게 그을리고 벌써 반백인 단열보다는 젊어보였다. 그들은 지방 행정부처에서 사용하는 소련제 지프로 차를 바꿔 탔다. 시가지를 벗어나 교외로 달렸다. 물론 비포장이어서 차는 가끔씩 크게 흔들렸다. 열린 차창으로 서늘한 바람이 불어왔다. 그리고 유리 위에 작은 얼룩들이 번져가더니 땅에도 제법 큰 물방울이 떨어지기 시작했다.

"비오누만. 이젠 더위두 다 끝나서요."

앞자리의 지도원이 누구에게랄 것도 없이 중얼거리자 단열이 말했다.

"지금부터 오넌 비는 많이 오문 안되는데. 햇볕이 좋아야 나락이 익을 거 아니오."

"기래두 비넌 좀 와야 돼. 남새 농사두 긴요하니까니."

길 양쪽으로는 옥수수가 싱그럽게 바람에 흔들리고 있었고 그 너머로 논이 보였다. 벼는 이제 누릿누릿하게 이삭이 패기 시작하는 중이었다. 비를 맞고 있는 옥수수 잎이 기뻐서 손을 흔드는 것 같았다. 마을길로 들어서자 똑같이 일자로 지은 나지막한 기와집들이 보이고 그 앞에 허리께쯤의 높이로 흰 칠을 한 널판자 울타리가 보였다. 집집마다 콩을 길러서 넝쿨을 울타리 위로 자라도록 해두었다. 아낙네들이 울타리 너머로 내다보았다. 그들이 차에서 내려 단열의 집으로 들어갈 때는 몇사람이 비가 부슬부슬 내리는 길 밖으로 나와 모여들기까지 했다. 지도원이 그들에게 볼일들 보시라고 좋게 얘기했지만 그들은 양복에 넥타이를 맨 요섭을 이리저리 뜯어보았다. 단열이 앞장서서 울타리의 쪽문을 밀고 안마당으로 들어서고 지도원과 류요섭 목사도 뒤따라 들어갔다. 마당에서부터 뭔가 부치고 지지는 듯한 기름냄새가 났는데 집 모퉁이에서 키가 껑청한 십대 아이가 돌아나왔다.

"야야, 작은할아부지 오셨다."

단열이 그 아이를 손짓하며 말했다.

"작은아부지, 이거이 큰놈이외다."

"오, 그래……"

요섭은 꾸벅 인사하는 아이의 두 손을 잡고 흔들어보며 얼굴을 자세히 들여다보았다. 단열이 다시 두리번거렸다.

"너이 누난 어디 갔네? 오마니는……"

"누난 비온다구 들에 나갔시오. 오마닌 볙에서 음식 맹글구 할무닌 안에 계세요."

밖에서 두런대는 사람들의 목소리를 들었는지 툇마루가 달린 방의 미닫이가 열리면서 머리가 하얗게 센 노파가 고개를 내밀었다. 요한은 우선 늙은 여자를 자세히 바라보았다. 주름이 많이 지고 앞니는 빠졌지만 갸름한 턱이며 쌍꺼풀진 눈매가 낯이 익었다.

"형수, 나 요섭입니다."

"메라구? 아니, 이 이거이…… 꿈이가 생시가. 시동상이 맞기넌 맞아요?"

"예, 형수님 저 혼자 왔습니다."

두 사람은 서로 두 손을 잡았고 형수는 그의 손에 눈물 몇방울을 떨구었다.

오랜만의 가족잔치는 저녁까지 계속되었다. 가족이라야 단열네 네 식구와 형수와 협동농장 관리위원장이며 당세포가 왔고 지도원도 합석한 자리였다. 아마도 농장 사람들이 분담해서 음식준비를 뒷바라지해준 모양이었다. 요섭은 음식에 양념과 간이 맞질 않아서 몇번 수저를 뜨다가 말았다. 형수가 연신 혀를 차면서 걱정을 했다.

"기런데 이거, 우리 시동상은 토장지지개를 잘 먹댔넌데 머 조운 장이 있어야디. 요즘엔 시골에서두 토장얼 찾기가 힘들어제서."

"아아, 거 미국에서 오셨넌데 무슨 토장이나 자시겠시까?"

관리위원장이 말하자 지도원이 아는 체를 했다.

"기럴수록에 민족으 맛얼 찾게 되갔디. 요사이는 꼬추장이구 토장이구 다 공장에서 나오니끼니 벨맛이 없세제시오."

저녁식사가 끝나고 밤이 이슥해서야 사람들이 돌아가고 집에는 가족만 남았다. 방이 세 칸인 셈인데 안방과 건넌방이 있고 옛날처럼 가운데에 마루가 있게 마련이지만 가운뎃방에도 온돌을 놓아 사랑 겸 전실로 쓰는 셈이었다. 도시보다는 그래도 시골이 먹을거리도 풍성하고 집 사정도 좋다면서 단열은 현재의 농장지도원 생활에 아주 만족해하는 듯이 보였다. 손님치레로 안방을 내주려는 것을 요섭은 끝내마다하고 가운뎃방에서 자기로 하고 건넌방 형수와 밀린 이야기나 할참이었다. 밤이 되면서 빗줄기는 더욱 거세어져 처마의 물받이 홈통을 타고 흐르는 물소리가 들렸다. 누가 양동이라도 받쳐놓았는지 수도를 틀어놓은 것처럼 물이 떨어지고 넘쳐나는 소리가 요란했다.

"재덜 애빈 죽었다구 얘기럴 들어서요."

형수가 사람들이 물러가자 그제야 어렵사리 남편 요한의 소식을 물으려는 눈치였다. 아마도 그제 평양에서 요섭을 만나고 돌아온 단열에게서 대충 들었던 모양이다.

"예, 제가 이리루 여행 떠나오기 사흘 전에 갑자기 돌아가셨어요."

"머 앓던 일은 없댔구요?"

"건강했지요. 주무시다가 그냥 돌아가셨답니다. 교회에서 다 장례를 치렀어요. 참, 섭섭하게 듣지 마십시오. 형님은 월남해서 얼마 동안 혼자 지내다가 재혼을 했습니다. 얌전하구 착한 분이셨어요. 그것두 교인들이 중매를 해서요. 사무엘이 빌립이 두 형제를 게서 보았습니다."

"그 인간 제 명엔 죽었구만. 차라리 우릴 데리구 갔으문 닛구나 살디. 찬샘골서 죄인으루 십년 세월얼 보내서요."

"형수님, 그 얘긴 잊읍시다."

"류요한이가 몇사람이나 쥑였넌지 시동상은 아오? 자그마치 내가 아는 것만 해두 우리 동니서 열 사람이 넘어요."

요섭은 묵묵히 앉았다가 말했다.

"저두 기억을 하구 있습니다."

"아부님 어머님언 어드러케 됐시오?"

"이남에 내려가서 사업 성공두 하시구 교회두 세우시구 하시다가 돌아가셨습니다. 어머닌 형님이 이민가시기 한해 전에 돌아가셔서 두 분을 이남에 합장해드렸지요."

"긴데 시동상은 지끔 목사가 되었다지오?"

"미국에서 교회를 맡구 있습니다."

형수가 잠시 고개를 떨구고 앉았더니 작은 목소리로 말했다.

"기도하구 성경얼 읽어주오."

"지금두…… 하나님을 믿습니까?"

형수는 얼른 고개를 돌려 안방 쪽을 보고 나서 다시 목소리를 더 작게 해가지고 말했다.

"가끔 어쩌다가 친정아부님 생각이 나문…… 기도를 할 때넌 있다오."

"뭐라구, 어떤 기도를 드리세요?"

그네는 자세를 고쳐앉고 백발의 머리를 두 손으로 단정히 쓸어올리더니 침착하게 말을 이었다.

"내 평생을 생각해봤디. 모던 것이 다 사람얼 좋게 할라구 나왔넌데 어째 기렇게 서루 미워했을꼬 하구 말이우. 일본사람두 기렇게 미워하딘 않았을 게라. 난 홈자 여게 죄인으루 남아선…… 딸아이덜 벤벤히 멕이지 못해 잃구 저거 하나 남은 걸 데리구 살멘서 늘 생각해서요. 하나님두 죄가 있다구 말이디."

요섭은 문득 형의 증오가 죽을 때까지 사라지지 않았다는 것에 생각이 미쳤고 가슴이 두근거리기 시작했다. 형의 증오는 두려움 때문이었을까. 중세 교회의 심문관처럼 혹독한 형벌을 내린 저들이 혹시나 되살아날지도 모른다는 공포 때문이었을까. 형수는 기독교인에게는 가장 불경스러운 말을 내뱉고 나서 길게 한숨을 내쉬었다.

"입다물구 그런 천불지옥이 벌어지는 걸 내레다보구만 게셨으니 하나님두 죄가 있다구 생각해왔디. 기러다가 요새 와선 생각이 달라졌어요. 나 성경얼 못 본 디 오래돼요. 거이 닞어뿌렜디. 하디만 욥은 생각나. 아부님이 어려서부팀 옛말처럼 성경 이야길 해주셨거딩. 악마하구 하나님하구 내기 시행을 하디. 욥이 시험에 겐데나나 하구 말이디. 욥이 문둥이가 되선 하나님 원망두 하구 기래. 사람이 원체가 인생에 고난언 타구나는 게라. 성님이 죽인 사람덜두 다아 영혼이 있대서. 그이덜 사탄이 아니대서. 류요한이두 사탄이 아니대서. 믿음이 삐뚜레졌디. 나넌 이제서야 하나님언 죄가 없다구 알디."

"형수 지금 바라시는 게 뭐예요?"

"나 바라는 거이 없다오, 시동상. 땅에 평화 하늘엔 영광 머 기런 거나 생각하오. 세상이 죄루 가득 차두 사람이 없애가멘 살아야디."

"형수, 저 기도드리겠습니다."

하고 요섭은 형수를 바라보았는데 그네는 천천히 두 손을 깍지껴 잡고서 눈을 감고 고개를 숙이는 중이었다. 요섭도 그와 같이 하고서 잠시 숨을 가다듬었다.

"하나님 아버지 저는 이제 고향에 돌아왔습니다. 아버님 어머님과 요한 형님을 차례로 저세상에 보내고 고향을 떠날 때에는 온 가족이 갔다가 혼자 돌아왔습니다. 여기 하나님 믿음의 딸이신 형수님이 계십니다. 일찍이 하늘의 택함을 받은 백성을 삼자고 이름지으신 다니엘도 가정을 이루어 이곳에 살고 있습니다. 밖으로 나갔던 가족들은 여기 남은 식구들이 모두 죽었으리라 믿고 더이상 희망을 갖지 않은 채로 평생을 보냈으나 이렇게 살아 계십니다. 여기 이 땅도 하나님께서 버리지 않은 영혼들이 살고 있는 곳임을 저는 보아서 잘 알고 있나이다. 우리가 지난 세월 동안 서로 겪은 고난을 원망하지 않게 하소서. 그리고 서로 용서하게 하소서. 형수의 겨울날 움싹 같은 믿음을 키워주시고 받아들여주옵소서. 저희 온 가족의 죄를 사하여주시옵소서. 크나큰 죄인 아무 공로 없사오나 우리 주 예수 그리스도의 이름으로 기도하옵나이다. 아멘."

요섭이 기도를 마칠 때 그의 형수도 고개를 숙인 채로 조그맣게 아멘,이라고 중얼거리는 소리가 들렸다. 요섭은 상의 안주머니에서 포켓 성경을 꺼내어 마음먹었던 곳을 펼쳤다. 신과 악마가 욥을 가운데 두고 내기 시행으로 대결을 시작하는 장면이었다.

"사탄이 여호와께 대답하여 가로되 욥이 어찌 까닭없이 하나님을 경외하리까. 주께서 그와 그 집과 그 모든 소유물을 산울로 두르심이 아니니이까. 주께서 그 손으로 하는 바를 복되게 하사 그 소유물로 땅에 널리게 하셨음이니이다. 이제 주의 손을 펴서 그의 모든 소유물을 치소서 그리하시면 정녕 대면하여 주를 욕하리이다. 여호와께서 사탄에게 이르시되 내가 그의 소유물을 다 네 손에 붙이노라 오직 그의 몸에는 네 손을 대지 말지니라."

그는 다시 욥이 불행을 겪은 뒤에 항의하는 대목을 펼쳤다.

"하나님이 나를 진흙 가운데 던지셨고 나로 티끌과 재 같게 하셨구나. 내가 주께 부르짖으오나 주께서 대답하지 아니하시오며 내가 섰사오나 주께서 굽어보시기만 하시나이다. 주께서 돌이켜 내게 잔혹히 하시고 완력으로 나를 핍박하시오며 나를 바람 위에 들어얹어 불려가게 하시며 대풍중에 소멸케 하시나이다. 내가 아나이다 주께서 나를 죽게 하사 모든 생물을 위하여 정한 집으로 끌어가시리이다."

요섭은 성경을 접고 형수에게 말했다.

"하나님은 사람과 적대가 되는 다른 신적인 존재를 측근에 가지고 있다는 것이 여기서 증거로 나옵니다. 그리고 그에게서 사람의 적과 내기를 걸고 도박을 하자는 유혹을 받지요. 이것은 우리가 그렇듯이 전지전능하신 하나님도 내적 갈등을 지니고 계신 존재임을 나타냅니다. 이것은 신성모독이 아니라 사람의 신앙적 결단에 의해서만 하나님은 완전한 존재가 되시는 것입니다. 사람은 죄의 구렁 속에서 완전한 존재가 되시는 하나님에게 다시 회개하여 새롭게 거듭나게 됩니다."

그는 짤막한 강론을 마쳤다. 형수가 웃을 듯 말 듯한 얼굴이더니 혼잣말로 중얼거렸다.

"그런 줄 알구 있대서……"

그네는 다시 요섭에게 말했다.

"해꾸지헌 사람이나 당헌 사람덜 모두 시험으 고난얼 받아서요. 내가 다시 예전 겉언 믿음얼 개질 수 없던 거이 뭣 때문인지 시동상은 알우?"

"왜 그랬어요?"

"아니 저 메사니, 남편이 여게다 두구 간 거이 식구가 아니야요."

"그럼 뭘 두고 가셨는데요?"

"죄책감이디 머이갔소? 깊은 죄 까탄에 나넌 믿음얼 살려내지 못해서요."

그제야 요섭은 생각이 나서 단열에게 그랬듯이 상의 호주머니에서 주머니를 꺼냈다. 그는 끈을 풀고 작은 뼈다귀 조각을 꺼냈다.

"이게 요한 형님입니다. 형님을 화장한 뒤에 제가 집어가지구 왔지요."

그는 형수에게 작은 뼛조각을 내밀었다. 형수는 잠깐 그것을 노려보더니 요섭의 손바닥 위로 손가락을 뻗쳐서 엄지와 검지로 뼈를 집어올렸다. 그네의 손끝이 가늘게 떨렸다. 형수가 눈앞에 갖다대고 자세히 들여다보는 것 같더니 갑자기 두 손으로 움켜쥐면서 고개를 떨구었다. 그러나 그네는 조카처럼 울지는 않았다.

"이거 머 하러 데레왔누?"

"우연입니다."

요섭은 형님의 헛것에 대한 얘기는 꺼내지 않았다. 대신에 그는 이렇게 말했다.

"어쩌면 내일 찬샘을 지나게 될 텐데, 거기 묻어드릴라구요."

형수는 아직도 뼛조각을 움켜쥐고 있었다.

"누가 이런 꼴루 돌아오라구 해서?"

그네는 한참이나 말이 없더니 그 물건을 선선히 요섭에게로 돌려주었다. 요섭은 말없이 그걸 받아서 다시 주머니 안에다 넣고 끈을 조여서 꽁꽁 묶었다. 형수가 그에게 말했다.

"시동상 덕분에 이케라두 돌아왔시니 다행이오. 죄많언 넋이 고향에 돌아왔시니깨 맞아줄 혼령덜두 씻김얼 해줄 거여. 순남이 아재비, 이찌로 아재비, 박명선이네 진선이 영선이 인선이 덕선이, 중손 아저씨 댁, 소학교 여선생, 그러구 저어 창고에서 저지른 일덜……"

류요섭 목사가 소리를 높여 형수의 쏟아내는 말을 막았다.

"그만 하세요!"

두 사람은 한참이나 아무 말 없이 앉아 있었다. 요섭은 그냥 벌떡 일어서기도 뭣하여 줄기차게 내리는 빗소리만 듣고 앉아 있었다. 형수가 중얼거렸다.

"이스라엘이나 조선으 하나님 겉은 건 없다오. 그냥…… 하나님언 하나님이디."

그네가 다시 물었다.

"시동상은 목사니깨 잘 알갔디만…… 난두 천당엘 갈 수 있갔소?"

요섭이 대답했다.

"나라의 법을 지키세요. 그리구 혼자서라두 기도를 하십시오."

7. 생명돋움
이승에는 누가 살까

　깊은 밤인지 새벽인지 분간할 수 없는 어둠 가운데서 요섭은 귓전에 어슴푸레하게 들리는 소리에 잠이 깨기 시작했다. 비는 아직도 내리고 있는지 홈통에서 떨어지는 물소리가 끊임없이 들려왔다.

　야야, 일어나라.

　그는 흠칫하면서 주위를 둘러보았다. 여기가 어디였더라. 아, 다니엘이네 집이지. 다니엘 식구들은 저 안방에서 자고 있구 형수님은 이 옆의 건넌방에서 주무실 테지. 그런데 비가 아직도 내리고 있구나.

　요섭아, 좀 일어나래두.

　그의 머리맡에서 소리가 들렸다. 그는 부스스 일어나 돌아본다. 요한 형의 헛것이 다시 그를 찾아온 것이다.

　형님…… 또 왔군요. 도대체 언제까지 절 따라다닐 거예요?

네가 날 보내줄 때까지.

순남이 아저씨는 어디 가구 이젠 형님 혼자요?

다들 다시 찾아올 테지.

오늘은 또 무슨 볼일이오?

너 나를 찬샘골에다 묻어주어야 한다.

그러면 미련없이 가시는 거예요.

아암, 동무들 따라서 가야지. 다니엘이 있어서 정말 다행이다.

다니엘은 형님을 미워해요.

그래두 할 수 없지. 여기 사람들 전부가 날 미워하지. 하지만 새루 태어난 이들에겐 새 세상이다.

새 세상까지 미운 게 따라다녀서야 되겠습니까? 깨끗이 씻구 가셔야죠.

그래서 동무들이 날 데려가자구 기다리지 않니?

까무룩, 하더니 헛것이 사라졌다. 요섭은 다시 자리에 눕는다. 여전한 빗소리.

아침에 비는 그쳤지만·날씨는 아직도 잔뜩 흐려 있었다. 일찍부터 온 식구가 일어나 어제처럼 상을 차리고 법석을 떨었는데 형수가 울타리의 쪽문을 밀치며 마당으로 들어서는 게 보였다. 그네는 한손에 호미를 들었고 꽃 한묶음을 겹쳐서 쥐고 있었다. 요섭은 방문가에 앉아서 내다보고 있다가 형수에게 말을 걸었다.

"아침부터 어디 다녀오세요?"

"꽃 꺾으레…… 동니에는 없어서 저 뒷산에꺼지 갔다 와서요."

"건 무슨 꽃이오?"

"오, 이건 머사니…… 구절초요."

흰 꽃잎 속에 노란 술이 보이는 꽃 한묶음을 들어 보이더니 가운뎃 방으로 들어와서는 가위로 밑동을 가지런하게 잘랐다. 그러고는 부엌 쪽에 가서 며느리에게 말했다.

"거 무슨 병 같은 거 없네? 물 담아서 개오라."

단열의 처가 소다수 병에 물을 담아 내밀자 형수는 병 주둥이에 꽃을 한줄기씩 높낮이를 서로 다르게 꽂아넣고는 몇번 바라보았다. 그네가 안방으로 들어가며 요섭에게 말했다.

"일루 들오라요."

요섭은 방안에 들어서자 조금 놀랐다. 상이 옷장 앞에 바짝 밀쳐 놓여 있었고 밥과 국이며 반찬이 늘어놓였는데 식을 갖추지는 않았어도 식구들이 먹자고 차린 밥상 같지는 않았던 것이다. 형수가 상 위쪽에 꽃묶음을 꽂아넣은 병을 조심스럽게 올려놓았다. 요섭은 어리둥절해서 형수에게 물었다.

"이게 다 뭡니까, 형수님?"

"이거이 우리 네전 가풍언 아니디만, 요사이 여게선 이리케 지내니깨."

"누구 제사요?"

"누군 누구…… 거 가엾신 구신이디. 노중객사헌 사람 말이외다."

두 사람이 그러고 앉았는데 단열과 그의 처와 아이들이 말끔하게 세수하고 옷 갈아입고 들어와 앉았다. 요섭은 추도예배는 더러 보고 다녔지만 기독교인 집안에서 옛날식 제사란 처음이어서 그냥 멋쩍게 입다물고 앉아 있었다. 형수가 아들에게 일렀다.

"멀 우두카니 보구 있네? 얼런 절하라우."

단열이 제 아내와 아이들에게 눈짓을 하더니 일어나서 일렬로 섰다. 그러고는 상머리에 대고 절을 했다. 두 번 절하고 일어선 채로 반배를 올린다. 그들은 얌전한 아이들처럼 다시 벽가에 주저앉았다. 식구들은 아무 말도 없이 한참이나 고개를 숙이고 앉아 있었는데 형수가 또 불쑥 말을 꺼냈다.

"기도하라우요. 시동상언 여게 사람이 아니니 일없갔디."

"오마니……"

단열이 조금 높은 목소리로 말했지만 형수가 그를 막았다.

"기쎄 일없대두 기래. 구신두 말이 통해야 알아듣디 안카서?"

"거 아덜두 있는 데서 구신이 다 머야요?"

투덜거리는 아들에게 형수가 시원시원하게 일렀다.

"네 속에 내 속에 거 다 있다. 어서 기도하라우요."

요섭은 잠깐 사이를 두었다가 안주머니에서 성경을 꺼냈다.

"이건 책이니까…… 기도는 말고 성경말씀이나 한구절 읽겠습니다."

요섭은 성경을 이리저리 들추다가 눈에 들어오는 대목이 있어서 읽기 시작했다.

"네가 무엇을 하였느냐 네 아우의 핏소리가 땅에서부터 내게 호소하느니라. 땅이 그 입을 벌려 네 손에서부터 네 아우의 피를 받았은즉 네가 땅에서 저주를 받으리니 네가 밭 갈아도 땅이 다시는 그 효력을 네게 주지 아니할 것이요 너는 땅에서 피하며 유리하는 자가 되리라. 카인이 여호와께 고하되 내 죄벌이 너무 중하여 견딜 수 없나이다."

그는 다시 성경을 들추어 다른 대목을 읽어나갔다.

"저희가 먹을 때에 예수께서 떡을 가지사 축복하시고 떼어 제자들을 주시며 가라사대 받아먹으라 이것이 내 몸이니라 하시고 또 잔을 가지사 사례하시고 저희에게 주시며 가라사대 너희가 다 이것을 마시라. 이것은 죄 사함을 얻게 하려고 많은 사람을 위하여 흘리는 바 나의 피 곧 언약의 피니라. 그러나 너희에게 이르노니 내가 포도나무에서 난 것을 이제부터 내 아버지의 나라에서 새것으로 너희와 함께 마시는 날까지 마시지 아니하리라 하시니라."

읽고 나서 요섭은 성경을 접어 안호주머니에 넣었다. 다시 침묵이 있은 뒤에 형수가 며느리에게 말했다.

"자자, 얼런 밥 차레라. 아이덜 학교 늦갔다."

국과 밥이 들어오고 말없는 식사가 계속되고 아이들이 제각기 인사를 하고 나간 다음 형수가 요섭을 건넌방으로 불렀다. 형수는 무엇인가 싼 작은 보퉁이를 농에서 꺼내어 그에게 내밀었다.

"이걸 개져가라우요."

"뭐죠, 이게……?"

요섭의 묻는 말에 형수는 대답 대신 거침없는 손길로 보퉁이의 매듭을 풀어헤쳤다. 낡아서 누렇게 색이 바랜 내의가 나왔는데 실밥이 올올이 풀어져 구멍이 나고 거뭇거뭇한 얼룩이 크게 묻어 있었다.

"그 낭반 속옷이야요. 찬샘에다 그 뻬다구 묻어줄 제 함께 태워개지구 묻으라요. 단열이럴 날 때에 그 옷으루 쌌댔시오."

요섭은 말없이 보퉁이를 받아서 매듭을 묶었다. 그는 그것을 속옷과 세면도구를 넣었던 보스턴백에 집어넣었다.

오전 열시가 넘어서야 시당에서 보낸 지도원을 태운 지프가 도착했는데 단열 부부와 형수는 울타리 앞에서 류요섭 목사와 작별했다. 단열 부부가 먼저 허리를 굽히며 인사를 올렸다.

"작은아부지, 앞으루 조국에 자주 오시라요. 하구 당으 따듯헌 배려럴 닞지 말구 조국통일에……"

"그래, 알았다 알았어. 어머님 잘 모시구 내 주소루 편지해라. 어머니 어디 아프시면 꼭 연락하구. 내가 약이든 돈이든 좀 보낼 테니까."

그는 다시 형수에게로 돌아섰다.

"형수님, 건강하십시오. 다음에 올 때에는 집사람도 함께 데리구 오겠습니다."

형수가 울먹이며 말했다.

"거 데켄에서 놔는 아덜두 좀 데레와보라요. 이름이 사무엘이하구 머라구 기랬더라……"

"예, 삼열이하구 빌립입니다."

"오, 기래요. 이젠 갸덜 세상이니깨, 우리야 인차 가야디. 길카구 거 꼭 파묻어주라요."

요섭은 다시 인사를 하고 나서 지프에 올랐다. 형수는 자동차가 마을의 골목을 다 빠져나갈 때까지 오래오래 울타리 앞에 서 있었다.

아직 큰 눈은 오지 않았지만 동네 뒷산에는 잔설이 하얗게 덮여 있었고 땅은 풀렸다가 다시 얼어서 자박자박 하는 얼음 부서지는 소리가 났다. 그 즈음에는 개 짖는 소리도 들리지 않았다. 가을부터 길목을 지킨다고 오가던 장정들이 보이는 족족 잡아먹었을 것이다. 이웃들도 나다니지 않게 된 지 몇달이나 되었다. 벌써 빈집이 서른 집이 넘어서 어두워진 뒤에 고샅에 나가면 빈집의 울바자 안에서 무슨 뼈다귀 손이라도 솟아나와 덜미를 잡을 것만 같았다.

초저녁부터 사방에서 총소리가 들렸고 서로 부르고 찾는 남정네들의 목소리도 가끔 들려왔다. 남편의 주의에 따라서 나는 날만 저물면 절대로 집 밖에 나가지 않았다. 시아버지도 그이도 이제는 시동생도 집에 잘 들어오지 않는 것 같다. 안채가 괴괴하게 인기척이 없는 걸 보면 그들은 모두 떠난 모양이었다. 방에 군불을 넣고 들어와 온돌에 등을 지진다고 누웠는데 잠이 쏟아졌다. 겨울이 되고부터 살림은 전쟁 전보다 훨씬 나아져서 쌀이고 애들 주전부리고 남아돌 지경이었다. 남편은 재봉틀이며 라디오까지 어디선가 날라다놓았다. 연년생의 어린 두 딸은 저녁에 이밥을 잔뜩 먹고 옆에서 네활개를 펴고 잠들어 있었다. 배가 가슴 아래 명치끝까지 불러서 돌아누울 수도 없을 지경이다. 예정 날짜가 거의 다 되어가는데 아직도 소식이 없다.

한밤중에 다시 가까운 곳에서 총소리가 여러번 들려와 나는 설핏 눈을 떴다. 목이 말랐다. 일어나는 것도 한참을 움직여야 했다. 우선 몸을 방 벽 쪽으로 끌어다가 한손으로 벽을 짚고 한손은 무릎을 짚으면서 몸을 일으켰다. 두 손으로 벽을 짚어 나가며 문 쪽으로 한발짝씩 걸어보았다. 방문을 열고 툇마루에 올라섰다. 누가 있어서 소리만 내면 물 좀 떠다달랬으면 얼마나 좋아. 천천히 툇마루에 앉아 한 발을 섬돌에 내밀고 신발을 더듬는데 갑자기 아랫배가 싸르르하더니 콱 내지르는 듯한 통증이 왔다. 오마니나, 이제 왔구나. 나는 겁이 더럭 나서 벌벌 기어 방으로 들어가 간신히 방문을 닫고 따뜻한 방구들에 몸을 뉘었다. 조금 괜찮다가 다시 콱 아프고 싸르르하면서 전신에 퍼져나갔다. 아픈 간격이 점점 빨라졌다.

마당에서 발걸음 소리가 자박자박 들려왔다. 아 저 소리, 그 뒤 오십년 동안 잊지 못했던 그 소리다. 남편의 카랑카랑한 목소리가 방문 앞에서 들렸다.

야, 얼런 일나라우. 떠나야 돼.

나는 대답도 못하고 신음소리를 냈다. 남편이 방문을 확 열었다.

왜 기래, 어디 아픈가?

그는 혀를 차면서 어둠속에서 군화를 벗고 메고 있던 총은 세워두고 들어와 더듬거리며 라이터를 켜서 남포에 불을 붙였다. 방안이 밝아졌다. 나는 벌써 온몸이 땀이고 얼굴에도 땀방울이 구슬처럼 돋아났다.

나…… 몸얼 풀래나보아요.

허, 하필이문 이런 때.

아이고오, 나 죽가서.

이거 정 속이 타누만. 임자레 아 낳다 죽는 건 둘채 치구 여겼다간 내가 죽어. 나만 죽네? 몽땅 다 죽지. 아마 깝질을 벳길라구 할 거이야.

나는 이를 악물고 참았다. 애가 나오기 시작했다. 헐떡거리면서 나는 남편에게 애원한다.

좀, 받으라요…… 나 죽가서. 전처럼 받으문 돼요.

에이 쌍 에미나이 거……

남편이 두리번거리다가 거칠게 농짝 문을 당겼다. 옷들이 몰켜서 쏟아져내렸다. 그이는 옷가지를 쥐고 아이를 받았다. 갓난아이의 울음소리가 들렸다. 그의 탄성이 들린다.

이보라, 고추야 고추. 사내자식이야.

그는 부엌으로 나가서 함지에 더운 물을 받아가지고 들어왔다. 아기를 씻기는 모양이다. 아기를 내 이불자락 옆에 들여놓아주고 그는 툇마루에 나가 앉아 담배 한대를 태웠다. 먼곳에서는 은은하게 겨울

우레처럼 포성이 들려오기도 했다. 갈라진 장작이 불속에서 터지는 소리같이 따닥 따다닥 하는 총소리가 가까운 곳에서 들려왔다. 그는 얼른 방으로 들어와 남폿불을 껐다. 어둠속에서 그의 거친 숨소리만 들렸다.

가만있으라, 누이 집에 갔다 오가서. 헹펜얼 보구 거기 맡길 수 있으문 글루 옮기자우.

나는 아무 말도 못했다. 아들을 낳았으니 더 무슨 소원이 있을까. 그의 발걸음 소리가 마당을 건너고 이어서 차츰 멀어지는 걸 느낄 수 있었다. 남편이 아주 멀리 가버리고 다시는 돌아오지 못하리라고 깨달은 건 바로 그 발걸음 소리가 사라진 직후의 정적 속에서였다.

8. 시왕

심판마당

그들은 사리원 시내로 나가 시당청사에서 기다리고 있던 평양에서 내려온 안내원을 만났다.

"거 참 목사님은 운두 좋으십네다. 위에서 허락이 내려서요."

류요섭 목사는 두 손을 모으고 정중하게 인사했다.

"정말 고맙습니다."

올백 안내원이 오늘은 손질을 제대로 못했는지 좀 부스스한 머리를 자꾸만 쓰다듬어올렸다.

"가족들 만나보니 어드렇습네까?"

요섭은 다시 고개를 숙이며 말했다.

"정말 놀랐습니다. 형님 식구들…… 잘 아시겠지만 남겨진 사람들이었는데, 다들 잘 있고 형수도 아주 건강하더군요."

안내원은 의외로 간단하게 대꾸했다.

"당사자가 아니니까. 우리는 현재와 미래를 중시하지요."

그가 얼른 말을 돌리면서 수첩을 꺼내어 펼쳤다.

"에, 기런데 외삼촌 성함이 안성만이두만요. 맞습네까?"

요섭은 입속으로 몇번이나 안, 성, 만,이라고 중얼거려보고 나서야 고개를 끄덕였다.

"예, 맞아요."

대답은 그렇게 했지만 그는 어머니의 이름이 아직도 생소한 것처럼 외삼촌의 이름도 낯설기만 했다. 그는 언제나 소메 삼촌이었기 때문이다. 안내원이 말했다.

"알아보니 아주 훌륭한 아바이라구 합데다레."

소메 삼촌은 평범한 농사꾼이었다. 그는 어머니의 오랍동생이니까 물론 목사의 아들이었고 어려서부터 유아세례자였다. 외삼촌은 젊어서 해주에 나가 중학을 나오고는 곧장 고향에 돌아와 아버지의 농토에 농사를 지었다. 외할아버지는 그가 신학교에 가지 않은 것을 못내 섭섭해했다. 요한 형도 고향에 남기고 온 가족들이 다 죽었을 거라면서도 아마 삼촌은 살아 있을지도 모른다고 생각했다. 그래서 그에게 식구들이 어디 묻혔는지나 알아보라던 것이 아니었을까. 요섭은 삼촌의 늙은 얼굴을 가늠해보기가 어려웠다. 형수의 늙은 얼굴에서는 그래도 상상했던 대로의 모습과 일치하는 데가 있었지만 그는 외삼촌의 젊은 모습도 기억이 나질 않는다. 어릴 적 생각을 해보면 외삼촌은 별로 말이 없고 방학 때 외가에 가면 반기는 외할머니 뒷전에서 빙긋이 웃기만 하고 서 있었다. 그는 손재주가 좋아서 낫이나 부엌칼 한 가지로 나무토막을 여러 모양으로 깎아 장난감을 만들어주었고 우산포에 넘나드는 황포 돛단배도 만들어주었다. 전쟁이 터진 후에는 한번도 요섭네 집에 온 적이 없었다. 하지만 읍내에서 어머니는 가끔 남동생과 마주쳤다고 한다. 요섭이 기억하는 것은 해방되고 몇년 동안이었다. 외할아버지는 그 기간에 작고했고 외할머니도 소식이 끊겼지만 아마 삼촌과 함께 소메에 살았을 것이다.

"삼춘 아바이가 협동농장에 관리위원장을 지냈다두만. 인민들 칭송이 자자해요."

안내원이 차에 오르면서 말했다. 어머니는 외가 이야기만 나오면 요한 요섭 형제에게 늘 오랍동생 자랑을 하곤 했다. 그애는 어려서부터 어른 같았다는 것이다. 생각이 깊고 도량이 넓어서 친정아버지가 뒤를 이어 목사가 되기를 바랐다고 했다. 그런데 소 같은 사람이 되어버리다니 하며 어머니는 안타까워했다.

그들이 신천으로 다시 돌아온 것은 처음처럼 점심 무렵이었다. 자동차는 그대로 읍내의 북쪽으로 시오리쯤 달려서 시원하게 열린 어루리벌이 보이고 낮은 산이 들판 가운데 언덕처럼 밋밋하게 솟아오른 소메에 도착했다. 산을 중심으로 협동농장 마을이 있었고 마을 주위는 온통 논이었다. 논에는 벌써부터 이삭이 누릇하게 변하고 있는 참이었다. 하늘은 알맞게 흐리고 바람도 시원했다.

농장은 단열네 동네보다는 좀더 커 보였다. 단층집과 기포 콘크리트 벽돌로 지은 이층의 연립주택이 섞여 있었고 농번기라서 마을사람들은 거의 들에 나가 있는지 집들은 대개 비어 있는 것 같았다. 마을 가운데에 공회당 같은 농장 사무실과 도서실이 보였고 탁아소 건물도 있었는데 시멘트 블록을 깔아놓은 길 좌우는 공원처럼 잔디와 나무가 자라고 있었다. 곳곳에 나무의자가 놓였는데 그들이 차에서 내려 걸어들어가다 보니 노인 두엇이 의자에 모로 앉아서 장기를 두는 중이었다. 관리위원장 여인이 사무실에서 나와 안내원과 몇마디 나누고 나서 류목사와 인사를 했다. 여자는 요섭을 장기 두는 노인들 앞으로 안내했다. 요섭과 눈이 마주친 노인이 슬며시 의자에서 일어났다. 여자가 요섭을 노인에게 소개했다.

"아바이, 조카가 찾아왔습네다. 이분이 바루⋯⋯"
하는데 노인은 빙그레 웃으며 요섭에게 말을 걸었다.

"너 요섭이가, 어케 혼자 완?"

목소리와 표정에서 요섭은 그가 외삼촌임을 첫눈에 알아보았다. 그는 허리도 꼿꼿했고 예전보다는 얼굴도 별로 검어 보이지 않았다. 가운데 벗어진 머리를 박박 깎았는데 턱에는 보기좋게 수염을 기르고 있었다.

"삼촌, 인사 올립니다."

요섭이 허리 숙여 절을 하자 삼촌은 그의 두 팔을 잡고 이끌어 껴안았다. 그러고는 붉어진 눈으로 그를 바라보았다.

"너이 오마닌⋯⋯?"

"진작 돌아가셨어요."

"요한이넌 어디 사네?"

"형님두 며칠 전에 작고했습니다."

노인이 코를 힝 풀더니 그의 등을 툭툭 치면서 말했다.

"자아, 집으루 가자. 식구덜이 기달리구 이서."

요섭은 외갓집이 있던 집터를 찾아보려고 고개를 돌려봤지만 들판의 산 외에는 알아볼 만한 풍경이 보이질 않는다. 그는 외삼촌과 나란히 걸으면서 말했다.

"단열이네를 잘 돌봐주셔서 감사합니다."

"어어, 너이 형수 만나봤갔구나?"

"예, 어제 거기서 잤습니다."

"그 사람두 용허게 이 세월얼 살았다. 요섭이 너 목사라구 기래서?"

그가 예, 하면서 대답을 했더니 외삼촌은 고개를 여러번 끄덕였다.

"삼촌 지금 연세가 몇이세요?"

"응? 나 야든다슷이야."

외삼촌이 이층의 연립주택 앞으로 먼저 가서 사리원 단열네 집처럼 낮은 울타리에 달린 쪽문을 밀었다. 텃밭이 딸린 작은 마당에는 웬 사람들이 가득 몰려나와 있었다. 삼촌은 맨 앞에 섰던 초로의 사내를 아들이라고 소개했고 그 곁의 며느리와 손자 손녀들을 인사시켰다. 그리고 방안에는 형수네서처럼 준비된 점심상이 차려져 있었다. 삼촌이 워낙에 말수가 적은 사람이라 식구들도 모두 조용했다. 처음 보는 요섭이 낯설고 어렵기도 하였는지 그들은 눈길이 마주치면 순하고 환한 얼굴로 웃어주기는 하였어도 식사 내내 아무도 감히 말하는 이가 없었다.

오후에 요섭은 삼촌을 따라 농장 관리사무실에도 가보고 그가 소일삼아 일한다는 농장 도서실에도 가보았다. 삼촌은 다른 안내원들처럼 자랑이나 설명도 없이, 그냥 여기는 도서실인데 각지에서 보내준 책이며 농장원들이 집집마다 가지고 있던 책을 기증하여 한 삼천여권쯤 된다고만 짤막하게 얘기했을 뿐이었다.

저녁에는 관리위원장이 술까지 갖다주어서 요섭은 처음에 사양을 하다가 삼촌과의 겸상이므로 더이상 마다할 수가 없어 술 몇잔을 받게 되었다. 삼촌은 오랜만에 소주를 마시는지 잔을 들었다 놨다 하며 찔끔거리지 않고 단숨에 털어넣고는 했다. 그는 노인답지 않게 건강한 붉은 안색이 되어 웃음이 더욱 잦아졌다.

"우리 이층으루 올라가자우."

삼촌이 양초 두 개를 챙겨들고 마당으로 나섰다. 요섭은 영문도 모르고 그를 따라나서는데 집 바깥 벽에 붙어서 시멘트 계단이 달려 있었다. 이층 현관문을 열고 들어서니 출입구가 다를 뿐 구조는 아래층과 똑같은 방 세 칸짜리였다. 부엌 겸 전실 천장에 희미하게 삼십촉짜리 전구 하나가 달랑 달려 있었다.

"여기두 쓰십니까?"

요섭이 물었더니 삼촌이 웃으면서 말했다.

"허허, 기렇게 돼서. 누구레 입주하게 돼 있댔넌데 배치럴 딴데 받아개지구 상기두 비어 있디. 여름내 시언허기가 무슨 넷날 별궁 같아."

그는 불에 그슬린 자국이 있는 동그랗고 작은 나무 밥상에 초를 올려놓고 불을 붙였다.

"별루 어둡지 않은데 초는 왜 켜세요?"

"아홉시 넘으문 불이 나가. 요사이는 더 이를 때두 이서. 공장에 먼저 보내느라구 농촌은 전력이 긴장돼서."

말하는 중인데 정말 전깃불이 깜박 하면서 나갔다. 처음에는 어둡더니 시간이 지나면서 상 주위가 더욱 환해지는 느낌이었다.

"요한이넌 어데가 아파서 죽었노?"

삼촌이 불쑥 물었다.

"글쎄요, 건강했는데 얼마 전부터 기력이 쇘는지…… 부인을 먼저 보내구 아이들두 다른 도시루 나가서 각기 제 살림 차리구 해서 혼자

사셨거든요."

"넌 기때 몇살이댔나?"

"예? 언제요……"

"언제긴 전쟁 때 말이디."

"열네살이었지요 아마? 제가 중학교 들어갔을 적이니까."

"다 봤갔구나."

요섭은 삼촌이 무슨 얘기를 하려는지 알고 있었다.

"드문드문…… 생각이 납니다."

"양쪽 다 내가 잘 알던 사람덜이다."

요섭은 삼촌에 대해서 궁금해하던 것을 물었다.

"헌데 삼촌은 왜 목사가 되지 않았어요? 외할아버지두 목사님이었 구 신학교엘 가라구 그렇게 바라셨다는데요."

삼촌은 빙긋이 웃었다.

"나 중학교럴 해주서 나오지 않았던? 기적에 무슨 일이 있댔다. 내 가 하숙하던 집에 선생님두 같이 하숙하구 있댔넌데 그분이 일경에 잡혀갔디. 두어 해 옥살이하구 나와선 시름시름 앓다가 돌아가셌다. 그분이 수업시간에 늘 하시던 말씀이 있대서. 사람은 무슨 뜻이 있거 나 가까운 데서 잘해얀다구 기랬디. 늘 보넌 식구들콰 동니사람들하 구 잘해야 한다구. 길구 제 힘으루 일해서 먹구살디 않으문 덫을 놓아 먹구살게 되넌데 기거이 젤 큰 죄라구 말이다. 난 목사가 되딘 않았디 만 선생님 말씀대루 살라구 힘써서."

류요섭 목사는 다시 물었다.

"믿음은요? 삼촌은 세례교인이셨잖아요?"

"아직두 난 교인이다. 길구 당원이야. 전쟁 후에 농장일을 보멘서 입당했디."

"그게 가능한 일이에요?"

"그해 겨울에 저 끔딕헌 살육이 없었대문 난 당원이 되지두 않았을 거다. 난 여게 회개허넌 기독교인으로 남기루 했디."

"저들도 교인들을 살해했어요."

"너이덜 말대루 그 사람덜은 믿지 않던 사람덜 아니냐?"

요섭은 삼촌의 그 질문에 말을 잃고 고개를 숙였다. 열린 창문으로 들어오는 바람에 촛불이 거세게 흔들렸다. 요섭은 처음으로 타인에게 그가 만나고 있던 헛것들에 대하여 말을 꺼내기로 결심했다.

"죽은 요한 형님이 자꾸만 나타납니다. 형이 죽인 사람들두 나타나서 제게 말을 걸어요."

"나두 기래……"

"삼촌두 헛것을 보신다구요?"

"전에는 그냥 보이기만 하더니. 내가 저녁녘에 들에서 홈자 소를 몰구 돌아오누라문 건너편 논두렁으루 죽은 사람덜이 줄지어 지나가기두 하구, 궂은 날이문 소메 위에 혼불이 보이기두 하드라. 긴데 요사인 나타나선 나하구 말두 하구 기래. 너이 형은 아직 못 보았다."

"그런 땐 어떻게 하세요?"

"거저 보는 거디. 멀뚱허니 보아."

"기도는 안하세요?"

"기런 때엔 기도허는 거이 아니다. 나타나문 보아주구 말하문 들어주는 게야. 인차 세상이 바뀔라구 허넌지 부쩍 나타나구 기래. 너 왜 기런다구 생각허니?"

"저희들 가책 때문인가요?"

174

삼촌은 눈을 감고 고개를 숙이더니 뭔가 한참이나 입속으로 중얼거렸다. 요섭은 재촉하지 않고 기다렸다. 삼촌이 다시 고개를 들었다.

"그 일얼 겪은 사람덜으 때가 무르익었단 소리디. 이제 준비가 되었단 말이다. 기래서…… 구원할라구 뵈는 게다."

"저나 삼촌은 가해자가 아니잖습니까?"

삼촌이 그 두꺼운 손바닥으로 상을 내리쳤다.

"가해자 아닌 것덜이 어딨어!"

두 사람은 이제는 더욱 짧아진 양초토막을 내려다보면서 말이 없었다. 한참 있다가 삼촌이 끄응 하면서 일어났다.

"저 방에 자리 펴놨다. 가서 자거라."

"예, 삼촌은요?"

"난 이쪽 방을 쓰디."

삼촌이 전실을 건너 안방 쪽으로 걸어갔고 그의 등뒤에 대고 요섭이 물었다.

"조금 아까 기도하신 거예요?"

삼촌은 그를 돌아보며 처음 만났을 때처럼 빙그레 웃었다.

"난 매일매일 기도헌다."

목사인 요섭은 궁금해서 견딜 수가 없었다.

"뭐라구 기도하세요?"

"우리 모두럴 구원해달라구……"

삼촌이 방으로 들어가더니 문을 닫았다.

해방 전이나 뒤에도 내 생활은 별로 변한 것이 없었다. 나는 소 두 마리와 논밭 오천평으로 부지런히 농사를 지어 식구들을 먹여살렸다.

그리고 교회에도 전처럼 열심히 나갔다. 토지개혁 때 나는 자작농이어서 그대로 내 땅에 농사를 지었다. 처음엔 현물세가 좀 문제되었지만 나중에 제도가 정비되면서 그런대로 공평하게 안정되었다.

나는 교단이나 당의 양측이 모두 혈기 많은 이들에 의해서 끌려간다고 생각했다. 대의원투표일 문제로 다투던 것도 기억하고 있다. 성경에도 나오듯이 가이사의 것은 가이사에게로 돌려준다지 않는가. 안식일 예배를 보고 나서 오후에 귀가하여 투표를 하면 되었을 텐데. 나라에서는 투표일을 하루 늦추어 이튿날 오전까지 기회를 줄 수도 있었을 거다. 하지만 양쪽 다 투표의 거부와 강행은 핑계에 지나지 않았다. 가난하던 이들이 땅을 분여받아 굶주리지 않게 된 것은 예수님의 행적으로 보더라도 훌륭한 일이었다. 교회나 절이 가지고 있던 땅을 소작인에게 나누어준 일도 당연했다.

그때 우리는 양쪽이 모두 어렸다고 생각한다. 더 자라서 사람 사는 일은 좀더 복잡하고 서로 이해할 일이 많다는 걸 깨닫게 되어야만 했다. 지상의 일은 역시 물질에 근거하여 땀 흘려 근로하고 그것을 베풀고 남과 나누어 누리는 일이며, 그것이 정의로워야 하늘에 떳떳한 신앙을 돌릴 수 있는 법이다. 야소교나 사회주의를 신학문이라고 받아 배운 지 한 세대도 못 되어 서로가 열심당만 되어 있었지 예전부터 살아오던 사람살이의 일은 잊어버리고 만 것이다.

해방 무렵에 내가 서른다섯이었으니 예전 나이로도 젊지 않은 나이였다. 전쟁 때까지 다섯 해 동안 교회에 다니던 우리 아래 청년들이 숱한 말썽을 부린 게 사실이다. 많이들 월남해버렸지만 남은 이들은 대개가 땅마지기나 지니고 살던 집의 자식들이었다. 그것도 어중간하게 밥술을 먹는 집 아이들이었다. 큰 지주나 부잣집은 벌써 해방이 되고 나서 서너 달 동안에 눈치를 보다가 집안정리를 해서는 밤중에 사라져버리곤 했다. 교계와 당국 사이에 마찰이 일어나면서부터 남쪽으로 내려갔던 아이들이 한독당이네 청년단이네 가입하여 이북의 교인들 중심이던 민주당 조직을 타고 많이 넘나들었다.

이북이 다 비슷했지만 우리 고장이 경기도 접경이고 교인이 많아서 저항이 제일 심했다. 내가 기억하고 있는 사건만도 벌써 몇가지가 된다. 평양에서 삼일절 기념식장에 수류탄 투척을 하고 요인들 집에다 폭탄을 터뜨린 사건을 시작으로 해서 기독교측은 성전을 위한 싸움과 순교요 공산당측은 인민을 위한 계급투쟁이 되어버렸다. 은률의 중학교 학생들이 동맹휴학을 하고 장연에서는 여학생이 주동되어 기독청년들이 삐라를 만들어 읍내에 뿌리고 당사와 인민위원회에 벽보를 붙였다. 그래서 여러 교인들이 잡혀갔다. 다시 은률에서 학생들이 신록회라는 단체를 만들어 시위하다가 주동 학생들은 해주로 잡혀가서 행방불명이 되었다. 황주에서는 교회에 나가는 청년 몇사람이 등사판을 구해다가 유인물을 만들어 장터와 마을마다 뿌리고 다녔는데 교회에서 밤에 다시 유인물을 만들다가 급습한 내무서원들에게 붙잡혔다. 이후로 모든 교회에서 등사판을 일제히 압수해버려 주보도 만들지 못하게 되었다.

그중에 제일 큰 사건은 아마 통일단 사건일 거다. 황해도 일대의 기독청년들은 각 노회를 통해서 연결이 되었는데 요한이나 그 또래 친구들도 들어 있었다. 나중에 내가 확인을 해보니까, 통일단은 남쪽의 반공청년단과 연계해서 무기를 입수하고 해주를 비롯한 황해도 일원의 당 주요기관을 점령하려고 했다는 것이다. 신의주에서도 거사했던 몇몇 청년들이 잡혀서 총살을 당했지만 우리 고장 인근 청년들은 구월산으로 도망가서 전쟁 때까지 숨어 있게 된다. 우리 동네에서도 당에 든 이나 교인이나 농번기가 되면 함께 품앗이하고 들밥도 나누어 먹고 하던 처지라서 나는 별로 말재간으로 남과 다툴 일이 없었다.

한번은 이런 일이 있었다. 농번기가 끝나면 울력 동원이 있었는데 그건 일제 때에도 수시로 있던 일이라 큰 불평은 없이 그저 그러려니 했다. 누구나 열여덟살에서 마흔까지의 장정은 도인민위원회에서 결정한 의무부역 이십일을 나가야 했다. 어떤 사람들은 공장에도 나갔고 아니면 광산이나 댐 쌓는 일에도 나갔다.

나는 황주 철공장에 나가게 되었다. 인근 군에서 온 장정들과 일제 때부터 공장 구내에 지어놓은 낡은 판자 건물에 수용되었는데 가운데 통로를 내고 양쪽으로 나무 침상을 놓은 숙소였다. 현장에서 우리는 주로 숙련공들의 보조일을 했다. 화차에서 내려진 철광석을 골라내어 분쇄기에 갈고 컨베이어벨트로 운반하는 일이 우리 잡부들 차례였다. 하루종일 싣고 운반하는 일을 하다보면 어깨가 떨어져나가는 듯했고 손은 찢어지고 터진 상처투성이가 되었다. 공장사람말고 우리를 인수받은 작업감독이 따로 있었는데 그가 시당에서 나온 지도원이라고 했다. 그는 젊은 조장 두 사람과 함께 우리 숙소까지 관리하고 있었다. 나는 주말인 토요일까지 기다렸다가 숙소 건너편에 있는 작업반으로 지도원을 찾아갔다.

머 좀 부탁드릴라구 왔습네다.

나보다 네댓살 많아 보이는 지도원이 부드러운 얼굴로 물었다.

무슨 일입네까?

내일이 일요일이디요. 난 일요일에넌 작업을 못하갔습네다.

왜 어디 아프오?

178

아니 그런 거이 아니라…… 주일이니깐 교회를 나가야 되갔시오.

메라구, 교회? 의무부역을 나와선 일은 안하구 교회를 나가겠다 이 거요?

예, 교인언 주일얼 지케야 되니까니.

지도원은 부드러운 얼굴이 일그러지다가 어이가 없는지 옆의 책상 앞에 앉은 젊은 조장을 돌아보며 픽 웃었다. 젊은 친구가 눈을 날카롭게 치뜨고 내게 손가락질을 하면서 외쳤다.

이봐, 의무부역을 어기문 고발을 해서 처벌을 받게 되어 있소.

나는 고지식하게 그에게 차분히 말했다.

우리 공화국으 이십개 정강 삼조와 오조에 엄연히 신앙으 자유가 보장돼 있는 걸루 아는데요. 나넌 농사럴 지어선 현물세두 꼬박 바치구 누구에게 해럴 끼친 일두 없시다.

지도원이 어이가 없는지 입을 벌리고 내 말을 다 듣고 앉았더니, 다시 참을성있게 웃는 얼굴로 돌아갔다.

교인이라구 해서 남들 다 일하는 시간에 혼자 빠제서야 되갔소. 부역이 다 끝난 댐에 집으루 돌아가 기때에 교회엘 나가문 되는 거요.

나는 더이상 대꾸 않고 그대로 돌아왔다. 숙소에 가서 저녁을 먹고 취침시간이 되어 모두들 침상에 자리를 깔고 누웠는데, 혹시 잠이 들어버릴까봐 나는 옷을 벗지도 않고 아래위 작업복에 냄새나는 양말까지 신은 채로 담요만 덮고 실눈을 뜨고 잠든 척했다. 그렇게 자리에 누워 새벽이 오기를 기다리고 있자니, 하루 종일을 고된 작업에 시달린 몸이라 물먹은 솜처럼 천근만근 무거워져서 마치 밑바닥 없는 아득한 잠 속으로 가라앉아버릴 것만 같았다. 주위에서는 코를 골지 않나, 잠꼬대를 하지 않나, 실내의 희미한 전등도 꺼졌지, 정말 미칠 지경이었다.

창밖에 먼동이 트는지 산자락의 윤곽이 선명하게 드러나기 시작했다. 살그머니 일어나서 작업화를 미처 신지도 못하고 발끝만 끼운 채로 숙소를 빠져나왔다. 그리고 시오리 길을 달려서 교회를 찾아갔는데 새벽기도회 시간이라 교인은 열 사람이 채 못 되었지만 목사님은 나와 있었다. 나는 철공장에 새로 취직해 온 노동자라고만 말했다. 주일예배를 보고 목사님 댁에서 점심 얻어먹고 다시 교회에 앉아 기도 올리고 저녁예배까지 보고 밤 열시에야 돌아오니까, 같은 숙소의 부역 나온 시골사람들이 서로 걱정을 해주었다. 겉으로야 종교 믿는 걸 상관 않는다고 하지만 이 사람들이 당신을 어떻게 보겠느냐, 그렇지 않아도 기독교인이라면 반동으로 보는 세상인데 당신 그러다 아오지 간다, 죽은 다음에 천당 가면 무슨 소용이냐, 말들이 많았지만 나는 그저 못 들은 체 오랜만에 편안하게 잠들었다.

이튿날 작업장에 나갔더니 지도원 아바이가 나를 찾았다. 그는 화가 잔뜩 난 얼굴로 따라오라고 하면서 나를 작업반 사무실로 데리고 갔다. 지도원은 대뜸 자기 책상 앞자리에 앉으라고 해놓고 인원 명부를 들추기 시작했다.

안성만 동무 신천서 왔구만. 아부지가 목사구, 자작농이구, 지난번에 투표두 했구만. 동무는 지금 의무부역이 왜 있는 줄 아오?

새루 건설된 현장언 물론이구 일제 때 돌아가던 공장두 다 가동되디 않으니깐 생산을 다그치기 위해서입네다.

잘 아는구만요. 긴데 종교를 빙자해서 기렇게 사보따주를 하면 우리는 고발조치를 할 수밖에 없소.

아닙네다. 내가 교회엘 나가 주일얼 지키는 대신에 사흘 더 노역얼

해서라두 의무부역언 채우겠시다레.

여게서 특별대우는 없소. 더구나 교회는 더욱 안되오. 당신을 반동이라구 비판하는 인민들두 많소.

나는 그 다음 주일에도 새벽에 공장 숙소를 빠져나와 교회에서 하루 종일을 보내고 밤에 돌아왔다. 지난주처럼 이번에도 지도원에게 불려갔다. 그는 책상을 치면서 호통을 내질렀다.

보자보자 하니까 이거 무서운 거이 없구만. 동무는 정말 새로운 시대의 쓰레기요 종교 아편장이야! 당신에게 어떤 불이익이 돌아가드라두 후회하지 말기요.

나는 마지막 주중에 어디선가 나타나서 나를 잡아갈 것 같은 생각도 들었지만 내가 국가를 위태롭게 할 정도로 잘못을 했다고는 여기지 않았고 그저 묵묵히 일만 열심히 했다. 토요일이 되도록 아무 소식이 없더니 지도원이 나를 불렀다. 그는 나를 데리고 구내 매점의 구석자리로 가서 국수를 시켜주며 첫날처럼 부드럽고 편안한 얼굴로 말했다.

안동무, 일요일이 다시 돌아왔구만. 또 규칙을 어기고 무단외출을 할 거요?

그러니깨…… 허가럴 해주시디오.

그는 어이가 없다는 듯이 껄껄 웃고는 나의 어깨를 두드렸다.

좋소, 내일은 마음놓구 교회에 갔다 오오.

정말입니까?

나는 당신 같은 인민은 진짜 신앙을 가진 사람이라구 생각하오. 그동안 안동무가 작업하는 태도나 숙소에서 동무들과 생활하는 것을 우리가 시종 관찰하였는데 참 성실한 사람이오. 자기 맡은 작업량뿐만 아니라 모자라면 남의 일까지 해치우고 숙소에 돌아가서두 아픈 사람

빨래까지 해주었다면서요?

벨일 아닙네다. 내일까디 부역기간이 만료되디만 난 사흘얼 빠졌시니께 여게 남가시오. 사흘 작업량 채우구 집에 가갔습네다.

그래서 마지막 날에는 콧노래로 찬송가를 부르며 버젓이 교회에 나갔다. 남들은 모두들 트럭을 타고 읍내로 나가는데 나만 공장에 남아 새로운 일감이 주어지기를 기다렸다. 모두를 보내놓고 지도원이 나를 불렀다.

당신은 그 종교만 빼놓는다문 참으로 인민을 위해서 일할 동무요. 그러니 잔업은 하지 말구 그냥 돌아가시오. 내가 군당에다 잘 얘기해놓갔소.

전쟁이 나기 전에 삼팔선에서 충돌이 잦아지자 황해도 일대에서는 늘 긴장이 감돌았다. 밤이 되면 통행증 없이는 옆동리에 마실도 가지 못할 형편이 되었다. 아마 그때부터 젊은이들에게 민청 가입이나 자원입대를 권유하기 시작했던 것 같다. 내가 요한의 친구 상호라는 아이를 살려준 것이 그 무렵의 일이다.

나는 소를 끌고 부정내로 나갔다. 냇가 둔덕에 좋은 풀들이 많이 자랐기 때문이다. 요한 형은 그 무렵부터 밖에 나다니지 못하고 숨어지내고 있었다.

통일단 사건이 터진 뒤에 여러명의 기독청년들이 구월산으로 달아났다. 형은 처음에 동네 근처의 야산 골짜기에서 움을 파고 위에는 나뭇가지와 잎으로 지붕을 이은 초막에서 지냈다. 내가 하루 걸러 한번씩 광주리에다 밥이며 개떡을 담아서 형에게 날라다주었다. 전쟁이 터졌는데 영용한 인민군대가 서울을 수복하고 대전까지 일시에 점령

했다고 읍내에서는 궐기대회를 열었다. 그맘때에는 총동원령이 내려서 군대에 나가지 않고 피해서 밤에만 집에 다녀가는 젊은이나 삼십대 장정들이 많았다.

소를 냇가에 매어두고 나는 좀 떨어져서 풀밭에 앉아 성경공부를 했다. 읍내 중학교에 들어갔지만 언젠가는 평양 신학교엘 들어가기로 아버지와 약속했기 때문이다.

요섭아, 너 찾느라구 집에까지 갔댔다.

순호가 밭두렁을 건너서 냇가 둑으로 올라왔다. 학교엘 가지 않아도 그애와 자주 만나는 편이었다. 남자 청년들이 거의 사라져서 집집마다 아이들과 여자들뿐이었기 때문에 들일도 우리가 해야만 했다. 다만 민청에 들어간 남녀 청년들이나 리당 사람들은 그냥 고향마을에 남았다. 동원령이 내렸어도 부양할 식구가 많은 농부들 중에 서른다섯이 넘은 이들은 아직은 군대에 가지 않고 마을에 남아 있었다. 순호가 내 곁에 털썩 주저앉으며 물었다.

너이 형 아직두 산에 이서?

주위에는 우리 둘말고는 풀을 뜯고 있는 소뿐이었다.

건 왜?

펜지 전할라구 기래. 우리 형이 보내왔다.

나는 긴장했다. 그의 형 상호는 통일단에 들었던 청년들과 구월산으로 달아났기 때문이다. 요한 형이야 잡히면 그저 군대에 나가면 되었지만 상호 형은 문제가 달랐다. 그의 아버지가 내무서에 일주일 동안이나 갇혀서 아들의 행방을 조사받았을 정도였다.

무슨 펜진데?

몰라, 꼭 너이 형에게 전하라구 기랬다.

나 달라. 내가 전할게.

나는 순호에게 들이대듯이 묻는다.

가만…… 상호 형 너이 집에 왔디?

오긴 어딜 왔다구 기래?

하문 펜지는 다 머이가?

너만 알구 있으라. 우리 형이나 너이 형이나 둘다 같은 헹펜 아니
가. 형이 어젯밤에 산에서 댕기러 내레왔다.

나는 말없이 손을 내밀었다. 순호가 저고리 품에서 누런 종이리본
을 꺼내어 내준다. 가늘게 띠처럼 접어 중간을 맺어놓은 편지였다.

니얄 산에 가서 우리 형한테 주갔다.

나는 편지를 받아넣으면서 요한 형이 사실은 집의 마루 밑에 숨어
있다고 순호에게 말하고 싶은 걸 꿀꺽 삼키고 참느라고 목구멍이 간
질거렸다. 순호가 말했다.

요한이 형님 고생 많갔다. 우리 형은 기래두 여러이 있으니끼니 날
두 잘 간다넌데.

갑자기 요란한 폭음이 들리더니 비행기 편대가 산머리 위로 나타났
다. 그때는 날만 새면 비행기들이 하늘에 나타났는데 모양도 가지각
색이었다. 은빛이나 검은빛 초록색 하늘색에다. 프로펠러를 단 놈에
프로펠러도 없이 날개에 기름통을 달고 있는 쌕쌕이에, 점처럼 작아
보이도록 하늘 꼭대기에 떠서 꽁무니로 길게 흰 연기를 내뿜는 비이
십구까지 멋대로 날아다녔다. 우리는 비행기들의 모양만 보고도 그들
이 어디를 폭격하러 가는지 짐작할 수 있었다. 프로펠러를 단 놈들은
가까운 역이나 군부대를 때리러 왔고 쌕쌕이와 비이십구는 평양을 폭
격하러 날아갔다. 지금 저것은 쌕쌕이니까 도시를 폭격하러 나타난

게 분명했다. 그런데 네 대의 편대가 새처럼 짝을 지어 날아왔고 그 뒤에 또 그 뒤에도 짝지은 비행기들이 계속 날아 지나갔다. 순호가 고개를 들고 올려다보며 숫자를 헤아려보다가 감탄을 했다.

우와, 오널언 비행기가 수테 되누만.

어제두 기랬다.

전쟁이 오래가갔다구 하더라.

순호는 불안한 얼굴로 다시 하늘을 올려다보았다.

야, 난 가봐야 돼. 펜지 꼭 전하라.

나는 집에 돌아와 먼저 울바자 밖에 누가 없는가를 살피고 부엌으로 들어갔다. 항아리가 놓인 곳에 쭈그리고 앉아 가만히 불렀다.

형, 좀 나와보라요.

항아리가 뒤뚱거리며 움직이기 시작한다. 나도 항아리를 안아 부엌 안쪽으로 당겨놓았다. 뒤에서 구멍이 드러나고 형의 손이 보인다. 벽의 아래쪽을 허물고 항아리로 가려놓은 것이다. 그쪽은 마루 아래로 통하는데 형이 산에서 내려오기 전에 아버지가 며칠을 걸려서 마루 밑을 파내고 마련해둔 은신처였다. 나도 기어들어가 보았는데 사람 두엇은 들어가 앉을 정도로 넉넉한 공간이었다. 거기다 멍석을 겹쳐서 두툼하게 깔고 이부자리도 깔아두었다. 조금 컴컴했지만 낮에는 마루 앞쪽이 훤해서 엎드려 책도 읽을 만했다.

밖에 누구 없디?

예, 펜지 개져왔시오.

무슨 펜지?

모르가서…… 순호네 형이 보냈시오.

상호가? 새끼 진중하니 있디 못하구.

요한 형이 부엌 부뚜막에 앉았고 나는 편지를 꺼내어 주었다. 형은 꼼꼼하게 접어 매듭까지 지어놓은 상호 형의 편지를 침착하게 풀어헤쳤다. 형이 편지를 읽자마자 얼른 두 손을 모아쥐고 입속으로 중얼거리며 기도를 했다.

하나님 감사합니다, 아멘.

기도를 얼른 끝낸 형의 얼굴에 웃음이 가득 차 있었다.

펜지에 머라구 기랬소? 머 좋은 일이 있는 거야?

엉? 야아 참…… 이젠 고생 다 끝났다. 우리 자유으 십자군덜이 인천에 상륙했다는 거이야.

나는 형이 손에 쥐고서 흔들어대는 종이쪽지를 얼른 채뜨렸다.

난두 좀 보자우.

야야, 거 없애버레야 돼. 일루 못 주가서?

편지는 짤막했다. 아마 이렇게 씌어 있던 것 같다.

요한이 무사하게 잘 있느냐. 우리도 하나님 은혜로 잘 지내고 있다. 지난 구월에 미군이 인천에 상륙을 했다고 한다. 이젠 우리가 빨갱이들을 답쎄길 차례가 되었다. 십자군이 황해도에 입성하면 우리가 먼저 일어난다. 다같이 일어날 준비를 하자. 할렐루야!

내가 다시 찬찬히 읽어보려는데 형이 편지를 채갔다. 주머니에서 성냥을 꺼내어 불을 붙여서 편지가 홀랑 다 탈 때까지 우리는 불꽃만 바라보고 말없이 앉아 있었다. 내가 요한 형에게 조심스럽게 말을 꺼냈다.

형님, 순호가 기러넌데 저이 형이 집에 댕기레 왔대요.

메라구? 하 새끼, 시자 때가 어느 땐데 다람쥐처럼 드나들구 기래.

형이 다시 물었다.

너이 형수 어디 간?

몰라요. 건넛집에 있갔디. 집에 아무두 없는 모냥인데……

다 들에 나갔나. 야야, 너 심부름 좀 하라우. 순호한테 가선 말 좀 전하라. 오늘 저녁 때 일곱시에 거 상엿집에서 만나자구 하라.

상호 형하구 만날라구 기래요?

기래. 이 펜지쪽 개지구는 잘 못 알아먹갔다. 다른 사람 모르게 하라우.

요한 형은 다시 구멍 속으로 기어들어갔다.

야, 항아리 좀 막아두라.

나는 항아리를 옮겨서 구멍 앞을 막아놓고 부엌에서 나온다. 순호네 집은 마을 안쪽에 길보다 훨씬 높은 언덕을 등지고 있었다. 거기서는 마을길이 훤히 내려다보였다. 소나무와 상수리나무가 울창하게 둘러싼 곳이었다. 집도 우리는 본채만 기와를 올렸지만 순호네는 본채와 사랑채 모두 기와집이고 창고도 함석을 올린 큰 집이었다. 마당도 우리네보다 서너 배는 넓었다.

내가 순호네 집앞에 이르니 대문이 활짝 열려 있었고 사람들이 마당에 나와 섰는 게 보였다. 나는 어쩐지 분위기가 이상하다고 느끼면서도 우물쭈물 마당으로 들어서고 말았다. 내가 제일 처음 본 것은 이찌로 아저씨였다. 그와 함께 내무서원들이 마루 위에서 방안이며 부엌이며를 신발 신은 채로 들락거리고 있었다. 순호 아버지 조장로는 마당에 쭈그리고 앉아 곰방대를 태우고 순호는 그 옆에 서 있었다. 순호네 어머니 과수원댁은 할머니와 삼촌댁과 함께 마루 아래 서로 부여잡고 섰고 순호네 동생과 조카들은 울어대고 있었다. 이찌로가 마당으로 들어서는 나를 돌아보더니 손짓을 했다. 우리는 오래 전부터 그에게 옛날처럼 반말을 하지 못했다. 그는 리당위원장이 되었기 때문이다.

너 일루 와보라.

나는 학교에서 담임선생이 부를 때처럼 얼른 걸음을 재게 놀려 얌전하게 그의 앞에 가서 선다.

여긴 머 하러 왔네?

박일랑 동지는 맨몸에 노동모자만 쓰고 있는데도 어쩐지 예전과는 다르게 몸매에서 찬바람이 일어나는 것 같았다.

순호랑 놀자구 왔시오.

너이 형…… 어디 가서?

나는 가슴이 뜨끔할 정도로 놀랐지만 아무렇지도 않게 말했다.

해주 간다구 갔습네다.

해주, 어딜?

모르갔시오. 군대 나갔넌지 공장에 들어갔넌지 소식이 없시오.

집에 오문 사무소루 꼭 나오라구 기래라.

예, 알갔습네다.

이야기를 주고받는 중인데 안에서 크게 떠드는 소리가 들렸다. 그러고는 내무서원 두 사람이 순호네 형을 끌고 마루로 나왔다.

이새끼 다락 우에 숨어 있으문 우리가 모를 줄 알구.

서원 하나는 상호의 팔과 목덜미를 쥐었고 다른 하나는 그의 머리털을 단단히 움켜쥐고 한팔을 잡고 끌어냈다. 건넌방에서 뛰어나온 서원이 포승줄로 뒷결박을 지어서 마당으로 내려서자 조장로네 아낙들이 울부짖으며 달려들었다. 나는 슬그머니 뒷걸음질로 빠져나와 정신없이 마을길로 달려내려왔다. 편지 전한 것을 불기 전에 요한 형이 피해야 한다는 생각이 들었다. 집에 가서 사정을 알렸지만 아버지는 오히려 꼼짝 말고 집에 숨어 있는 게 더 안전하다고 말했다. 전에는 낮에도 주위가 조용해지면 부엌에 나와 앉아 있기도 하고 밤에는 건넛집에 가서 저녁도 먹고 하던 형은 들여주는 밥만 먹으며 아예 마루 밑에 틀어박혀 지냈다.

내가 순남이를 알게 된 것은 훨씬 전의 일이다.

그건 해주에서 중학을 졸업하고 시골에 내려와 농사를 짓기 시작하던 무렵이었을 것이다.

장날이면 읍내 강선생네 집을 찾아가곤 했는데 책 빌려보는 재미도 그랬지만 무엇보다도 강선생을 존경해서였다. 선생이 조합창고를 얻어 야학을 열고 있었는데 내게도 나와서 도와달라고 하여 초급반을 가르치기로 했다. 그 반의 학생으로 순남이가 온 것이다. 나하고 같은 나이라 우리는 곧 동무가 되었다. 알고 보니 누님 집에 일꾼으로 살고 있어서 더욱 관심을 가지고 가르쳐주었다. 순남이는 머리가 좋고 열성이 있는 사람이라 강선생네 책도 많이 빌려다보았다. 그가 해방 뒤에 인민보안대에 들어간 일은 알고 있었지만 나는 소메에서 농사나 짓고 있어서 좀처럼 만날 기회가 없었다. 그를 만나게 된 건 노력동원에 나갔다가 돌아온 지 한달이나 지나서였다. 읍내 군당에서 좀 나와보라고 하여 갔더니 어느 사무실로 안내해주었다. 계장이라는 이가 기다리다가 나를 맞았다.

우리가 안동무럴 오라고 한 건 다른 거이 아니라, 기독교도연맹 신천군 위원얼 맡지 않갔는가 하는 문제 때문이오.

나라에서 만든 기독교도연맹은 우리 교단에서는 일정 때 신사참배한 측의 교회를 규정했던 것처럼 이단이라고 보고 있었다. 그래서 나는 마음에 생각하고 있던 대로 그에게 말했다.

기독교도연맹얼 우리 교인덜언 이단이라구 합네다.

지금 조국해방전쟁중이오. 교인이라 할지라도 마땅히 인민들 편에 서야 하지 않갔소. 미국으 하나님이 아니라 조선 하나님얼 믿어야 된다 그거요.

글쎄요, 한번 생각해보갔시다.

우에서 동무으 사람됨이 훌륭하다구 모처럼 추천이 들어와서 기래요. 잘 생각해보라요.

한다 안한다 말없이 덤덤히 앉아 있다가 군청에서 나오는데 누군가 급히 따라나왔다. 돌아보니 어디선가 낯이 많이 익은 사람이었다.

성만이 나야 나. 순남이야.

그가 반갑게 내 손을 잡았다. 나도 그제야 그의 달라진 모습을 살피면서 반갑게 손을 마주쥐었다.

이거 얼마 만이야. 여긴 어케 왔댔나.

순남이 묻길래 나는 연맹 얘기를 해주었다. 그가 고개를 끄덕였다.

나라가 쪼개디구 교회두 두 쪽으루 갈라디누만. 하디만 잘 생각해보라. 반동덜이야 대개 남으루 가갔디만 공화국에서 사는 인민덜 중에 교인덜언 어카간. 누구레 그 사람덜 닙장두 디케야 하디 안카서?

내가 묵묵히 듣고만 있자니 순남이 말했다.

엊그제 서울을 수복했디. 인차 통일두 코앞인데 자네 겉은 사람덜이 이서야 교회럴 민족적으루 바꾸디 않갔나.

나는 그와 헤어져 집에 돌아가서도 잠을 이루지 못하고 고민했다. 새벽까지 마당에 나와 앉아 통성기도를 했다. 그리고 이튿날 아침에 다시 읍내로 순남이를 찾아가 위원을 수락했다. 그때 위원장은 교단에서 이단으로 젖혀놓은 신천교회 김익동 목사인데 기독교도 인민총궐기대회를 주최한 사람이었다. 우리가 할 일은 별로 없었고 일주일에 하루씩 당 사무실 한켠에 있는 회의실에서 종교부문의 안건을 토의하거나 아니면 당에서 보내주는 교인을 불러다가 설득하는 일이 고작이었다.

내가 조상호를 발견하게 된 것도 우연이다. 위원 중의 어느 장로가 조장로의 장남이 잡혀들어왔다고 귀뜸을 해서였다. 나는 그애가 요한이와 절친한 동무 사이인 것은 모르고 그냥 상호 아버지 조장로가 오랜 교인이고 누님네 시아버지와도 자별한 사이라고 하여 혹시나 하며 찾아나서게 되었다. 내무서에 갔더니 그때쯤에는 모두들 나를 알고 있어서 친절하게 대했다. 조상호를 면회하겠다고 그랬더니 담당 내무서원이 인상을 찌푸렸다.

그 새낀 아주 악질이야요.

기독교럴 믿으니깨 사상이 다르다구 해서 악질이라구 하면 안됩네다.

그랬더니 서원은 고개를 흔들었다.

거저 종교나 믿는 걸 개지구 당에서 머라구 합네까. 이놈언 우릴 반대해서 지하에서 활동허넌 반동첩잡네다.

아무리 그래두 무슨 큰 죄를 저지른 거이 아니라문 내가 설득해보갔시다. 여러분이 우리에게 맡긴 일이 그 일 아니갔소.

그는 한숨을 푹 내쉬더니 어쩔 수가 없다는 듯 고개를 저었다.

지금언 다른 방도가 없시오. 군대나 나가문 모를까……

그가 직원에게 눈짓을 하여 데려내오도록 시켰고 조상호가 허름한 몰골에 뒤축 없는 고무신을 끌고 사무실로 들어왔다. 내가 서원에게 물었다.

어디 조용한 데가 없습네까?

서원은 상호를 흘겨보고 나서 앞장서서 우리를 데리고 갔는데 조사실이라고 문앞에 씌어 있었다. 그가 문을 열어주며 말했다.

쓸데없넌 일에 시간 보내지 말라요.

나는 방안에 들어가서 둘러보았다. 책상 하나 의자 세 개뿐이다. 방문 반대편에 의자 하나가 있고 문 쪽에 의자 두 개가 있다. 나는 이쪽에 앉고 그에게 맞은편 의자를 권했다.

거기 좀 앉으라요.

그가 얌전하게 가서 앉고 나는 다시 말했다.

난 거저 여게 서원두 아니구 당 사람두 아니오. 난두 교인이오.

잘 압네다.

의외로 그가 나를 반기는 듯한 얼굴이어서 물어보았다.

날 안다구?

예, 저 요한이 동뭅네다.

나도 반가워했다. 그러고 보니 언젠가 본 적도 있는 것 같았다.

통일단에 들은 거이 사실이가?

내 동무덜 몇이 그랬대시오. 전 아니야요. 단지 산에 들어가 숨어 있다 집에 온 겁네다.

왜 숨어서?

기거야 교회에선 전쟁얼 반대하니끼니 군대 안 나갈라구……

기래 알갔다. 우선 살구 봐야 하디 않간. 군대 나가갔다구 하라우.

상호가 고개를 푹 떨구며 목소리를 낮추어 말했다.

지금언 늦어시오. 미군이 인천에 올라왔다구 하두만요.

기걸 어드러케 알아? 낙동강까지 갔다는데.

시자 막 밀리구 있시오.

내가 말해보가서. 암말 말구 시키는 대루 하라.

그를 돌려보내고 다시 담당 서원에게 물으니 그는 여러 자리를 다니며 시간을 끌다가 내게 와서 말했다.

좋습네다. 입대하갔다문 군사동원부에 넘기갔시다. 대신에 위원동무와 또 한사람 보증을 서줘야 됩네다.

나넌 서주갔디만 또 하난 누구 보증이 필요하오?

기쎄요, 당원이 보증을 서줘야……

나는 그때 순남이 생각이 났다. 당장 그의 사무실로 찾아가 사정을 이야기하고 그의 서명을 받고 나도 이름을 쓰고 지장을 찍어서 내무서에 갖다주었다. 그러고는 아무도 상호가 그 뒤 어떻게 되었는지 기억도 하지 못하게 된다. 전황이 너무도 급박하게 돌아갔기 때문이다. 사리원으로 가는 트럭에 뒤늦게 징집된 청년들이 타고 갔는데 저녁 늦게 출발했다고 한다. 낮에는 미군기의 공습으로 차량들이 움직이지 못하다가 저녁 어스름 무렵에야 활동하기 시작한다. 그것도 앞등을 끄고 가기 때문에 자전거 비슷한 속도로 운행한다. 상호는 사리원 가던 길에 트럭에서 뛰어내렸을 것이다.

열어둔 창문으로 소슬바람이 불어들어오더니 방문이 덜컹대면서 열렸다. 요섭은 어렴풋이 잠에서 깨어났다.

일루 좀 나와보라.

예에…… 누구요?

요섭은 눈을 가늘게 뜨고 어둠속을 올려다보았고 열린 문 사이로 허옇게 떠 있는 희미한 자취가 보이는 듯했다. 그는 어둠속을 더듬으며 문 쪽으로 다가섰다. 불꺼진 거실에서 누군가 기다리고 있는 것 같은 느낌을 받았다. 그가 방에서 나왔을 때 거실에는 희부연 헛것들이 울레줄레 서 있는 게 보였다. 그를 불러내고 문 옆에서 기다리고 있던 것은 역시 요한 형의 헛것이었다. 그것이 중얼거렸다.

이게 아마 마지막 자리가 될 게다. 우리가 모두 한자리에 모였다.

요섭은 벽을 따라서 길게 늘어선 헛것들을 둘러보았다. 한 여남은 명이 되어 보였다. 그것들은 그믐밤에 마당의 빨랫줄에 걸린 흰옷가지들같이 암흑에 덜 물든 좀더 밝은 어둠처럼 보였다.

성만이두 밖으루 나오라우.

하는 소리에 돌아보니 순남이 아저씨가 외삼촌의 방 앞에서 그를 불러내는 중이었다. 외삼촌도 요섭처럼 거실로 어정어정 걸어나왔다. 그는 누가 시키지 않았는데도 요섭의 옆에 와서 서더니 벽가에 늘어선 헛것들을 둘러보았다. 순남이 아저씨가 말했다.

우리가 요한이럴 데레가기 전에 갸가 죽인 사람덜이랑 풀어줄라구 기래. 죽으문 자잘못이 다 사라지디만 짚언넌 보구 가야디.

살아 있는 요섭과 외삼촌은 거실의 위쪽에 앉고 요한 형과 순남이 아저씨의 헛것은 그들의 맞은편 아래쪽에 앉았는데 다른 마을사람들의 헛것들은 벽가에 서 있던 자리에서 스르르 미끄러져내려 자리를 잡았다. 그들은 남녀만 어렴풋하게 분간될 뿐이고 누가 누군지 확실하게 알아볼 수는 없었다.

194

꿈에서처럼 앞뒤 순서도 없고 연결도 되지 않는 장면들이 어떤 곳에서는 자세하게 아니면 획 건너뛰어서 펼쳐졌다.

너른 들판 사이로 강이 흐르고 둑이 막아선 곳에 버드나무와 미루나무 등속이 빽빽이 서 있었다. 조산 언덕이 보이는 게 재령 읍내다. 그믐이라 주위가 칠흑같은 어둠이다. 한 사내가 들판을 빠른 걸음으로 걸어가는 중이다. 그의 가쁜 숨소리가 헐떡이며 크게 들려온다. 그는 한참 걷다가 잠깐 서서 호흡을 가다듬고는 길게 숨을 토해내고 다시 천천히 걷다가 저도 모르게 빨라졌다.

그는 읍내의 큰길로 가지 않고 골목으로 들어섰다. 서부교회 근처까지 가서 초가집과 적산가옥이 들어찬 골목으로 더욱 깊숙이 들어간다. 그는 어느 집의 판자문 앞에 가서 잠시 섰다가 문을 흔들어본다. 문짝에 달린 방울이 딸그랑거리자 마당으로 누군가 나오는 소리가 들린다. 조심스럽게 묻는 목소리.

게 누가 왔소?

나요, 류요한이오.

문이 열리고 그는 마당으로 들어섰다. 주인이 집 뒤쪽의 골방으로 그를 안내한다. 방문을 열자 멍석을 깔고 곡물 가마니가 쌓인 어수선한 방에 두 사람이 앉았다가 반기며 일어난다. 윗목에 희미한 기름등잔이 깜박이고 있다. 요한이 들어가자 주인도 뒤따라 들어온다. 그는 우선 청년 두 사람과 악수를 나누고 주인에게 앉으라고 한다.

장로님, 절 올리갔습네.

절은 멀…… 류인덕 장로님두 무고하시디?

예에, 교회두 그냥 열어놓구 있디요.

용케덜 숨어 있댔구만. 야덜두 시자 방금 내레와서. 긴데 우리네 십자군덜이 어디메꺼지 올라온 거이야?

해주에 들오넌 거이 오널 낼이랍네다.

이젠 돼서. 거 다 하나님 아바지 은혜야. 자, 얘기덜 하라우. 난 나가서 누가 오나 망얼 봐야디.

주인이 나간 뒤에 그는 두 기독청년들과 구역회의를 시작했다. 하나는 재령 서부교회 청년회장 하던 이 집 아들이고 다른 하나는 안악과 신천으로 연락을 다니던 젊은 집사다.

이번에 우리가 먼저 일어나선 치안얼 잡기루 으논이 되었소.

우리두 알구 있댔시오. 구월산에서 전갈이 왔습네다.

집사가 고개를 끄덕이고 요한이 다시 말했다.

오는 시월 열사흗날, 재령하구 신천에서 같이 일어나문 구월산에서는 안악으루 내레와 황주 사리원 방면으 퇴로럴 끊기루 되었소.

무기넌?

젤 먼저 분주소 내무서 덮치구 군청얼 점령해야디.

기래두 머 총이 좀 있으문 좋갔넌데.

청년회장의 말에 요한이 웃으면서 말했다.

우리두 권총 멫자루밖엔 없시오. 하디만 벤벤한 아덜언 몽땅 전선에 나가구 텅 비었두만. 낫이나 괭이만 개지구두 덮칠 수 이서요.

청년들 수십명이 밭두렁에 엎드려 있다. 그들은 손에 낫과 괭이와 몽둥이들을 들고 있다. 삼거리 모퉁이에 불빛이 훤한 분주소가 보인다. 누군가 물었다.

안에 멫명이 있나?

숙덕하넌 놈덜 둘인가 셋이야.

먼저 전화선 끊어야 돼. 기러군 다 때레직이는 게야.

그들은 별로 경계도 하지 않고 슬슬 일어나 길을 건너갔다. 분주소 앞에 이르자마자 와아, 하는 고함을 내지르며 들어가 다짜고짜로 반쯤 졸고 앉았던 서원 두 사람을 몽둥이며 괭이로 두들기고 찍어버렸다. 그들은 분주소 안쪽의 방으로 들어가 누워 있던 자도 타살해버린다. 축 늘어진 시체를 질질 끌어다가 책상 뒤쪽에 일렬로 뉘어놓고 열쇠로 잠근 무기칸을 곡괭이로 부숴버린다. 소총 다섯 자루와 실탄이 나온다. 차례가 가는 대로 무장을 챙긴다. 그들은 전화선을 끊고 불도 끄고서 도로에 나선다.

이런 식으로 무장한 청년들이 어둠속에서 읍내를 향하여 모여들고 있었다. 그들은 거침없이 내무서를 향하여 몰려들어갔다. 모두 이백여명쯤 되는 것 같다. 총을 가진 자들이 먼저 본관 건물로 들어가 숙직하던 자들을 잡아서 복도에 무릎을 꿇려놓았다. 십분도 못 되어 총 한방 쏘지 않고 점령이 끝났다. 여기서 무기가 대량으로 나온다. 따발총 같은 자동화기와 수랭식 기관총까지 나오고 방망이 수류탄도 몇 상자나 나온다.

청년회장은 십여명의 지휘자 가운데 한사람이었을 뿐 구월산으로 달아났던 통일단 청년과 남에서 섬을 통하여 들어왔다는 삼십대의 사내가 이들을 통솔했다. 이들은 다음에 군청을 점거하고 부근에 있는 정치보위부 사무실과 민청여맹 사무실도 접수한다. 몇사람의 숙직근무자들을 잡은 후에 병력을 읍내의 건물과 거리 요소마다 배치하고 외곽에는 초소를 둔다. 잡힌 사람들을 내무서로 몰아다가 유치장에 나누어 두고 새벽이 올 때까지 얼굴을 알 만한 자들은 먼저 처형한다.

군청에서 서류를 조사하여 명단을 작성하는 한편으로 읍내에 사는 당원들은 직접 무장한 청년들이 삼삼오오 조를 짜서 체포하러 간다. 이맘때에는 그들의 봉기에 대한 소문이 밤을 타고 알려져서 재빠른 자들은 읍내를 빠져나간 뒤고 미처 달아나지 못한 사람들은 대개가 평당원이거나 민청여맹원들 같은 하부조직 사람들뿐이었다. 지휘부서가 따로 없고 더구나 늘 만나면서 적개심을 참고 지내던 청년들은 읍내의 골목과 집 마당에서 살육을 시작했다.

어, 이새끼 달아났구만.

식구덜 다 나오라.

에미나이 새끼덜언 두구 갔다.

것들두 빨갱이야. 빨갱인 거저 씨를 말려야 해.

가족들이 마당으로 몰려나오고 그들은 처음 가져본 소총의 노리쇠를 일제히 철커덕 장전시키고는 잠깐 망설인다. 그리고 방아쇠를 당겨본다. 자기가 쏘는 총 소리는 대가지로 마루판자를 때리는 듯한 메마른 소리가 날 뿐이다. 별로 울부짖지도 못하고 어둠속에서 사람이 픽픽 쓰러진다. 사람을 몇명 쏘아죽이고 나서 그들은 신처럼 전능한 힘을 느낀다. 다음 장소에서는 망설임이 없다.

이런 것덜언 총알이 아까와.

마당에서 발견한 아무것이나 들고 이를테면 도끼라든가 괭이나 쇠스랑 따위로 몇번 내리찍는다. 어쩌다 다른 골목에서 당원들을 잡아내오는 저희편 일행을 만나면 빈정대기까지 한다.

야야, 이것덜은 머이가?

이새낀 당원이구 요건 여맹원이래.

멀 이런 것덜얼 버젓이 옷 입헤개지구 끌구 다니네?

누군가 달려들어 여자의 저고리 앞섶을 확 잡아젖힌다. 옷이 죽 찢어져나가고 치마도 잡아서 우악스레 끌어내리면 속고쟁이와 허벅지가 드러난다. 여자는 소리도 못 지르고 살려달라면서 주저앉는다.

너이덜두 사람이가?

입을 꾹 다물고 끌려오던 남자가 외친다.

허, 이 사탄에 새끼 말하는 거 보라.

우우 하고 달려들어 총개머리판으로 머리며 등짝이며 사정없이 내려찍는다. 피곤죽이 되어 널브러진 남자가 다리를 몇번 움직이면 누군가 등뒤에 총을 두어 방 갈긴다. 여자에게도 한방 먹인다. 처음에는 여자들에 대한 강간은 벌어지지 않았다. 오히려 죽이고 나서 둘러서서 기도를 올린 경우도 많았다. 날이 훤하게 밝을 때까지 재령 읍내 부근에서는 이렇게 살육이 계속되었다.

미군은 아직 해주에 입성도 하지 않았고 그맘때에 겨우 문산을 지나 임진강을 건널 즈음이었다. 다만 특수임무를 받은 반공계 청년들이 분대조직을 이루어 해안으로 침투하는 정도였다. 겨우 삼팔선 이북으로의 진공에 대한 국제적 논란이 일단락되었기 때문이다.

전선은 훨씬 아래쪽에 있었지만 평양 방어를 위한 작전에 대비해서 서부전선의 일부 인민군 병력이 철도를 따라서 퇴각중이었다. 대대 병력쯤 되었는데 이들은 무장도 제대로 못하고 복장도 엉망인 내무서원들과 민청원들을 만나게 되었다. 재령이 반동들에게 점령당했다는 소식을 듣고 그들은 북상 행군을 멈추고 서남쪽으로 방향을 돌렸다. 우세한 화력도 그렇지만 병사들은 한반도 곳곳에서 여러차례의 전투를 치른 정규군이었다.

그들은 병력을 나누어 우선 선발대가 재령 읍내를 우회하여 신천으로 나가는 도로변의 언덕에 매복하여 퇴로를 끊었다. 그리고 좌우로 공격로를 정하여 읍내를 포위하고 중화기와 박격포로 무장한 정예중대가 정면으로 치고 들어갔다. 이들 앞에 안내자로 나선 자들은 어제 살육의 밤을 탈출해나왔던 재령군 당원들이었다. 내무서원 민청원들도 오늘은 무장을 하고 있었다. 황주 나가는 길목에 장애물을 설치하고 초소를 지키던 청년들은 몇번 총을 쏘다가 읍내 쪽으로 퇴각하고, 건물이나 군청 앞에 모래주머니를 쌓아둔 곳에 배치되었던 봉기 청년들은 제법 오래 버티었다. 서로 총격이 오가는 교전이 이십분쯤이나 이루어졌을까. 그들의 배후와 양옆으로 포위망이 조여들자 일부는 화선을 이탈하여 골목길로 달아나기 시작했다. 진압은 간단하게 끝났다.

정규군은 과감하고 무자비하게 뒷마무리를 했다. 우선 부상자는 그자리에서 사살하고 포로도 현지 당원들이 선별하고 나면 간단하게 아무 벽에나 뒤돌려 세워놓고 일제히 사격했다. 재령으로 돌아온 내무서원이나 민청원들은 가족 중의 생존자들과 포로를 통하여 대강의 인맥을 파악하고 군병력을 동원해서 적들의 색출에 나섰다. 그들은 전부터 반동이라고 파악된 집은 물론이고 기독교인들 집까지 찾아가 상대방이 그랬던 것처럼 집안에서 온 가족을 처형해버렸다. 군병력은 이틀 동안 읍내를 장악하고 후속부대가 올라오는 것을 기다렸다가 합류하여 다시 황주 방면으로 퇴각했다. 재령의 사흘 밤낮이 구월산 인근에서의 피의 도화선이 된다.

신천에서의 봉기는 재령에서처럼 신속하게 이루어지지는 않았다. 숨어지내던 기독청년들의 연락이 완료된 것은 겨우 십삼일경이었다.

그래도 수백명이나 되는 이들의 연결이 닿은 것은 그전의 교단 노회 조직이 살아 있었기 때문이다. 거사일을 하루 늦추기로 작정하고 면 단위 연락망을 책임진 사람들이 십사일 밤에 일단 화산에서 모이기로 했다.

요한은 구월산에서 내려온 조상호와 피해 다니던 청년들을 찬샘 상 엿집에서 만나 화산 골짜기까지 동행했다. 구월산에서 내려온 청년들 은 인민군 전사의 개인무기인 장총을 멘 자도 있었고 상호는 어디서 구했는지 탄창이 밖으로 튀어나온 일본식 연발권총을 차고 있었다. 요한은 통일단 사건 이후 피해 다닐 때 구해둔 낡은 육연발 권총을 허 리춤에 질러넣었다.

그들이 약속장소에 이른 것은 자정이 가까워서다. 큰 바위가 막아 선 오솔길에서 요한이 맞춤한 돌을 줍는다. 그가 돌 두 개를 마주쳐 몇번 소리를 내고 기다리니 바위 뒤에서 같은 소리가 답을 해온다. 그 리고 사람의 머리가 그 위에 비죽이 나타난다. 사방은 비죽비죽 솟은 바위와 어둠속에서 더욱 짙어 보이는 나무숲으로 빙 둘러싸여 있다. 나타난 머리가 속삭였다.

누구요?

나 류요한이외다.

그들은 바위 뒤로 돌아 들어간다. 옆에는 물웅덩이가 있고 바위 아 래 제법 널찍한 빈터가 보인다. 그들은 은근히 놀란다. 사람들이 웅성 대는 것이 어둠속에서 얼핏 둘러보기에도 삼사십여명은 되는 것 같 다. 바위 위에서 망을 보던 읍내 교회 청년이 앞으로 나왔다.

요한이, 큰 탈이 나서. 재령이 빵때 쑥대밭이 됐다누나.

일어나긴 했구나!

하는데 사람들의 뒷전에서 누군가 그를 불렀다.

류회장, 우리 여게 왔소.

재령읍에서 만났던 청년회장과 젊은 집사 일행이었다. 그들은 모두가 총을 메고 허리에 탄띠를 두르고 수류탄을 지른 자도 있었다. 구월산에서 재령으로 갔던 청년과 남쪽 청년단 사람이 상호를 따로 불러 뭔가 의논했다. 재령 서부교회 청년들이 제각기 요한에게 말했다.

재령 읍내에 인민군이 들어왔소. 우리 식구덜언 몽땅 죽었시오.

언제 기렇게 됐소?

우린 거게서 빠제나오는 중이야요.

이 사람덜이 전부요?

모르갔시다. 사방으루 뿔뿔이 흐터젰시니깨.

신천에서두 그낭 앉어서 당허지 말구 일어나야 되갔소.

시간이 벨루 없구만.

상호가 좌중의 주의를 모으면서 말했다.

자자, 전부 모여앉읍세다. 이거이 보통 일이 아니오. 우물쭈물하구 있다간 신천두 피바람이 불 거요. 십자군이 들오기 전에 우리가 치안을 확보해야디. 한 사람이라두 살구프문 싸워야 합네다.

내일 당장 일어나디.

먼저 읍내럴 장악해야 됩네다.

장악하구 나문 우리에게 눈곱만치라두 대들 기운이 있는 것덜언 미리미리 해치워야 합네다.

자자, 메칠만 겐디문 돼요. 빨갱이덜언 시자 후퇴하기 바쁘니깨 인원두 벤벤히 없시오.

내일 해 떨어지자마자 남산하구 여게 화산서 집결해개지구 들이칩

세다.

그들은 다음날 밤에 일어나기로 하고 점거할 주요 건물들을 미리 정했다. 제일 첫번째 목표가 내무서 건물이었는데 무기를 확보하기 위해서였다. 곧이어서 군당청사와 민청여맹 사무실과 보위부 사무실은 따로 전담조를 꾸리기로 했다. 일단 읍내 전체를 점령하고 나서 날이 밝기 전에 읍내와 인근에 거주하는 빨갱이들과 그 가족들을 잡아두어야 이쪽의 안전이 보장되리라고 의논했다. 그러고 나서 요한이 제안했다.

이제 날이 밝으문 우리 생명언 하나님께 다 바칠 각오럴 해야 됩네다. 찬송이야 그만두더라두 기도넌 올레야 되갔시다. 자, 기도하갔습네다.

모두들 고개를 숙이고 요한이 나직한 목소리로 기도를 올렸다.

하나님 아부지 저이넌 성령으 적인 공산당으 압제럴 받으멘서 믿음얼 지케왔습네다. 하나님께서넌 주 안에서 그 힘으 능력으로 강건하여지고 마귀으 계책얼 능히 대적하기 위하여 하나님으 전신 갑옷얼 입으라고 하셨습네다. 우리 싸움언 피와 살에 대한 것이 아니오 정사와 권세와 이 어둠의 세상 주관자덜과 사탄이라넌 악령에 대한 싸움이라 하셨습네다. 우리가 이 싸움에서 이길 수 있넌 유일한 방법언 하나님으 능력얼 으지하고 이 전쟁얼 위해 하나님으 무기럴 사용하며 우리 자신얼 준비시키는 것입네다. 이제 자유으 십자군덜이 저이 믿음으 형제덜을 해방하려고 지척에 왔으나 사탄으 군대넌 아직도 저이럴 위협하고 있습네다. 저이 가운데 미가엘 천사장이 임하사 여호수아랑 다윗에 내려주셨던 지혜와 용기럴 내레주옵소서.

기도를 드리고 얼굴을 들자 청년들은 온몸이 성령의 불길에 휩싸이는 것처럼 사탄에 대한 증오와 혐오감이 뜨겁게 달아올랐다.

　이튿날 피해 다니던 청년들은 각자의 마을 부근으로 돌아가 사람들을 모으고 그때까지 드러나지 않았던 청년들이 이웃 마을로 돌아다니며 연락을 했지. 헌데 우리가 모임을 가진 그날 밤에 주위에 알려진 어른들과 청년들을 군당에서 무장한 내무서원들이며 민청원들이 잡아갔다고 했어. 나는 어두워질 때까지 상엿집에 숨어서 기다렸는데 내 아우 요섭이가 오더니 아버지는 피하셨다는 게야. 어디루 가셨냐구 그랬더니 전에 내가 숨었던 곳이래. 그럼 별채 마루밑이지 뭐야. 나는 좀 안심이 되데. 내가 그 장소에서 석달을 숨어지냈으니까. 박일랑이가 사람들 데리구 와서 집을 샅샅이 뒤졌다는군. 나중에 상호가 왔는데 저희 아버지 조장로가 잡혀갔다면서 어서 구출하러 가야 한다구 그러더군. 우리는 찬샘골과 발산 용댕이 온정 산수리 같은 이웃 마을에서 모여든 청년들과 대를 나누어 큰길을 피해 논틀 밭틀을 지나 화산으로 갔다. 읍내선 교탑리만 빼고는 주변 동리에서 많이들 나왔지.
　화산에서 다들 모인 게 밤 열시나 되어서야. 남산 쪽은 아랫면 교인들이 맡았는데 거기두 많이 모였다지. 처음엔 다 합쳐서 한 삼사백 되었을 게라. 화산에 기다리던 사람들 중엔 재령에서 싸우다 나온 사람들도 있어서 아마 한 육십여명이 무장을 하구 있었다. 밤새 빠져나온 청년들이 모여서 숫자가 더 불어나 있었어. 모두들 소리도 없이 읍내로 들어갔다. 무기를 가진 청년들이 앞장을 서고 몽둥이나 농기구를 가진 사람들은 뒤에 따라왔어. 우리는 내무서나 군당에 사람들이 몇명 되지 않을 거라고 다 알고 있었기 때문에 별로 겁은 나지 않았다. 내무서와 군당은 서로 마주보고 있어서 대를 나누어 쳐들어갔어. 우리가 읍내의 한복판으로 들어갈 때 남산 쪽에서 모였던 패거리들도 들어오고 있었다. 내무서에서는 변변한 저항을 할 틈도 없었지. 거침없이 정문을 통과하면서 보초를 서고 있던 경무원 아이를 한방 쏘아서 넘어뜨리고 그대로 건물 안으로 뛰어들어갔어. 방마다 열어보다가 한놈이라도 당직자가 보이면 쏘아버렸거든. 채 십분이 지나지 않아서 내무서의 이층 건물을 장악하고 군당청사에서도 총소리가 몇방 울리더니 잠잠해졌지.

우리는 정치보위부 사무실로 무장병력을 보내고 내무서 무기고를 점검했다. 몽둥이와 낫이나 들고 다니던 사람들이 모두 총을 갖게 되었다. 그런데 정치보위부 건물에 갔던 패거리가 사람을 보냈어. 급히 좀 와보라는 게야. 상호와 내가 달려가보니 포로를 두 사람 잡아놓고 있더군. 여섯명이 있었는데 넷은 진입중에 반항해서 사살했다는 거야. 적들은 내무서에서 예비검속했던 사람들을 데려다가 조사중이었지. 재령에서 봉기가 있었다는 연락이 오자마자 그들은 처형을 시작했거든. 우리가 하루만 일찍 거사를 했더라면 그들이 죽지 않을 수도 있었을 텐데. 뒷마당 우물에서 시체 삼십여구를 발견했지. 거기서 상호 아버지 조장로의 시체도 나왔다. 우물에 빠뜨린 뒤에 수류탄을 까서 넣었던 모양이야. 그들은 뒤처리만 해놓고는 아직 철수를 못하고 있었지. 재령의 인민군이 이미 황주 사리원 방향으로 북상해버렸고 완전히 선이 떨어진 채로 고립되어버린 거야. 우리는 포로를 심문하고 눈치를 챘지. 각 기관 철수는 명일 아침에 시작될 예정이었다.

읍내 요소마다 정예 무장병력을 배치시켜놓고 우리가 잘 알고 있던 자들을 잡으러 나섰어. 본인이 없을 경우에도 그 가족들을 빠짐없이 체포해오도록 했다. 그리고 재령의 경험을 알고 있어서 그들을 인질로 잡아두려고 개별적으로 죽이지 말도록 해두었다. 상호는 치를 떨었지만 우리네 지휘부의 의도를 금방 이해했거든. 읍내에 살던 자들은 몇몇을 빼고는 거의 다 잡아들였고 가족들도 모조리 잡아왔어. 우리는 그들을 내무서 창고와 군당청사 이층에 몰아넣어두었다. 날이 밝아왔어. 이제는 분대병력으로 나누어 각 면단위로 출동을 시작했다. 적을 분쇄하려면 먼저 그들이 모이기 전에 개별적으로 처리해야 되겠기 때문이었지.

내가 그날 아침에 잠에서 깬 거는 보통때나 마찬가지로 아침 여섯시쯤이었을 게여. 먼곳에서 총소리가 들레와선 얼런 일어나 마당으루 나가보았넌데 동네 골목으루 장정덜이 몰케서 오는 거이 보이두만. 우리집이야 기때넌 무슨 대문이나 벤벤히 있댔나. 거저 생울타리 둘러놓고 들오넌 입구에다간 나무기둥얼 세워두었디. 대여섯명이 마당으루 거침없이 들어서넌데 맨 앞에 선 자럴 보니깨 내가 잘 아넌 교회 청년이야.

식전부텀 무슨 일인가?

내가 놀라서 물었더니 갸가 나럴 손가락으루 가르티멘 고함얼 지르넌 게야.

저 이단 새끼럴 체포해!

청년덜언 모두 총을 겨누구 있두만. 두어 놈이 달레들어 나를 총개머리판으루 후려팼디. 한놈이 총개머리판으루 내 머리럴 박아서 눈앞에 불이 번쩍 하구 온몸에 기운이 빠제서. 기러구 또 한놈언 내 등판얼 내리찍어서. 나넌 땅 우에 넙죽하니 뻗구 말았디. 갸덜언 내 두 손을 뒤에서 모아개지구 전선줄로 묶어서. 어청어청 걸어가넌데 그제사 정신이 좀 나두만. 내가 안면이 있던 청년에게 물었다.

　내레 무슨 죄가 있다구 이러는 게냐?

　기독교도연맹으 위원얼 맡아시니 열번 죽어 마땅하디.

　기렇게 돼서 나넌 읍내 군당청사루 끌레갔다. 나 겉은 경우넌 기래
두 운이 도왔던 거이야. 먼 거리에서 잡힌 사람덜이나 억하심정얼 품
은 사람얼 만난 이덜언 그냥 잡힌 자리에서 맞아죽어서. 열씩 스물씩
몰케나간 청년덜이 저이 동리나 면에 가서 저질런 짓덜언 도무지 입
에 담을 수두 없넌 끔띡헌 악행이댔다. 청사엘 들어가서 첨엔 복도에
꿇어앉아 있댔넌데 총을 개진 청년덜이 수도 없이 득시글거렸디. 놈
덜언 수시루 드나들멘 눈이 마주치기만 하문 저마큼 달레들어 발로
차구 총으로 때리구 했다. 세멘바닥에 발로 머리럴 밟아 옆에서 피럴
흘리멘 죽넌 여맹원 아이두 보았다.

　너 일루 나오라우.

　누가 우리게 와서 말했디만 나넌 그게 누구보러 하넌 소린디 못 알
아먹어서.

　너 말야, 이새끼야.

　그가 나에게 곧추 손가락을 뻗어 가르키멘 소리럴 질렀디. 나넌 뒤
로 손목얼 묶인 채루 비틀거리멘 일어나 그에게로 가까이 갔다.

　앞장서라우.

　나넌 그가 등얼 떠미넌 대루 어떤 방으루 들어갔댔넌데 거기 두 사
람이 있더군. 하나넌 창문 쪽으루 등얼 돌리구 서 있댔구 또 하나넌
책상 앞에 앉았넌데 그자가 조상호야.

　거 손목 풀어주구……

　날 데레온 청년이 수걱수걱 손목을 풀어주두만.

나가보라우.

청년이 나가자 돌아서 있던 사람이 앞으루 나오넌데 보니깨 요한이 조카야.

삼춘, 이거이 어드케 된 일이요? 게 앉으시라요.

나넌 머 정신이 없대서. 우물락쭈물락 거저 자리에 앉아 고개럴 숙이고 있넌데 터딘 머리에 피딱지넌 앉았디 코피넌 입하구 턱주가리에 말라붙어 있디 몰골이 가관이댔다. 승리건빵얼 한봉지 주어서 기걸루 끼니럴 때워서. 요한이가 손수건으루 내 얼굴으 피딱지럴 딲아주넌 모양얼 보멘서두 조상호넌 벨말이 없두만. 물얼 한잔 얻어먹구 나니깨 그제야 제정신이 돌아왔디.

이거이 다 무슨 난리가……?

내가 기렇게 말했더니 요한이가 손을 쳐들어 내 입얼 막넌 시늉얼 하두만.

야 아부지 조장로님얼 빨갱이덜이 우물에 빠체 쥑였시오.

야야, 그만 하라.

상호가 내게 말해서.

아저씨 연맹에 위원으루 든 사정언 나두 잘 압네다. 아저씨가 날 살레주섰으니 난두 아저씰 살레주갔시오.

기러케 되어서 나넌 상호와 요한이 까탄에 명줄얼 잇게 되었넌데 집으루 돌아가진 말라구 해서. 요한이가 나럴 군당관사에다 데레다 주멘서 말했다.

앞으루 사흘이 고빕네다. 우리가 빨갱이덜 청소럴 헐 때까디 여게 꼼짝두 말구 계시라요. 삼춘 동리 소메에 누구레 들이닥칠지 모르니깨.

그러군 내게 맡긴 거이 아주마니덜 몇사람 데빌구 밥을 해가넌 일이었다. 그 사흘 동안에 사람덜이 수테 잡헤와서. 여자덜 노인덜 아이덜에 갓난쟁이꺼지 한 식구가 몽땅 잡헤오군 했디. 군당청사 앞에 일제 때 파놓은 방공호가 있대서. 기러구 전쟁 나자마자 건물 주변으루 삥 돌아가멘 전호럴 깊게 파두었대서. 내가 보기엔 당 사람들 중에서 주요헌 치덜언 다들 방공호에다 처넣언 모양이두만. 식구덜두 남녀노소 구별 없이 모주리 그 안에 처넣었다. 길카구 민청이오 여맹원이오 하넌 젊은것덜언 내무서 창고루 데려다 가둬서. 군대 나간 사람 가족덜에 거저 농사짓다가 당에 든 면 사람덜이나 친척덜언 당사 앞으 전호에 들어가 앉아 있으라구 했다.

참, 기러구 읍 바깥으루 나가서 초소를 지키던 자덜이 부대를 잃구 뒤떨어진 인민군 잔병덜얼 잡아오군 했넌데 그냥 계급이며 소속콰 행선지럴 조사하구 나서 내무서 뒷마당으루 끌구 가는 거이야.

내가 이건 꼭 말하구 넘어가야갔다. 해거름녘인데 고초잠재리가 하널에 가득 떠 있대서. 그맘때 볕이 나락 말리기 좋다구 하지 않던. 가을이 아주 깊어져선 저녁놀이 발갛게 물이 들었다 말이야. 기러니까 점령군 들어오기 전날이디 아마. 군당사 앞에 하구 내무서가 나란히 벌레 있는 광장이 디금두 널찍하디 않나. 치안대 청년덜이 본부만 남기구 몽땅 읍내 주변얼 방비하러 나가 있댔구 또 분대럴 나누어선 모두덜 사방 동리에 숨어 있던 공산주으자덜얼 잡아디린다구 나가서 길가가 텅 비어 있댔디. 방공호랑 전호럴 지키넌 청년 너댓 사람뿐이대서. 누런 군복얼 입언 인민군 병사럴 두 명 끌구서 청년덜이 나타나두만. 앞에 걷넌 자가 손에다 철삿줄을 쥐구 오넌데 인민군 병사의 코뚜레럴 꿰어서요. 코에서 흐른 피가 저고리 앞을 다 적셨두만. 그 아의 총인지 청년이 총얼 두 개나 멨더라. 길카구 뒤에넌 모자넌 어디루 니 제뻐렜넌지 단발머리으 인민군 에미나이가 앞에 선 병사으 허리춤에 매단 철삿줄에다 두 손목이 묶이워 끌레오구 있더라. 군복언 그냥 입헤두었디만 발언 맨발이야. 청년덜 네 명이 뒤에서 따라오구 말이디.

이것덜이 오뉘라네.

앞에서 철삿줄을 잡고 끌고 오던 청년이 당사 보초 앞에서 떠드넌 소리가 들레왔디.

오널 벌써 몇번채가, 한 열대여섯 되넌 모낭이야.

다른 데서두 많이 잡헤왔나?

야, 총이나 뺏구 즉결하구 오디 머 하러 여까디 끌구 오네?

떠들썩하는 소리가 들리고 모두 건물 안으루 들어가두만. 한참이나 있다가 복도가 크게 울리도록 여자 울음소리가 들려와서. 어둑어둑했 넌데 기쎄 그 아이덜얼 쪽 빨가벳겨개지구 끌구 나오는 거이야. 내무 서 뒷마당으루 데레가넌 모낭이디. 단발머리넌 궁둥이두 작구 다리가 참새 같더라. 두 팔루 가슴얼 싸안구 머리럴 숙이군 오빠 뒤럴 따라가 멘서 목놓구 울어서. 기것덜이 담장 너메루 사라지더니 총소리가 들 리더라. 아아, 하디만 지옥언 기런 거이 아니야. 나넌 까딱했으문 내 하나님얼 버릴 뻔하였다. 그 이튿날 밤이 내 믿음으 오십년을 끔찍허 게 뒤흔들어서.

찬샘골이 보인다. 읍내로 나가는 신작로가 산 아래로 지나가고 길 양편의 야산은 과수원으로 개간되어 키 작고 가지가 정돈된 사과나무 들이 발갛게 물들기 시작한 사과를 주렁주렁 매달고 서 있다. 마을은 북편 야산을 등지고 남향받이에 자리를 잡았고 아래편 길가에 소나무와 느티나무가 둘러싼 곳에 붉은 함석지붕의 광명교회가 보인다. 종탑의 십자가도 또렷하게 보인다.

십여명의 청년들이 읍내 쪽에서 행군하여 왔다. 그들은 먼저 마을 어귀에 두 사람을 남겨놓고 다시 몇사람은 마을의 가장 뒤편에 있는 등성이로 올라가게 했다. 마을에서 빠져나가는 자가 없나 감시하려는 것이었다. 그러고는 위에서부터 집 뒤짐이 시작되었다.

삼촌이 소메에서 잡혀오던 바로 그 시각쯤에 나두 아이들을 데리고 찬샘으로 출동했다. 내가 맡은 구역이 찬샘하구 발산 동네였다. 내가 잡으려던 건 물론 일랑이와 순남이 아저씨였다. 우리가 간밤에 읍내를 장악한 사실은 아직 변두리에선 모르고 있을 테지만 한시라도 빨리 놈들을 소탕하려면 서둘러야 했지. 우리는 먼저 장본인을 잡으려 했고 이미 피했다면 가족들을 잡아오기루 했어. 우리가 재령과 같은 꼴을 당하지 않으려면 초장에 제압해버리거나 가족들을 인질로 잡아 빨갱이들이 전력을 모을 기회를 주지 않으려는 거였다.

내가 앞장서서 일랑이네 집으루 들어갔어. 일랑이는 오래 전부터 동네 사랑에서 혼자 살았다구 했지. 토지개혁 있구 나서 리인민위원장이 된 다음에는 제 땅도 생기구 집칸도 장만했다. 동네 사랑이 있던 터에다 집을 지었지. 전에는 초가에 방 한 칸 딸린 헛간 비슷한 집이었는데 시멘트 벽돌로 벽을 세우고 스레트 지붕을 번듯하게 올려놨어. 방 두 칸이 딸리고 한쪽은 널찍한 리사무실을 만들어놨구. 내가 앞장서서 아무 말도 없이 마루로 올라 살피니 큼직한 봇짐을 세 개나 꾸려둔 것이 날이 새면 피난을 하려던 모양이었다. 미닫이문을 벌컥 열었더니 아직 신새벽이라 온 식구가 한방에 나란히 자구 있는 게야.

일어나, 이새끼야.

내가 짐승이 으르렁거리듯 조용하게 말하면서 권총 끝으루 일랑이
놈의 얼굴을 쿡쿡 찔렀다. 일랑이가 눈을 찌푸리고 나를 올려다보더
니 상반신을 벌떡 일으켰어. 그의 아내도 뒤늦게 잠이 깼지. 녀석이
늦장가를 들어서 아내는 나이 어린 여자였다. 나도 그 여자 얼굴은 알
아. 온천에서 세탁부로 일하던 여자야. 딸아이가 한 세살쯤 되었을 테
구 또 하나는 갓난애였다.

끌어내.

내가 한마디 하니까 단원들이 달려들어 그들을 잡아일으켜 마당으
로 끌고 나갔다. 일랑이 처가 울부짖기 시작했고 아이들은 벌에 쏘인
것처럼 악을 쓰며 울었지.

나넌 전날 저녁에 군당에서 연락얼 받구 있대서. 명일 아침에 사리
원 방면으루 철수럴 할 것이니 가족덜얼 데리구 군당청사루 집결하라
구. 기래선 피난짐얼 싸놓구 잠얼 잤다. 동이 트자마자 놈덜이 밀어
닥칠 줄 누구레 알았댔나. 잠결에 차거운 쇠 끄틀이 볼따구럴 찔러선
눈을 떠봤더니 요한이 얼굴부터 보였디. 그 얼굴언 사람으 얼굴이 아
니대서. 눈빛이 이상스레 번쩍이구 얼굴에 웃음기가 보이긴 하넌데
소름이 쪽 끼치넌 야박헌 입술 모양새여. 우리 식구넌 잠자던 그대루
마당으루 끌레나와서.

아이덜이 울어대니까 한놈이 딸애럴 두 팔로 잡아 위로 쳐들었다간
거저 땅에다 패싸대기럴 치더만. 아가 죽었넌지 찍쩍 소리두 없이 널
브러제서. 내 처가 아이에게 달레들레니간 무엇이 바람소릴 내멘 날
라들더니 퍽 하넌 소리가 들렸다. 바루 내 눈앞에서. 머리가 깨져 땅

바닥에 고꾸라진 아내으 머리에서 피가 스물스물 흘러나오는 거이 보이데. 나넌 거저 포기를 했디. 이상스레 겁두 안 나구 악두 안 받치구 마음이 차분해지두만. 갓난애가 넘어진 저이 어미 옆에서 악을 쓰구 울어댔다.

거 정⋯⋯ 싱크로와 살갔나.

어떤 넌석이 아이를 뿔 차듯 내지르넌데 아이가 위로 떴다간 두어 발짝쯤 나가서 동구라지두만. 나넌 저두 모르게 넌석으 멱살을 잡구 일어났다. 그가 날 밀체서 나넌 뒤로 넘어갔다간 다시 일어나 덤벼드넌데 뭔가 눈앞에 불이 번쩍하멘 정신얼 잃었디. 기것두 잠깐이야. 그냥 혼절해선 죽어버렸으문 이꼴 저꼴얼 안 보았을 터인데. 정신이 돌아와 잠깰 때처럼 어칠비칠 몸을 일으키니까 무엇이 등덜미럴 후려치구 지나가데.

일어나, 이 돌떵애비 겉은 새끼야.

요한이가 괭이자루럴 두 손으루 쥐구 나에게 씹어뱉넌 거이 보여서. 나넌 천천히 고개럴 들어 그 자식얼 올레다보았디. 나넌 그 집 아이덜 어려서부텀 그 날짜꺼디 잘 알아. 해방되구 몇년 동안이야 그 집 출입얼 안했디만 요한이가 사랑에 놀레 오문 고구마두 구어 멕이구 가마니 짜는 솜씨두 배와주구 기랬디. 아마 모르긴 해두 내가 그 아이럴 체다볼 젠 독한 눈이 아니댔을 거이야. 네가 어뜨케 내게 이러느냐 하는 눈짓이었을 게라. 한데 요한이가 멈칫하는 것 같더니 얼런 마주친 눈을 돌리군 권총얼 빼어 내 이마에 갖다대서. 배암으 이빨같이 짝 벌어진 권총으 공이가 보이두만. 나넌 두 눈얼 질끈 감았다.

너 이새끼 우리 땅 뺏구 천년만년 리당위원장 해먹을 줄 알았네?

요한이 말이 들레오구 곁에서 말리넌 소리두 들리두만.

이새끼 군 토지개혁위원장 지냈디. 펜하게 쥑여선 안되가서.

이걸 기다리넌 사람덜이 한둘이 아니야. 읍내루 끌구 가자우.

어느 놈이 손에 철사 끄틀얼 쥐구서난 달레들두만. 철사럴 긴타불 겉이 내 코에다 꿰이넌데 아무리 정신이 없다구 해두 코빼럴 뚫어선 나르 잡아끄닝개 눈콰 얼굴이 당꺼번에 트더져나가는 거 같아서. 철사를 쥐구 톡톡 잡아댕길 적마다 얼굴이 아조 찢어지는 것 같두만. 요한이가 말했다.

이거이 다 우리 하나님이 내리넌 천벌이다.

나넌 목구멍으루 넘어오넌 피럴 삼키멘 그르릉 그르릉 말해서.

조선으 하나님얼 믿어라야.

요한이가 내 등뒤에서 웃넌 소리가 들레왔다.

바루 이새끼 상기두 숨이 기터갖구. 글두 모르넌 거이 강습 좀 받았 다구 말언 넙죽넙죽 잘하누나.

기럴 때 어디선가 두더지 새끼럴 잡았다, 하구 외치넌 소리가 들레 왔디. 요한이가 그러더군.

이찌로 새끼 읍내루 끌구 가라우.

나넌 그 불지옥얼 겪을라구 하루 더 목숨이 붙어 있게 되었다.

놈덜이 몰케오는 걸 먼저 본 건 내가 아니라 집사람이었디. 아내넌 저녁에 파놓았던 구뎅이에다 양식가지럴 숨케놓느라구 마당에 나가 있대서. 우리집이 일랑이네 집 왼켄으루 좀 높은 데에 있었거던. 나넌 메칠 동안 집에 못 들어오다가 전날에 보위부에서 후퇴헌다넌 지렁얼 받구선나르, 집에 와서 꼭 쓸 만한 물건덜 추려내고 재봉틀 라지오 입쌀 한가마겉이 중헌 물건덜을 숨게놓을라구 마당에 땅 파놓구 열두시가 넘어서야 잤다. 아내가 방문얼 열면서 급허게 소릴 질러서.

저게 웬 놈덜이 총얼 메구 동니루 몰케들어옵네다.

내가 벌떡 일어나 저구리만 대충 꿰구 마당우루 나가보니 울음소리가 나구 법석이 시작돼서. 아내가 내 등을 떠다밀두만.

어서 피하라요. 저놈덜 예수쟁이 것덜이야요.

두리번거리다 뒷곁으루 돌아가선 싸리개이 울바자럴 뜯구 나갔디. 그래설라문 뒷산얼 바라구 냅다 뛰어서. 산얼 넘어갈라구 했넌데 경사가 얼매나 가팔넌지 숨이 턱에꺼지 차두만. 바우에 기대선 한숨얼 돌리구 있댔다. 아래서 고함치넌 소리가 들레와서.

순남이 새꺄, 너 산으루 도망한 거 알구 있다.

내레오디 않으문 너이 식구 몰살시킨다아.

내가 어케 더 도망할 수가 있갔나. 집사람언 여게가 고향두 아니야. 페양서 양말공장 다니던 사람인데 열두살 적부텀 동생덜 기르멘 노친얼 모시구 고생만 하구 살았디. 강습에 갔다가 만났넌데 우리네야 맨손밖에 개진 거 없넌 기본계급 아니가서. 아이들두 박일랑 동무네 집처럼 세살 한살이야. 나넌 터벅터벅 아래루 내려갔디. 내가 집 근처까지 다 갔넌데 두어 넌석이 뛰체나오멘 내 등덜미럴 총개머리루 내리찍어서. 나넌 그 자리에 어푸러졌디.

두더지 새끼럴 잡았다!

하넌 소리가 먼데서처럼 들레오두만.

순남이 아저씨는 벌써 여럿에게 맞아서 얼굴이 피투성이였다. 내가 순남이네 집앞에 갔을 때는 벌써 모든 일이 끝나 있었지. 그를 전화선으루 뒷결박을 지우고 꿇어앉혀놓았어. 내가 흘깃 보았더니 순남이는 나와 눈이 마주치자 고개를 숙여버리데. 울바자 너머를 들여다보니까 순남이 아내가 코피를 줄줄 흘리면서 넋이 나간 듯이 땅바닥에 주저앉아 있구 큰아이는 제 어미 곁에서 어린것은 마루에서 큰 소리로 울지도 못하구 키득거리고 있더라. 순남이는 우리 어려서부터 동네 아이들과 잘 놀아주었고 동네 일에는 직접 부딪친 적이 없어서 인심을 잃지 않구 있었지. 다만 그가 보안대 초기 시절부터 읍내에서 안전기관에 관계된 일을 해왔기 때문에 은근히 두려워했다. 그의 처도 여맹에 소속되어 있었지만 동네에서는 아낙네들과 잘 지내던 편이었다. 우리는 잠깐 망설였지.

읍내루 끌구 갈까?

먼저 순남이네 집 뒤짐을 맡았던 아이가 물었는데 그곳에 가면 어떻게 될 거라는 건 서로가 잘 알구 있었어. 봉기한 청년들은 모두 빨갱이들을 벼르고 있었으니까. 결정하는 데 그리 오랜 시간이 걸리지는 않았다. 나는 한마디로 결정했어.

갈게버리라우.

서넛이 울바자 안으로 달려들어가 철커덕, 하고 노리쇠를 당기는 소리가 들리더니 총소리가 몇방 터졌지. 나는 다시 넘겨다보지 않았다. 순남이는 등을 밀자 뒤를 돌아보지두 않구 앞장서서 마을길로 내려갔다. 마을 입구에 당도하니 코뚜레를 꿰인 일랑이와 일행들이 기다리구 있어서 우리는 대오를 모아 읍내로 나가는 신작로를 따라 걸어갔다. 물안개가 연기처럼 개천 위에 번지는 중이었고 둑 위에는 억새가 무리지어 하얗게 피어 있었다. 내가 순남이 아저씨 앞에서 걷구 있었는데 뒤에서 굵은 그의 목소리가 들려왔지.

요한아, 말 좀 하자우.

216

나는 대답 않고 고개만 돌려서 그를 바라보았어.

읍내꺼지 갈 거 머 있갔나. 나 여게서 쥑여다우.

나는 걸음을 멈추었다. 일랑이를 끌고 가는 패거리들과 간격이 좀 더 떨어질 때까지 기다릴 생각이었다. 나는 곁에 있던 광명교회 청년들에게 말했다.

여게서 끝내구 가자우.

기래두 주요인물인데 일없을까?

나중엔 거저 다 쥑일 거인데 일없어. 앞에다 먼저 가라구 하라.

나는 사람 하나를 앞에 보내어 알리고 담배를 꺼내어 붙여물다가 만다. 불붙은 담배를 순남이의 입가로 내밀며 말했지.

담배나 피우라요.

순남이가 덥석 물더니 주욱 빨아 연기가 코루 나오두만. 나두 한대를 붙여물었어.

목지 처들구 댕기더니 꼴 좋다. 누가 빨갱이 놀음 하래?

순남이는 말없이 담배만 빨구 섰더니 반쯤 타다 만 것을 입술 끝으로 뱉어냈지. 한숨을 하, 내쉬고 하늘로 얼굴을 쳐드는데 얼굴에 눈물이 두 줄 주르르 흘러내리데. 나는 그를 바로 쳐다보지 않고 곁눈질하며 말했어.

울긴 와?

연기 까탄에……

일행들이 재촉을 했다.

날래 처치하구 가자우.

바로 둑방 위에 전봇대가 보였지. 나는 일행들에게 말했다.

저기 달아매라우.

단오날 그를 따라 냇가에 가서 개 잡던 생각이 났을까. 청년들은 사람들 묶을 때 쓰려고 옆구리에 잔뜩 차고 나온 전화선을 풀어내어 올가미를 만들었지. 누군가 뒤에서 올가미를 머리 위로 씌우자 순남이가 말하더군.

요한아, 부탁 하나 하자우.

머요?

우리 식구덜 한군데 묻어달라.

나는 대답하지 않았어. 그냥 아이들에게 눈짓만 했지. 청년들이 전화선을 전봇대의 발디딤 핀에다 걸고는 사정없이 아래루 당기더군. 끄윽, 하는 이상한 소리가 들리면서 다리를 버둥대며 순남이 몸이 위로 끌려올라가데. 전화선을 당기고 있다가는 그 아래 핀에다 걸고 빙빙 돌려서 매어버렸다. 우리는 잠시 둘러서서 순남이의 숨이 끊어지기를 기다리고 있었어. 축 늘어졌는가 하면 다시 발을 웅크리고 버둥대고. 그의 턱 아래로 살을 파고든 상처에서 흐른 피가 목덜미로 흘러내리더라. 나는 몇발짝 앞으로 다가섰지. 그러곤 허리춤에서 권총을 빼서 그의 가슴을 겨누어 한방 쏘았어.

내가 아주마니덜 몇사람하구 관사에서 식당일얼 하게 됐다군 얘기했디. 상호하구 요한이 덕분에 목숨언 게우 붙어 있게 되었디만 나넌 그 사흘이 어드렇게 돌아갔넌지 너무 엄청난 일들이 벌어제서 일일이 기억얼 못하가서. 군당청사하구 내무서하구 밥언 두 군데서 지었디만 기래두 손이 모자라서 우리 쪽두 나 겉언 장년층덜 십여명이 충원이 되었다. 나하구 아주마니덜언 청사 회으실에 있던 청년덜 밥 바라디만 했구 앞마당에넌 수백명이 모여 있댔넌데 그쪽언 아저씨덜이 감당

218

얼 했디. 회으실에 모여 있던 청년덜이야 저이 패거리에서 주동을 하구 있던 치덜이라 식사가 조금 낫대서. 밥하구 국하구 짠지쪽이라두 있댔으니까니. 청사 앞마당으 청년덜언 주먹밥얼 먹었디. 전쟁 때야 너나없이 길가에서 주먹밥 먹구 살디 않았나. 주먹밥언 그낭 맨밥얼 손으루 뭉친 거이야. 간간한 찬이나 하다못해 장이라두 있댔으문 얼마나 좋았간. 소금물에 두 손얼 적셌다간 밥을 주물락주물락 뭉체서 간얼 맞추어개지구 만들었디.

여하간에 내가 아주마니덜하구 밥얼 함지에 담구 국얼 바께쓰에 담아 회으실루 갔더니 못 보던 청년덜이 가뜩 있넌 게야. 돌아가넌 얘기럴 들어보니 남에서 온 청년덜이라두만. 찬찬히 둘러보니깨 얼굴얼 알아볼 만헌 아이덜두 있대서. 서청 다니던 넌석에 한독당 들었던 아이두 보였대서. 씨끌법석하는 거이 미군언 기때 해주엘 들어왔고 국방군언 서흥 신계 방면으루 북상중이라구 하두만. 갸덜언 군대 소속두 아니구 계급두 없디만 모두 미군 군복에 신품으 총덜얼 개지구 왔디. 갸덜이 온 건 아마 십육일 저녁이었을 게야. 밥얼 내갔을 제 방금 도착한 거 같댔으니깨. 청년선발대라구 하두만. 그 틈에서 누군가가 나럴 아는 척해서.

오, 이거이 누게요. 집사님 아니야요?

나넌 거저 불안하구 무섭던 때라 맨 첨엔 갸럴 알아보디 못했디. 군복 우에다 야전잠바럴 입고 허리에 탄띠럴 둘루군 권총얼 찼더만. 권총두 거 우리가 닭대가리라구 불르던 미제 권총이여.

나 여게 살던 봉수입네다.

머리에 찌꾸럴 발라 뒤로 홀라당 넴긴 갸럴 그제사 알아보았대서. 해방 뒤에 여게서 말썽깨나 피우구 다니던 도정공장집 맏아들 아니

가. 갸 아버진 일찌감치 월남했댔넌데 땅이랑 도정공장이랑 양조장이랑 몽땅 몰수됐디. 갸가 요한이 동무라넌 건 그 자리에서야 알았디. 요한이가 젊은아덜 틈에서 얼굴얼 내밀데.

삼춘, 거 왜 읍내교회 최장로님 알디요?

거럼…… 부흥회두 함께 모시구 했디.

나넌 기렇게 얼렁뚱땅 넘어갈라구 했넌데 봉수가 내게 말하두만.

아저씨 상게두 마흔 안짝이디요?

예, 기렇시다.

하문 청년단에 들어야갔소. 고향에서 대한청년단얼 꾸레야 하니까니.

나넌 밥을 푸느라구 정신이 없어 못 듣는 척했디. 밥얼 먹으멘서 갸덜이 서루 떠들썩하게 얘기럴 하두만.

야, 거 너이 동니에 보안대 시작헌 놈 어디간?

옳아, 리순남이 말이가?

기래, 거 과수원 고용 살든 놈.

새끼럴 요한이가 어저께 해치웠디.

야덜언 거 내 모가치두 넘기디 않구. 그 새낀 새빨간 악질이야.

나넌 기리케 내 조카가 순남이럴 쥑엤다는 걸 알게 돼서. 기때야 자기 억하심정으루 앙갚음 삼아 사램얼 쥑엤다지만 한켄으룬 놈에 눈치럴 보느라구 앞장서선 악착겉이 굴어야 했다. 맘 약하게 보이든가 어물대다간 사상적 으심얼 받게 되니까. 서루가 서루럴 믿디 못해서. 저 새낀 수박이다, 아니다 사과다, 아니다 감이다, 진짜배기 청참외다, 하넌 농이 오가군 했다. 퍼랭이냐 뻘갱이냐, 아니문 뻘갱물 든 퍼랭이냐 퍼랭물 든 뻘갱이냐. 하여튼간 물든 것덜언 다 쥑에야 되었다. 밥을 다 먹구 나서 그릇얼 챙기러 갔더니 회으실 청년덜이 담배덜 태우구 있두만. 최봉수가 책상에 걸터앉아 상호에게 물어보데.

야 상호야, 너 우리 직공장 해먹던 놈 생각나네?

생각나디 않구. 너이 아부지 혼내던 놈 아니가.

그 새끼 어디갔네?

상호가 푸푸거리멘 웃었다.

잡아놨디.

길카구 동부면 토지개혁 앞장서던 새끼넌?

새끼가 면당위원장 해먹구 있대서. 식구덜하구 함께 잡혜왔디.

봉수가 책상 우에서 얼른 뛔체내리두만. 저두 모르게 허리춤으 권총얼 쥐었다 놓았다 하멘 씨익 웃더라. 나넌 이꼴 저꼴 보구 싶디 않아 얼른 밖으루 나와버렸디. 관사루 돌아와 수돗간에서 아주마니덜이랑 설거지럴 하구 있넌데 청사 뒷뜰에서 아이구 데구 하넌 소리가 나넌 게어. 무서워두 궁금증언 못 말린다구 슬그머니 물 묻언 손얼 바지춤에다 닦으멘 일어나서. 아주마니가 이래.

소메 집사님, 거 무슨 탈판 구경 났다구 갑네까?

눈 감구 귀 막구 있으라요. 나 좀 보구 오가서.

우리넌 기래두 밥이나 하구 있댔디만 나중에 동원된 아저씨덜언 벨구진 일얼 다 했넌데 내무서 창고 뒷마당하구 군당청사 주변에서 죽어나가넌 시체럴 치우넌 일두 했디. 방공호와 전호에 사람덜이 가득이 갇혜서 밥은커녕 물두 한모금 못 먹구 콩나물겉이 빼곡히 들어차선 죽을 시각만 기다리구 있댔다. 처음 이틀언 어린아이덜 우넌 소리두 들리두만 다 죽었넌지 숨이 붙어 있넌지 찍쩍 소리가 없어져서. 가끔 근처럴 지나다 보문 땅바닥에서 무릎 높이만이나 하게 위루 솟은

방공호 환기구멍으루 사람 머리가 한둘 보이데. 아바이 물 좀 주시구
레. 아이가 목이 타서 다 죽게 됐시다. 못 들은 척하구 지날 때두 있구
틈이 보이문 얼른 바께쓰에 물 떠다가 안으루 살살 부어주군 했디.

관사으 판자 담장 너메가 청사 뒷마당이라 돌 하나 옮게다놓고 내
다보던 장소가 있어서 거기루 올라섰다. 진작에 땅거미가 깔리구 주
위가 어둑신했넌데 사람덜이 둘러섰넌 게 보이두만. 그 안에 허엽스
럼한 물건 둘이 보여서. 자세 보니 빨개럴 벗긴 남자 두 사람이여. 봉
수가 탄띠럴 풀어 쥐구 후려치구 있대서.

너 이새끼, 오년 동안 밀린 소작료 내노라. 도적놈으 새끼.

하구 나서 다른 사람얼 또 패넌 거야.

네 새낀 오갈 데 없넌 것덜얼 살레주갔다구 모타 기술 가르쳤더니,
공장얼 내노라구 했디. 가이넌 기래두 너이보담 낫디. 주인 은혜럴 아
니깨.

그의 거친 숨소리가 계속되넌 가운데 맞다가 못 겐던 사람이 움츠
리고 사람으 울타리럴 빠제나갈라구 하문 둘러섰던 자덜이 제가끔 발
루 차넣넌 게여.

차에 가서 휘발유 개오라.

봉수가 헐덕거리멘 말해서. 기름통얼 개지구 오자 그가 땅바닥에
늘어진 허연 물체에다 대구 목물시케주드키 들이부었다. 둘러섰던 남
자덜이 뒤로 성큼 물러나고 봉수가 성냥얼 그어서 던지구 뒷걸음질
했다. 불길이 확 치솟아오르두만. 나넌 얼런 판자틈에서 눈얼 떼구 말
았다. 기거이 계시록에 나오넌 불으 심판에 시작이대서.

시월 십칠일, 오후에 미군이 들어왔다.

해주에서 북상중이던 제일기갑사단의 연대병력이 재령에 진입했다. 그들은 평양진공이 일차적인 작전목표여서 황해 서쪽지역의 소탕에는 관심이 없었다. 재령에 머문 연대본부는 좌측인 신천과 진격로의 서북측인 안악에 수색대를 파견했다. 그래서 미 육군의 해리슨 중위가 이끈 소대병력이 신천으로 진출하게 되었다. 연대 정보장교가 일대에서의 우익청년들의 봉기를 알려주었기 때문에 신천으로 진입하기 전에 일개분대가 지프차에 분승해서 들어왔다. 그들은 군청의 깃대에 휘날리던 깃발과 '웰컴'이라고 알파벳으로 씌어진 현수막을 보고 안심했다. 본대는 전투대오도 없이 차에 탄 채 읍내 신작로로 들어와 군당청사 안의 회의실로 정중하게 안내되었다. 마당 앞에서는 갖가지 무기로 무장한 청년들과 그들의 가족들로 보이는 남녀노소가 모여서 환영대회를 열었다. 그들은 신천 읍내에서 두 시간을 체류했다. 연대본부에 연락하여 레이션과 약간의 약품, 그리고 무엇보다도 실탄과 수류탄 같은 군수품들을 인수인계했다. 그때까지 모여든 청장년층들이 대개 천오백여명쯤 되었는데 이 가운데 천여명이 무장을 하고 있었다. 미군이든 국방군이든 정규군은 겨울에 다시 후퇴할 때까지 북으로 진격해버려서 다시는 모습을 나타내지 않았다. 환영대회를 마치자마자 멸공통일이 현실이 되어버렸다면서 군당청사에서는 대한청년단과 자치경찰의 조직편성이 이루어졌고, 치안대와 경찰의 결성식이 이튿날 아침에 청사 앞마당에서 개최되었다. 그리고 방공호와 전호에서의 처형이 시작된다.

　우리넌 사흘 밤낮얼 그 좁은 공간에서 수백명이 복닥이구 있었다. 지상으루 올라가넌 가파른 계단이 있고 끝에넌 철문으루 막혜 있다.

천장 가까이에 한 뼘 정도으 너비에다 세 뼘 되어 뵈넌 너비으 환기창이 나 있대서. 기러구 방이 양켠으루 두 개가 있댔넌데 가운데가 젤 너른 편이댔다. 벽은 모주리 시멘트야. 천장에 공기구멍이 뚫레 있어서 바람이 솔솔 불어들어왔다.

밖에서 보문 풀밭 우에 네모난 굴뚝 같은 거이 비죽이 나와개지구 이전에 우리 어렸을 젠 어런덜이 군청에서 일보구 있으문 거기메 걸터앉아선 염소두 띤기우구 기랬다. 나넌 찬샘에서 잡헤올 제 철사에 코럴 꿰었디만 피가 나오다가 기것두 말라붙구 하루가 지나니 곪길라구 하넌지 콧속이 부어서. 목구멍이 뻑뻑해 갈라디넌 느낌이여. 코럴 넘어온 피가 입 안쪽 천장에 그렁그렁하더니 물을 못 마시니깨 바짝 말라붙언 모냥이디.

상호가 곡괭이 자룰 휘둘러서 기절했다 깨어나보니 방공호 속인데 첨에넌 사람덜 발만 보이두만. 어떤 사람언 내 허벅지 우에 발얼 딛구 서 있대서. 팔이 부러졌넌지 어깨에서 흐들흐들하넌 거여. 아아, 성두 이름두 없이 이찌로 평생에 허리 한번 씨언허게 못 페보구 일만 직싸도록 허였디만 지난 몇년 동안언 보람이 있댔구나. 사람덜이 장날보다 더 많이 비좁언 벽 틈어리에 서루 끼워서 있댔지만 눕기넌커녕 앉디두 못해. 덥기넌 늦가을인데두 얼마나 찌던지 사람덜 입김이 훅훅 끼체와서. 어린것덜언 물두 못 먹어서 보채다간 시들시들허니 잠들구선 그대루 자다가 죽어서. 남자덜이 서루 자릴 바꿔가멘 아녀자덜얼 앉헀디.

나넌 평생에 누굴 미워해본 적이 없대서. 기래두 입성 얻어입구 좋언 날 되문 고봉 밥얼 얻어먹구 군입 소리 듣디 않을라구 땅을 파대구 또 파댔넌데. 기러티만 내 눈앞에서 식구덜 죽넌 거를 보구야 알았디.

224

제 속이 깨이디 않으문 숲속으 짐승이나 한가디라구. 나넌 그냥 멀거니 공기구멍 사이루 조금씩 뵈넌 파란 가을하널얼 올레다보았디. 한데 무슨 물기가 줄줄 쏟아제. 또 누구레 맘성 깊언 이가 지나다가 물을 부어주넌 줄 알구 사람덜이 머리럴 헤싸집으멘 들이대넌데 입을 벌리구 받아먹은 치가 소릴 질렀디.

이거이 까소린이다!

줄줄 흘러내리는 것언 붉은 색깔으 자동차 기름이여. 휘발유 냄새가 좁은 실내에 가득 차서. 기러구 보니깨 건너편 방으 공기구멍에서 두 줄줄 쏟아제 내레왔디. 사람덜언 모두들 입얼 벌리구 눈얼 캥허니 뜨구 위 어딘가럴 치케다보구 있댔디. 모두 기렇게 하구선 잠잠했디. 기침소리 하나 없이. 그러곤 얼마 있다가 펑, 하멘 불기운이 우릴 덮쳤디. 한무리으 우우 하는 듯한 나트막헌 신음소리가 무슨 바람처럼 일었다가 한꺼번에 화염에 휩싸여서.

그날 십팔일하구 이튿날 십구일, 또 이십삼일꺼디 우리넌 모두 미체 있댔다. 죽은 것덜언 더이상 말이 없디만 살아 있던 우리 고향 것덜 모두 과거루 돌아갈 수가 없게 됐디. 사램이 어드러케 노상 미체 있을 수야 있갔나. 세월이 가문 제각기 혼자가 되구 늙구 동무덜두 사라디구 세상두 달라제. 아무두 기억얼 하디 않갔디만 맘속 깊언 데선 알 게라. 저이 태가 묻힌 땅얼 피로 물들이구 꿈에두 다시넌 돌아갈 수 없넌 곳으루 맹글구 말아서. 한데 기거이 오십년 세월으 게우 시작에 지나디 않다니.

겨울언 어찌나 그리두 빨리 오넌지 몰라야. 첫눈이 강산겉이 내려선 산과 들얼 덮어서. 서해안으 해주며 옹진서 몰린 인민군 잔병덜 중에 재빠르구 힘있넌 것덜언 교인 청년덜이 네전에 기랬듯이 구월산으루 올라가선 유격대가 되구 찬바람 속에서 혈육끼리으 싸움이 계속되었다.

나넌 소메루 돌아갔다. 촌사람덜언 멀리 나댕기지두 못했디. 언제 삐끗해서 놈에 눈총얼 받구 죽을디 알갔나 말이야. 사십오일 동안 날마다 죽음언 도처에 있댔으니까니. 삼만오천명두 넘게 죽었다구 하디만 모르긴 해두 아마 사실일 거이야. 거게다 서남쪽에 몰린 채루 본대와 떨어진 패잔병덜이 신천에서 북상길이 막히자 많이 잡헤 죽어서. 기러구 유격대가 구월산에서 양식 구하러 내레왔다간 쥑이기두 하구 청년단이 저쪽 식구덜얼 찾아내 쥑이기두 하구. 원암리 창고에서 사백여명으 부녀자하구 아이덜 백두명얼 살해한 건 나중에 주검이 남아 있구 그 틈바구에서 살아난 아이두 있댔으니 엄연한 사실이갔디. 군내 총인구으 사분지 일이 죽어서. 궁홍면 만궁리에선 리 인구으 거이 대부분이 사라졌구 온천면 용당리에선 절반 이상이, 신천면 양장리에선 남자 전원이 죽었다.

우리 동네에도 읍내로 나갔던 사람들이 돌아와 청년단을 꾸렸다. 면단위로 조직이 된 청년단은 다른 고장으로 통하는 길가나 고갯마루에 초소를 세워놓고 밤이면 각 동네마다 순찰을 돌기도 했다. 요한 형은 읍내 군청에 나가 있다가 며칠에 한번씩 집에 들르곤 했다. 한번은 소를 잡았다며 갈비 한짝을 차에 싣고 와서 식구들이 동네 청년단 사람들을 불러다가 잔치라도 난 것처럼 법석을 떨었던 날도 있었다.

나는 다른 겨울처럼 순호랑 다른 아이들과 어울려 골짜기에 덫을 놓기도 하고 그물을 쳐서 참새를 잡으러 다니기도 했다. 우리가 쳐놓은 덫에는 회색 털의 산토끼가 걸릴 때도 있었다. 십일월 초쯤이었을 게다. 아침에 일어나자마자 보통때처럼 덫을 보러 산에 올라갔다. 보아둔 장소가 세 군데여서 그곳을 다 돌아보고 나면 배가 고파졌다. 마지막 덫을 놓아둔 장소가 골짜기의 맨 위쪽이라 바위투성이의 가파른 산길을 올라갔다. 계곡물이 아직 얼지 않은 채로 콸콸대며 흘렀다. 우리가 덫을 놓은 곳에는 작은 물웅덩이가 있어서 산짐승들이 물을 먹으러 나오는 목이었다. 순호는 너구리나 노루가 걸릴지도 모른다고 세 군데씩이나 그 주위에 덫을 놓았다. 덫은 철사를 구부려서 만들었고 고구마 미끼를 끼우고 보리나 콩을 뿌려두었다.

내가 덫을 돌아보고 웅덩이 뒤편의 후미진 숲속을 들여다보는데 거기에 사람이 있었다. 내가 맨 처음에 본 건 신발이다. 지까다비나 농구화처럼 발목까지 올라오는 헝겊 신인데 그건 인민군의 전투화라는 걸 아이들은 누구나 알고 있었다. 그래서 신발 위로 더듬어 올라가보니까 군인 두 사람이 서로 껴안고 잠들어 있었다. 한사람은 머리 위로 모자를 덮고 있어서 얼굴이 보이지 않았지만 다른 하나는 단발머리가 풀 위에 흐트러져 있는 게 여자가 분명해 보였다. 그들의 옆에는 새까만 가죽통이 놓여 있었다. 나는 그것이 바이올린집이라는 건 나중에야 알았다. 내가 달아나려고 얼른 몸을 돌리는데 누구야, 하는 소리와 함께 무엇이 나를 내리누르면서 덮쳤다. 나는 땅바닥에 엎드려 있게 되었고 그가 나를 올라타고 뒷덜미를 누르면서 말했다.

너 누구야?

여자 목소리였다. 다른 여자 목소리가 뒤에서 들려왔다.

일으켜봐.

나를 올라타고 있던 여자가 내 뒷덜미를 잡은 채로 옆으로 비켜났고 나는 옷을 털면서 일어나 앉았다. 둘다 인민군 여전사였다. 누런 군복에 넓적한 견장을 달고 폭이 풍덩하게 넓은 군복바지를 입고 있었다. 그네들의 입술은 추위에 파랗게 질려 있고 옷도 어깻단이며 무릎께가 뜯어지고 찢어졌다. 둘다 무기가 없는 맨손으로 보였다. 나이는 그저 여중 고학년생 정도나 되었을까. 나는 그네들을 한번 살피고 나서 처음보다는 자신감이 생겼다. 네 까짓 것들이 어쩔래, 하는 마음이었다. 둘 중에 하나는 키가 작고 몸도 가냘픈 것이 나보다 겨우 두어살밖에 많아 보이질 않았고 다른 하나는 손목도 굵고 어깨도 단단해 보여서 스무살은 먹은 거 같았다. 나이 많아 보이는 그네가 나를 덮쳤던 모양이다. 그래도 두 사람 다 눈이 검고 반짝이는 것이 우리 동네 인근에서는 그렇게 참하게 예쁜 누나는 본 적이 없는 듯했다. 큰 쪽이 내게 물었다.

어디 살아, 뭣 하러 여기 왔니?

요 아랫동리서 토끼 덫얼 살펴볼라구 왔시오.

둘은 잠깐 얼굴을 마주보았다가 큰 쪽이 또 물었다.

너 혼자 왔니?

예, 오늘은요……

너희 동네에두 치안대가 있니?

나는 그네들이 무엇을 두려워하는가를 너무나 잘 알고 있었다.

기럼요, 길목마다 지키구 있시오.

큰 쪽이 상을 찡그리자 작은 쪽이 얼른 그네의 찢어진 바지를 걷고 살폈다. 발목이 퉁퉁 부어 있는 듯했다.

다시 아파?

응, 재 잡느라구 또 접질렸나봐.

228

하아, 이젠 어떡하나. 어디루 가야 해?

세 사람 사이에 짧은 침묵이 흐르고, 내가 먼저 말을 붙였다.

어디서 왔시오?

남쪽에서……

작은 여자가 말했다. 큰 쪽이 일어나 나뭇가지를 꺾더니 잔가지들을 부러뜨렸다. 그러고는 지팡이 삼아 짚고 몇걸음 걸어보다가 주저앉아버렸다.

아이고, 정말 한발짝 내딛기두 너무 힘들어.

여긴 낮에넌 위험해요. 사람덜이 나무 하레두 올라오구 산뽀두 나오니끼니.

어머, 그래애?

여기말구 좀더 아래루 내레가문 과수원이 있넌데, 거긴 봄꺼진 사람 하나 얼씬얼 안해요.

작은 쪽이 내게 말했다.

이름이 뭐예요…… 학생, 학생이지?

예, 중학교 일학넌 들어갔시오. 이름언 류요섭이야요.

그네는 한손을 자기 가슴에 대고 말했다.

나는 강미애구 저 언닌……

큰 쪽이 처음으로 조금 수줍게 배시시 웃으면서 말했다.

홍정숙이야.

요섭이 학생은 우릴 고발하지 않을 거지?

강이 물었고 나는 힘주어 대답했다.

고발, 안해요.

어째서?

사람덜 죽는 거 싫어요. 간밤에 여기서 잤나요?

그저께부터.

기럼 아무것두 안 먹었디오?

홍이 남자처럼 털털하게 대꾸했다.

물만 마셨어요. 그래서 개천 가까운 데 있잖아.

배고프갔구만. 내가 집에 가서 먹을 걸 개겨오갔시오.

두 여자는 서로 얼굴을 마주보면서 잠깐 망설이더니 강미애가 근심스런 얼굴로 내게 물었다.

괜찮을까…… 어른들 눈에 띄면 큰일날 텐데요.

내가 가서 이를까봐 기래요?

홍정숙이 말했다.

요섭이 학생을 믿어요. 그런데 노래…… 잘해요?

노래요?

이따가 다시 여기루 우릴 찾으러 올 때 무슨 노래를 부를 거지?

기쎄, 이거 알아요? 참 아름다워라 주님으 세계넌……

내가 첫 소절을 흥얼거리는데 강이 말했다.

그거 찬송가잖아. 저 솔로몬의 옷보다 더 고운 백합화.

나는 그네들에게 먹을 것을 갖다주기로 약속하고 계곡을 내려왔다. 내가 그 장소로 다시 올 적에는 아래편에서부터 노래를 부르면서 올라가기로 서로 정했다. 집에 돌아가니 우리가 사는 본채에는 아버지도 어머니도 그날따라 모두 집에 있고 더구나 어머니는 부엌에서 점심을 짓는지 아궁이 앞에 앉아 삭정이를 분지르고 있었다.

오마니, 머 먹을 거이 없이오?

내가 부엌 문지방을 딛고 서서 기웃하며 물었더니 어머니는 뒤를 힐끗 돌아다보고는 대꾸했다.

야야, 요사이 끼니 찾아 먹넌 것두 복인 줄 알라. 시자 점심 하는 중
이니깨 들어가 기달리라우.

나는 횅하니 마당 앞의 돌각담을 돌아서 뒤채로 가보았다. 형님 집
에는 형수가 만삭이 되어 그맘때 늘 안방에 누워 지내고 있었다. 부엌
문을 열고 살그머니 들어가 가마솥을 열어보았다. 솥 안은 아직도 따
뜻한 온기가 남아 있는데 베보자기를 씌워놓은 큰 대접이 있었다. 보
자기를 들춰보니 찐 고구마였다. 아마 어린 조카들 군입이라도 달래
주려고 간식거리로 삶은 모양이었다. 나는 대접째로 베보자기를 씌워
서 들고 나왔다. 그러곤 쏜살같이 집 밖으로 나와 주위를 둘러보고 산
으로 갔다. 골짜기에 이르러 바위를 골라 딛고 오르면서 여긴 숨을 장
소로는 마땅치 않고 아무래도 옮겨야 한다고 다시 생각했다. 노래를
부르기 시작했다.

참 아름다워라 주님으 세계넌 저 솔로몬으 옷보다 더 고운 백합화
주 찬송하넌 덧 저 맑언 새소리 내 아버지으 지으신 그 솜씨 깊도다

아까 그 장소에 와서 키 작은 나무 사이나 소나무를 들치고 보아도
그네들이 보이질 않았다. 나는 그저 허공에 대고 크게 외쳤다.

누나, 누나들 어디 갔시오!

쉬이, 우리 여깄어요.

앞쪽의 큰 바위 뒤에서 강이 먼저 얼굴을 내밀었고 홍은 훨씬 위쪽
의 싸리나무 숲 사이에서 일어났다. 그들이 바위에서 내려오고 나뭇
가지 사이에서 나와 서로 나란히 걸어내려오며 나누는 말소리가 들려

왔다.

뒤에 따라오는 사람 없었지?

혼자야. 쭉 지켜봤어.

나는 그네들에게 자랑스럽게 베보자기 씌운 대접을 내밀었다. 그리고 마술을 부리는 것처럼 보자기를 싹, 젖혀 보였다.

드시라요.

어머나, 고구마야.

나는 떨어져 앉아 그네들이 고구마를 움켜쥐고 아구아구 베어먹는 모양을 흐뭇하게 바라보았다. 강이 홍에게 뒤늦게 말했다.

천천히 먹어, 언니. 그러단 체할라.

홍이 소리를 내어 웃었다. 그러다가 나와 눈이 마주치자 웃는 얼굴인 채로 반쯤 베어먹은 고구마를 내 쪽으로 멋쩍게 내밀어 보였다.

요섭이 학생두 좀 들어……

나도 웃으면서 말했다.

나넌 집에 가서 밥먹을 거야요.

대답해놓고도 미안한 생각이 들었다.

오널 밤에넌 장소럴 옮기자우요. 저녁엔 밥 개져올게요.

고구마를 다 먹어치우고 계곡물에서 손바닥으로 물을 퍼서 마신 뒤에 두 여자는 처음으로 얼굴이 편안하고 밝아졌다. 강이 나무 밑에 두었던 검은 가죽통을 들고 왔다. 나는 그 안에 무슨 총이라도 있는 줄 알았다. 강이 반으로 쪼개듯 통을 열자 내가 그림에서만 보았던 바이올린이 나왔다. 홍이 말했다.

나두 아코디언이 있었는데 발 다치던 날 잃어버렸어.

그 대신 언닌 노래두 잘해.

강이 바이올린을 어깨에 얹고 턱으로 누르기 전에 말했다.

요섭이 학생 교인이에요?

예, 이댐에 신학교 갈라구 합네다. 누나두 교회 나갑네까?

오래 전에 여름성경학교 다닌 적이 있어요.

강이 활을 대고 바이올린을 켜기 시작했다. 그네가 먼저 연주한 것은 내가 골짜기로 오르면서 노래했던 찬송가였다. 변성기에 접어들기 시작해서 쉬어터진 듯한 내 목소리와는 달리 가냘프게 떨리며 내려가는 음에서 더욱 깊은 느낌이 드는 소리였다.

한번만 더 해달라우요.

내가 조르니까 강과 홍은 잠시 생각해보더니 강이 먼저 말했다.

언니, 봉선화 참 좋더라.

강이 바이올린을 켜고 홍은 약간 낮고 굵은 음으로 노래를 했다.

울밑에 선 봉선화야 네 모양이 처량하다
길고긴 날 여름철에 아름답게 꽃필 적에
어여쁘신 아가씨들 너를 반겨 놀았도다

바이올린은 고음으로 올라갈 때 더욱 흐느끼는 것 같았고 노랫소리는 여운을 길게 남겼다. 나는 얼굴이 뜨거워지면서 갑자기 목젖이 아프고 눈물이 울컥 몰려나왔다. 옷소매로 얼굴을 쓱 닦고 코를 훌쩍 들이마셨다. 아아, 갑자기 다른 세상이 보이는 것만 같다. 나무도 바위도 하늘도 모두 다르게 보인다. 세 사람 모두 제각기 다른 생각을 하고 있는지 아무도 말이 없다. 한참 있다가 내가 그네들에게 물었다.

군인덜이 어케 총은 없구 악기럴 개지구 다녀요?

으응, 우리는 문화선전대야. 부대마다 찾아다니면서 위문공연을 해요.

나는 이 전쟁에서 그네들에게 아무 죄가 없다고 생각했다. 나도 형이나 그의 동무들 못지않은 판단이 있고 그네들을 지켜야 한다는 결심을 하게 된다.

날이 어두워지자마자 담요와 밥을 담은 바구니를 가지고 몰래 집을 빠져나왔다. 그네들을 계곡에서 데리고 내려와 밭고랑을 넘어서 과수원으로 들어갔다. 잎을 떨군 사과나무의 꾸불꾸불한 가지가 빽빽했다. 나는 그곳의 어떤 장소를 알고 있었는데 우리가 훨씬 어렸을 적에 거기에 패거리의 본부를 차렸다. 과수원 맨 뒤쪽 양지바른 남향받이 언덕에 묘목을 간수하는 움이 있었다. 땅을 한 키나 되게 파고 위에다 볏짚으로 엮은 지붕을 얹은 움집이었다.

우리는 묘목 움에 도착해서 거적문을 열고 들여다보았다. 캄캄해서 아무것도 보이지 않았지만 푸근한 흙냄새가 풍겨왔다. 내가 호주머니에서 성냥을 꺼내어 불을 켰다. 그리고 우리가 그맘때 초 대신 쓰던 소나무 관솔 조각을 꺼내어 불을 댕겼다. 주위가 훨씬 밝아졌다. 움집 안에는 손가락 굵기의 묘목이 촘촘히 꽂혀 있었다. 물뿌리개며 작은 호미와 부삽과 양동이가 있는 한쪽에 짚더미가 쌓였다. 나는 그 위에 담요를 깔았다. 두 사람은 넉넉히 누울 수 있을 것 같다. 강미애와 홍정숙은 짚 위에 앉아서 바구니에 담아온 밥을 먹었다. 내가 가져온 것은 바가지에 담은 식은 밥과 김치 한 보시기가 전부였다. 그네들은 군복 상의 호주머니에서 몽당 숟가락을 꺼내어 소맷자락에 몇번 문지르고 밥을 먹기 시작했다. 숟가락은 가정집의 자루가 기다란 것을 간수하기 편하게 절반쯤 자른 것이었다.

나는 양동이를 들고 물을 뜨러 나왔다. 과수원 입구로 내려오면 마을로 내려가는 한길과 닿는 오솔길이 과목들 사이로 뚫려 있었는데 거기 일제 때부터 있던 판자로 지은 낡은 과일창고가 있었다. 창고 앞에 펌프가 있었다. 양동이를 내려놓고 펌프로 물을 퍼올렸다. 삐걱대는 녹슨 쇳소리가 들리면서 물이 쏟아져나왔다. 물을 길어가지고 돌아오는 동안 내 가슴은 따뜻해졌다. 나는 키가 작고 몸집도 작은 소녀 같은 강미애 누나를 분명히 좋아하고 있었다. 처음 볼 때부터 그랬던 것 같다.

나는 낮에는 과수원 근처에 얼씬도 않고 있다가 밤만 되면 그네들을 찾아가곤 했다. 날마다 먹을 것을 구하는 일도 점점 어려워졌다. 식은 밥이 남을 적도 있었지만 아예 설거지 뒤에 아무것도 남지 않은 날도 많았다. 나는 형네 집에 가서 고구마도 뒤져 오고 어떤 날은 광에서 생콩을 퍼다 내가기도 했다. 아마 십일은 못 되고 팔일이나 구일쯤 그렇게 했을 것이다. 십일월 중순이었는데 눈발도 희끗희끗 날렸고 하루가 다르게 추워지고 있었다.

내가 그 일을 저지르기까지 서너 차렌가 집엘 갔다. 한번은 양식을 실어다 주느라고 차를 타고 갔고 다음에는 매번 자전거를 타고 갔을 게다. 두번째 집에 갔을 때인가 마침 저녁참이라 오랜만에 집에서 어머니가 차려주는 밥상을 받았다. 나는 그냥 무심코 어머니에게 물었다.

요섭이가 안 보이누만요.

야, 말 마라. 그 넌석 머 하구 댕기넌지 밤마다 마슬이란다.

아무리 촌이디만 요사이 밤에 나댕기문 안 좋갔넌데……

곁에서 아버지가 말했다.

요섭이가 한창 크누라구 기런디 밥두 몇사발씩 뚝딱이야.

몇사발이 머여요. 엊저녁에 마슬갔다 와선 찬밥 남은 거 몽땅 야참으루 꿀꺽했시오 거저.

어머니의 그런 말에도 나는 그저 대수롭지 않게 넘겼다. 내가 뒤채에 들어가 오랜만에 몸이 무거운 아내도 보고 딸아이도 보고 나오는데 안채 부엌 앞에서 뭔가 검은 것이 서성거렸다.

거 누구가?

저야요, 형님.

하고 나서는데 요섭이었다. 나는 아까 들은 말도 있어서 좀 나무라기로 했다.

너 이새끼 요사이 어딜 뭐 하멘 돌아치넌 거냐.

동무덜하구 본부럴 만들어개지구……

본부? 이자 네 나이가 몇이가? 아새끼 거저 철이 없어개지구. 밤에 쏘댕기다간 어느 총에 맞아죽을지두 몰라. 이젠 네 편 내 편두 없어.

알았시오.

요섭아, 나 집에 없으문 아바지 오마니두 돌봐드리구, 너이 형수두 몸이 불편한데 말이야. 너보다 거저 한두살 더 먹은 것덜이 총 들구 싸우구 이서. 밤엔 집에 붙어 있으라. 새끼 왜 대답이 없네?

예, 기렇게 하갔시오.

내가 집에 가서 일을 저지르던 그날 오후에 군청에서 어떤 일이 벌어졌다. 청년단장 최봉수가 상호를 불러다놓고 고함을 지르고 있었다. 내가 들어서니까 봉수가 내게도 고함을 쳤다.

도대체 어드러케 된 거야? 청년단원이 빨갱이럴 숨게주다니 말이나 되난 말야.

236

나는 고개를 숙이고 앉은 상호와 봉수를 번갈아 바라보며 물었다.

그거이 무슨 소리요?

부단장두 모르구 있댔나? 동부면 치안얼 맡언 지대장이 빨갱이 여맹원얼 숨게두구 있다가 고발 들어와서 체포돼서.

지역을 장악한 지 한달 가까이 되면서부터는 기강이 조금씩 허물어지기 시작했는데 그건 애국정신의 타락이라고들 말했다. 목숨을 담보로 당원들의 재산을 갈취하든가 아니면 그들의 여자 식구들을 건드리기 시작했다. 날짜가 지나갈수록 강간이 몇건씩 벌어지고는 했지만 서로 그러려니 하며 모른 척했다. 내가 봉수에게 말했다.

단장, 부정이 있댔소?

부정은 머…… 밴밴허게 생긴 여교원이니 서루 붙어먹었갔디.

여교원이문?

아 거 이름이 머라구 하더라. 난 사팔년에 월남해개지구 새루 온 사람덜은 잘 모르가서.

상호가 중얼거렸다.

너두 아넌 에미나이야. 윤선생이라구 알디 않네?

오오, 거 가겟집 안채에서 하숙했디.

동지덜두 잘 아누만. 그년 활동사항이 머요?

나는 윤선생을 먼발치에서만 보았지만 호감을 갖고 있었다. 적당히 기른 머리를 한데 묶어서 어깨 옆으로 돌리고 흰 저고리에 검은 비로드 몽당치마를 입고 다니던 얌전한 처녀였다. 나는 어딘가 도회지 냄새가 풍기던 그네가 지나가면 한참이나 서서 돌아보곤 했다. 살구씨 냄새가 나는 구리무를 바르는지 그네가 지나가면 봄의 과수원에 서 있는 듯했다.

거저 면에서 한 동리니까 잘 알디. 해주가 집일 거요. 거 머 얌전한 체네인데……

봉수가 말했다.

내가 보고받기룬, 인민궐기대회서 연설얼 했다문서?

아참, 기랬소. 의용군 나가라구 학교 운동장에서 무슨 글을 읽었대서.

기걸 사람덜이 다 아넌데…… 살레둘 수넌 없구.

동부면 지대장언?

사상조사럴 다시 해야디.

기억이 가물가물하지만 아마 같은 편이니 죽이지는 않았을 것이다. 그 대신 사상조사를 받았으니 반병신이 될 만큼 밑에 아이들한테 맞았을 테지. 모든 직책에서 해임되구 아마 후퇴 당시 피난을 했겠지. 윤선생은 내무서 창고에 갇혀 있었다. 나중에 사회보험 온천휴양소로 옮겨갔고 내가 그네를 영원히 쉬게 해주었거든. 어쨌든 그네는 그편이 훨씬 나았다.

하여튼 그런 일이 있고 나서 내가 그날 저녁에 집엘 갔는데 요섭이는 어딜 싸다니는지 보이질 않았다. 그래도 저녁 먹을 때쯤에는 나타나서 모처럼 우리 식구와 부모님들 요섭이까지 밥상머리에 둘러앉았다. 나도 요섭이에게 더이상 잔소리는 하지 않았다. 밥을 먹고 아버지와 전선소식을 얘기하다가 뒤채로 건너가려고 마당에 나섰다. 해가 얼른 저물었지만 주위는 어둑어둑할 정도였다. 담 옆에 붙여 지은 뒷간에서 일을 보고 바지를 추스르며 일어서는데 누가 배추밭 고랑으로 건너가고 있었다. 김장 배추가 촘촘하게 자라난 밭고랑을 겁도 없이 마구 밟고 질러가고 있더군. 밭두렁으로 돌아가두 될 텐데. 그래 촌에 사는 사람 심정이 그렇지. 냅다 소리를 질렀다.

야야, 거 누게야?

기어드는 목소리로 요섭이가 대답을 했다. 나는 녀석에게 이리 와보라고 이르고는 담 밖으로 슬슬 나갔다. 내가 가까이 가니까 요섭이놈이 얼른 뭔가를 뒤로 숨겼고, 그애 등뒤를 넘겨다보니까 무슨 보퉁이를 감추고 있었다.

돌아보라우, 이거 무슨 보따리가?

내가 보퉁이를 빼앗아서 풀어보니까 바가지에 담은 밥과 짠지와 장이 들어 있었다.

이거이 다 머야?

동무덜하구 놀멘 함께 먹자구 개지구 나와시오.

나는 퍼뜩, 지난번에 녀석이 몇그릇씩의 밥을 축낸다는 소리며 밤마슬이 잦다는 소리를 떠올렸다. 그리고 오늘 낮에 일어난 일도 머리를 스치고.

이새끼, 바루 대지 못하가서? 너 어드메 밥얼 날라주네?

내가 요섭의 멱살을 잡아흔들면서 재촉하니까 아우가 두 손을 마주 비비면서 애걸을 하는 게 아닌가.

형…… 이건 우리끼리 비밀인데, 모른 체하갔다구 약속하라요.

비밀? 새끼야, 너 죽구 싶네, 일가 몰살당할라구 기래. 누구레 숨케놔서?

인민군 누나덜.

누나덜? 몇명이가?

둘이오. 총두 없시오.

어디 숨케놨넌데?

아우가 고개를 푹 숙이고 대답을 하지 않았다. 나는 윽박지르는 게 이런 경우에는 별 도움이 되지 않는다는 걸 잘 알지. 목소리를 부드럽게 해가지고 다시 달랬다.

어디 있네? 약속하디, 내 해치디 않을 거다.

요섭은 고개를 숙인 채로 우는지 소매로 두 눈을 씻더군. 나는 초조해져서 사정을 하듯 말했다.

민한 새끼, 거 정…… 동리서 알게 되문 우린 으심받넌다. 어딨넌지 알아야 도와줄 꺼 아니가?

울먹울먹하며 요섭이가 대꾸하더군.

요 너머 과수원 움에 숨케놨시오.

나는 아우의 등을 가볍게 떠밀었다.

가보라.

예에?

밥 개져다줘야 먹디 않간?

형님 정말……

나는 그렇게 동생을 보내놓고 그날 밤에는 군청으로 나가지 않았다. 밤이 깊은 뒤에 집에서 나와 안채를 둘러보니까 불도 모두 꺼지고 식구들은 잠이 든 게 분명했다. 마루 아래 댓돌 위를 살펴보니 요섭이 운동화가 고무신들 틈에 있어서 아우가 집에 돌아온 걸 알 수 있었다. 나는 자전거에 걸고 다니던 미제 군용 손전등을 탄띠에 꽂아넣고 권총의 탄창을 빼어 실탄이 가득 들어 있는가를 살피고는 노리쇠를 후퇴 전진시켜 실탄을 장전하고 안전핀을 걸어두었다. 그리고 집을 나서려다가 다시 돌아서서 뒷간 옆의 광으로 갔다. 낫이며 호미며 가래와 삽이며 하는 농기구들 틈에서 괭이를 집어들었다.

과수원 오솔길은 어려서는 놀이터였고 커서는 일꾼들과 사과를 따러 다녀서 눈을 감고도 구석구석을 잘 알 정도였다. 나는 발소리도 없이 움집으로 접근했다. 혹시 모르니까 괭이는 내려놓고 권총을 들고 안전핀을 풀었다. 한손에는 손전등을 쥐고 단추를 위로 올려 불을 켜면서 움 안을 들여다보았다. 두 사람이 자고 있다가 갑작스런 불빛에 놀라 손으로 얼굴을 가리면서 일어났다. 나는 권총을 겨누고 말했다.

손들어, 밖으루 나오라.

부스럭거리며 일어나 움집에서 나오는데 그저 여학생 같은 아이들이었다. 나는 이런 모습의 잔병들을 읍내에서 많이 다루었기 때문에 이제는 소속이나 계급 따위는 묻지 않는다. 다만 중요한 사항만 물어보았다.

너이말구 일행이 또 있나?

없어요. 우리 둘뿐이에요.

부대는 어디 가구?

보름 전에 헤어졌습니다.

작은 쪽이 대답했고 키 큰 쪽이 내게 물었다.

당신은 국방군입니까?

나는 손전등을 아래로 흔들면서 말했다.

기딴 건 알 필요 없어. 무릎꿇구 그 자리에 앉으라. 손 머리 위루 올리구……

나는 키 작은 여자가 옆에다 무슨 검은 가방 같은 걸 들고 있는 게 마음에 걸렸다. 요섭이가 무기도 없는 여군들이라고 해서 주의만 하면 혼자서도 손쉽게 해치우리라 여기고 있었다.

기거 머이가? 일루 던지라우.

이건 악기예요. 바이올린이요.

기쎄 던지라는데!

물건이 내 발 앞에 툭 떨어지면서 뚜껑이 반으로 쪼개지듯 열렸다. 나는 그걸 집어올렸다.

깽깽이구만.

나도 장터에서 떠돌이 약장수들이 가지고 와서 '양산도'나 '황성옛 터'를 켜던 걸 본 적이 있어서 깽깽이란 악기가 별 대수로운 게 아니란 것쯤은 알고 있었다. 울림통 구멍 속에 아무것도 없는지 몇번 흔들어 보고는 다시 내 발밑으로 툭 던져버렸다. 그러곤 발로 콱 밟아버린다. 꺅, 하는 새된 계집아이 비명이 울려서 나는 제풀에 깜짝 놀란다.

조용하라! 한방에 쏴 팽개티기 전에……

나는 그들을 일으켜세워 앞서서 걷게 했다. 권총은 허리에 차고 다 시 괭이를 어깨에 메고 손전등으로 길을 비추면서 과일창고까지 내려 갔다. 그 뒤의 비탈 앞에다 세우고 돌아앉게 했다. 그리고 괭이자루를 두 손에 쥐는데 키 큰 아이가 돌아보지 않고 꿇어앉은 채로 말했다.

우리 노래하자.

그것이 먼저 무슨 군가 나부랭이를 종알거리기 시작했다. 나는 아 무 소리 없이 그년부터 괭이로 사정없이 내리찍었다. 픽 하면서 앞으 로 고꾸라져 비탈 아래로 주르르 미끄러져 내려가두만. 다시 그 옆에 것을 노리며 휘두르는데 비껴맞았다. 아마 어깨에 맞은 모양이야. 여 자애가 아이고, 소리를 내지르며 앞으로 처박히더니 고개를 돌려서 말을 했다.

아저씨, 살려주세요, 사람 살려요.

이번에는 다시 머리 뒤통수를 내려쳤지. 일시에 잠잠해지데. 나는 얼른 창고 뒤에서 돌아나왔다. 아마도 척척한 것이 얼굴과 앞섶에 피가 튄 것 같더군. 나는 펌프 가의 물통 앞에 앉아 손과 얼굴을 씻고 한 손으로 바람을 넣어 물을 퍼서 손에 움켜 마셨다. 그러곤 허둥지둥 집으로 돌아가 자전거를 타고 새벽길을 달려 읍내로 나갔다.

당시에는 그저 남에게 들키지 않게 소리없이 처치하겠다는 생각뿐이었다. 시체는 나중에 동네사람들이 발견해서 묻을 때까지 창고 뒤에 널브러져 있었다. 물론 요섭이가 이튿날 밥을 가지고 거기 가서 보았겠지. 아우는 오랫동안 그 얘기를 하지 않다가 수십년 뒤에 내게 묻는다. 그 순간에 형님은 기도를 했더냐고. 물론 나는 기도를 올렸다고 대답한다.

십이월이 되면서 압록강까지 올라갔던 미군과 국방군이 중공군의 참전으로 남쪽으로 밀리기 시작했다. 평양을 내놓게 됐다는 소식이 들려오자 청년단과 치안대 사람들은 후퇴할 준비를 했다. 그동안 가담 정도가 미미해서 그냥 관찰만 하고 있던 사람들이나 단순히 여맹이나 직맹이나 민청 정도에 들었던 사람의 가족들과 군인 가족들을 잡아들였다. 그중에는 이미 다른 식구가 처형을 당하고 남은 가족들도 있었다. 이제는 읍내에서만이 아니라 군의 마을 곳곳마다 직결처분이 시작되었다. 원암리 창고의 참사도 저수지와 다리에서의 살육도 모두 십이월 초이레에서 이삼일 동안에 이루어진 일들이었다. 그들은 낮에는 사람을 잡으러 다니고 밤에는 빈집 뒤짐을 하고 나서 모여앉아 술을 마셨다. 귀중품이나 돈이 될 만한 물건을 모은 청년들도 많았다. 차편이 생기면 우선 몇십리라도 먼저 남쪽으로 내려가려고 했다.

나는 단열이를 받아내고 담배 한대를 태우며 생각했다. 여기다 남겨둘 순 없지만 큰매부는 당원이니까 식구를 보호할 수 있을 것이다.

아이 이름언 다니엘이라구 짓자우. 사자굴에서두 주님이 지켜주셨으니깨.

기건 나중에 생각하자우요. 사람 죽갔넌데……

나는 혼자 갈 수밖에 없다고 마음을 정했다. 아내에게는 이제 해산한 몸으로 피난을 갈 수는 없으니 형편을 알아보러 큰누이에게 가보겠다며 집을 나섰다. 큰누이는 이웃 동네인 발산에 살았고 나하고 두 살 터울인 작은누이는 운봉으로 시집가서 살고 있었다. 어제 아내의 몸풀기를 돕느라고 선발대 트럭을 놓쳤으니 오늘은 아무리 못 가도 해주 부두에까진 가서 닿아야 했다. 마지막 집결지가 그곳이었다. 두 시가 되자 벌써 새벽 기운이 산숲에 감돌고 있는 느낌이 들었다. 안개가 산기슭을 타고 들 위로 번지기 시작했다. 바람은 없었지만 공기가 싸늘했다.

나는 발산 마을로 들어서서 큰누이네 집을 어림짐작으로 찾아갔다. 양쪽에 긴 돌담이 둘러진 고샅길이 나오고 묵은 은행나무가 서 있는 곳이 그 집 입구인 셈이었다. 돌담이 끝나자 나무의 거대한 그림자가 나타났다. 모퉁이를 돌아 누이네 집으로 들어가는 막다른 골목에 서니 이상스레 불안감이 온몸을 감쌌다.

골목 끝에 시골집치고는 나무판자로 그럴듯하게 달아놓은 대문이 있었는데 밤인데도 활짝 열려 있었다. 대낮도 아니고 깊은 밤에 문이 음산하게 웃는 것처럼 열려 있는 것이다. 나는 삼십발들이 카빈 자동소총을 어깨에서 풀어 총구를 앞으로 겨누었다. 마당은 비어 있었고 방 두 칸짜리 일자집은 불이 꺼진 채였다. 가까이 가서 방문에다 대고 가만히 불러보았다.

누나, 집에 계시꺄?

아무 대답이 없었다. 방문을 열어본다. 손전등으로 비춰보니 안은 텅 비어 있었다. 자리는 깔려 있는데 이불이 반쯤 젖혀져 있었다. 방금 잠자리에서 일어난 모양대로다. 집 뒤꼍에서 무슨 소리가 들리는 것 같았다. 나는 총을 겨누고 집의 벽을 따라서 뒤로 돌아가보았다. 뭔가 시커먼 것이 웅크리고 앉아 있다.

누구야?

시커먼 것은 그대로 앉은 채로 돌아보지도 않고 중얼거렸다.

무슨 죄가 있다구, 우리가 무슨 죄가 있다구.

큰매부⋯⋯

나는 다시 손전등을 발밑에 대고 단추를 눌렀다. 매부의 몸 옆에 길게 치맛자락과 맨발이 보였다.

아이구, 이거이 웬일이니꺄?

너이 누나가 죽어서.

나는 지난 한달 동안 사람 죽은 시체를 너무도 많이 보아서 별로 놀라지는 않았다. 다만 류요한이의 혈육을 감히 이렇게 한 놈이 누구인지 당장 알아내고 싶을 뿐이었다.

누구레 이랬시오?

매부가 옆에 쭈그려앉은 나의 멱살을 잡아흔들며 울음을 터뜨렸다.

너이말구 누가 이런 짓얼 하간?

우리가요?

기래, 상호란 놈이 왔댔다. 나넌 운좋게 마루 밑에 숨어 있대서.

자작농일수록 당에 들어야 대접을 받는 세상인데 이게 죽을 죄라도 저지른 것이냐며 멱살을 잡아 흔들어대는 매부를 나는 간신히 떼어놓았다.

　처남이 부단장이라구 숨어서두 맘얼 놓았넌데 이거이 웬 날벼락이가.

　이 백당놈우 새끼럴!

　나는 이제 우리의 편먹기는 끝났다고 생각했다. 더이상 사탄을 멸하는 주의 십자군이 아닌 것이다. 우리는 시험에 들기 시작했고 믿음도 타락했다고 생각했다. 나와 내 동무들은 눈빛을 잃어버린 나날이 되어갔다. 눈에 빛이 없다니 그게 무슨 소리냐고. 사는 게 귀찮고 짜증이 나서 그랬다. 조금만 짜증이 나면 에이 썅, 하고 짧게 씹어뱉고 나서 상대를 죽여버렸다.

　인물 반반한 것들을 사회보험 온천휴양소에 수용했는데 여맹원도 있었고, 학교 선생도, 적의 딸자식들도 있었다. 남에서 파견되어 온 치들은 그런 경험이 많은지 거침이 없고 능숙했다. 우리네가 모두 청년단과 치안대와 자치경찰을 겸하고 있어서 임무의 분담은 있을지언정 서로 높고 낮음은 따지지 않았다.

　나는 나중에도 그랬지만 젊어서도 술을 먹지 않았다. 담배는 피우다가 늙어서 끊었고. 청년단장 봉수와 상호는 술을 좋아했고 전에도 요릿집 출입을 함께 해서 죽이 잘 맞았다. 읍내를 완전히 장악하고 한달이 넘어서는 전쟁도 곧 끝나고 우리 세상이 죽을 때까지 지속될 것 같은 확신이 들었다. 저녁마다 술자리가 벌어졌다. 나는 치안 간부들이 어디 가서 회식을 하는지 처음에는 모르고 지냈다. 상호가 이별주나 마시자는 자리라고, 고향에선 이게 마지막이라고 하여 휴양소에 가게 되었다. 그게 떠나기 이틀 전이었던가.

　휴양소는 옛날 일본인들이 지어놓은 여관 자리였다. 유리문 안쪽에

마루 복도가 길게 나 있고 창호지를 바른 미닫이가 달린 방마다 다다
미가 깔려 있었다. 방에 들어가니 알 만한 얼굴들이 대여섯쯤 되었는
데 술상의 자리 사이에 젊은 여자들 서넛이 끼여앉아 있었다. 처음에
는 점잖게 마시다가 술이 거나해지자 거친 말과 손짓이 오가고 어떤
자는 여자를 때리기도 했다. 상호가 누구에겐가 확인하고 나서 봉수
에게 말했다.

오늘 술안주넌 선생 에미나이야.

머야, 여게 데레다놔서?

목욕 하오리 입헤서 대기중이다.

옆에 있던 다른 지대장이 말했다.

야, 나두 께무테달라우.

순설 정할래문 제빌 뽑자우.

나는 그게 무슨 소린지 알쏭달쏭했다. 그러다가 단원들이 우르르
몰려서 복도로 나갈 적에야 상호에게 물었다.

머 자미있넌 일이라두 있네?

너두 한번 하라. 거 윤선생 에미나이 여게 이서.

온천에?

씨발, 죽는 거보다야 낫디.

나는 무추름하니 그냥 혼자서 빈 술자리를 지키고 앉아 있었다. 복
도가 시끄러워지고 여자의 비명과 사내들의 웃음소리가 들렸다. 나는
못 먹는 술을 연거푸 두 잔이나 털어넣었다. 한참이나 있다가 술이 벌
겋게 올라서 방을 나섰다. 복도를 지나려는데 신음소리가 들렸다. 미
닫이를 조금 열고 방안을 들여다본다. 세 남자가 둘러앉아 발가벗긴
여자의 팔과 다리를 잡고 있었는데 한놈이 올라타고 일을 치르는 중

이다. 나는 숨을 삼키며 끈에 달린 것처럼 방안으로 끌려들어갔다. 봉수는 이미 끝났는지 웃통을 벗은 채이고 상호의 바지가 종아리에까지 내려가 있었다. 그의 어깨 너머로 낯익은 여자의 얼굴이 보인다. 일본식 목욕 하오리는 끈이 풀려 다다미 위에 활짝 펼쳐져 있다. 내가 아마 상호의 몸을 발로 찼을 것이다. 그가 옆으로 나뒹굴었으니까. 그러고는 언제나 군용점퍼 안에 찌르고 다니던 권총을 꺼내어 여자를 쏜다. 두 발을 쏜 것 같았다. 내가 비틀거리며 방을 나와서도 아무도 나를 쫓아나오는 사람이 없었다. 귓전을 파고든 총소리가 아직도 앵 하며 맴돌고 있을 뿐이었다.

고향을 떠날 때에는 모두 눈물을 삼키고 가지만 우리는 침을 뱉지는 않았어도 다시는 돌아오지 않으리라 작정했다. 이곳은 이제부터 마귀가 번성하게 될 지옥일 뿐이라고 생각했다. 상호는 그로부터 다시는 만나지 못하게 된다. 우리는 그 악몽의 나날을 보내면서 안에 감추고 있었을 뿐 서로를 원수보다 더 미워하게 되었다. 나는 그가 젊은 날의 욱하는 감정 때문에 누이들을 쏘았다는 걸 잘 안다. 우리가 적이라고 정하여 살해한 행동은 바로 그 비슷한 일들이었다. 당에 들거나 직맹에 들거나 어쨌든 조그만 핑곗거리만 있으면 죽일 수 있었으니까. 그래서 우리는 자기 자신까지도 증오했다.

나도 그렇게 상호에게 되돌려주었다. 나는 발산 동네 명선이네 집이 어디쯤인지 잘 알고 있었다. 명선이는 상호와 교회에서 청년회 일을 함께 하면서 가까워졌다. 그들은 전쟁이 끝나든가 남쪽으로 가게 되면 결혼하기로 약속을 했을 것이다. 총을 쥔 내 발길은 명선이네 집으로 향했다. 그 집에 가서 문을 열어달라고 부르고 명선이 어머니가 나와서 문을 열어주자마자 개머리판으로 짓찧어 쓰러뜨린다. 마당 안

으로 뛰어들어가 방문을 열고 잠에서 깨어난 자매들에게 연발사격을
한다. 상호는 나보다 한걸음 먼저였는데 운봉마을을 지나며 작은누이
네 식구까지 해치우고 떠난다. 나이들어서 가끔씩 헛것이 보이기 시
작했다. 처음에는 식은땀을 흘리고 소리를 지르고 했지만 나중에는
그냥 멀거니 바라보기만 했다. 상호 녀석도 그랬을까.

9. 길 가르기
이별

자자, 이젠 돼서. 그만들 가자우.

순남이 아저씨의 헛것이 말했고 일랑이도 그 옆을 따른다.

그래, 가자우.

다른 남녀 헛것들도 벽에서 스르르 일어나 바람에 너울대는 헝겊처럼 어둠속으로 사라지기 시작했다. 아득하게 먼곳에서 누군가의 목소리가 들려왔다.

서루 죽이구 죽언 것덜 세상 떠나문 다 모이게 돼 이서.

요한이 아우에게 말했다.

이제야 고향땅에 와서 원 풀고 한 풀고 동무들두 만나고 낯설고 어두운 데 떠돌지 않게 되었다. 간다, 잘들 있으라.

그들은 모두 사라졌다. 사방이 고요했다. 어둠은 차츰 물러가고 동이 터오는지 창밖의 하늘에는 산자락의 뚜렷해진 그림자 뒤로 부옇게 하늘이 보였다. 이층 마루방에는 외삼촌과 류요섭 두 사람만 남았다. 외삼촌이 말했다.

"갈 사람덜언 가구 이제 산 사람덜언 새루 살아야디. 저이 태 묻언 땅얼 깨끗허게 정화해야디 안카서?"

류요섭이 두 손을 모으고 스스로 성경 구절을 암송했다.

"사랑할 때가 있고 미워할 때가 있으며 전쟁할 때가 있고 평화할 때가 있느니라. 일하는 자가 그 수고로 말미암아 무슨 이익이 있으랴, 하나님이 인생들에게 노고를 주사 애쓰게 하신 것을 내가 보았노라. 하나님이 모든 것을 지으시되 때를 따라 아름답게 하셨고 또 사람에게 영원을 사모하는 마음을 주셨느니라. 그러나 하나님의 하시는 일의 시종을 사람으로 측량할 수 없게 하셨도다."

10. 옷 태우기

매장

　　요섭은 소메의 외삼촌댁을 나와서 안내원과 함께 차를 타고 읍내로
향했다. 그는 앞자리에 앉은 안내원에게 조심스럽게 물었다.
　　"가다가 찬샘골에 들를 수 있을까요?"
　　"거긴 또 어디요?"
　　안내원이 미간을 찌푸리고 손목시계를 힐끗 보면서 말했다.
　　"점심 때까지는 호텔에 도착해야 됩네다."
　　"그냥 둘러보면서 지나갈 수는 없겠는가 해서……"
　　"목사님 요구가 정 많습니다레."
　　"살던 마을이 그대루 있는지 궁금해서요."
　　"옛날 모습은 없을 거외다. 다 협동화됐시오."
　　"그저 동네 뒷산이라두 보구 싶습니다."

252

안내원이 웃으면서 말했다.

"찬샘이 어딘지 우리야 알 수가 있나."

"온천면이니까 올라가는 길목이지요."

하는 요섭의 말에 안내원은 선선히 응락을 했다.

"그렇다면 머 어디루 갈지 목사님이 말씀해주시라요."

며칠 전처럼 인적 없는 거리와 시멘트 도로가 이어진 읍내를 지나 밭 사이로 나 있는 외곽에 나왔을 때 멀리 들판과 나지막한 야산 줄기가 보였다. 과수원 자리는 그대로 있다. 야산 등성이에 줄지어 서 있는 사과나무들이 보였다. 푸른 잎새 사이로 울긋불긋 익어가는 열매들이 보였다.

"바로 저깁니다. 저 길 모퉁이에 잠깐 세워주시오."

길가에는 옥수수가 늘어서서 초가을 바람에 휘청대고 있었다. 과수원이 둘러싼 언덕바지에는 회색 벽돌로 지은 이층짜리 공동주택들이 같은 간격으로 서 있었다. 그는 어릴 적에 그렇게나 널찍하게 보이던 마을 자리가 작은 언덕의 한 모퉁이에 지나지 않는다는 사실에 다시 놀란다. 그가 소를 먹이러 다니던 둑방은 시멘트 제방이 되어버렸다. 옥수수밭 가녘에 피어 있는 쑥부쟁이만이 여전했다. 그 작은 꽃들은 여전히 깔깔대며 바람 속에 웃고 있는 듯했다. 요섭은 잠깐 서서 산 위의 어디라 할 곳 없는 하늘을 바라보고 있다가 차에서 들고 내려온 보퉁이에서 옷가지를 꺼냈다. 안내원이 한쪽에서 우두커니 담배를 피우고 섰더니 그에게로 다가왔다.

"그건 멉네까?"

요섭은 형의 낡은 속옷을 안내원에게 흔들어 보였다.

"이건 저희 형님 옷입니다. 형수님 원을 풀어줄라구 그러지요."

"아, 사리원에서 개져온 거구만요."

요섭은 옥수수밭 사이의 두렁을 따라서 야산의 초입까지 걸어올라
갔고 영문을 모르는 안내원도 그의 뒤를 따라왔다. 그는 잡초가 무성
한 곳을 피하여 햇빛이 잘 비치고 보송보송하게 마른 흙이 드러난 곳
에서 쭈그리고 앉았다. 손으로 흙을 그러모아 한줌 쥐어본다.

"멀 합네까?"

안내원이 요섭의 시선을 따라 고개를 숙여 땅바닥을 보면서 물었고
요섭은 그에게 되물었다.

"라이터 있지요?"

안내원은 아직도 영문을 모르겠는지 어리둥절한 얼굴로 라이터를
꺼내어 내밀었다. 요섭이 주위에서 마른 잔가지들을 모아다가 작은
무더기를 만들고 불을 붙였다. 일단 불이 붙어오르자 나뭇가지가 바
자작거리는 소리를 내며 타올랐다. 그는 요한 형이 단열을 받아냈다
던 속옷을 불꽃 위에 내려뜨리고 불을 댕겼다. 섬유의 모양이 일그러
지고 색이 검게 변하면서 타들어왔다. 그는 옷을 조금씩 늘어뜨려 천
천히 돌려가며 태웠다. 마지막으로 천이 손바닥만하게 남았을 때 요
섭은 작은 모닥불 위에 그것을 던졌다. 쪼그라들더니 이내 모든 형상
이 사라졌다.

자리를 옮겨서 땅바닥의 흙을 파냈다. 두어 줌 파내니까 축축하고
나뭇잎 섞인 흙이 나오다가 한뼘쯤을 더 파내니 그제야 부드럽고 바
알간 속흙이 나왔다. 그는 잔돌멩이들을 골라내고 손바닥으로 자리를
다진 다음에 간수했던 모피 주머니를 꺼냈다. 가죽끈을 풀고 안에서
작은 도장처럼 생긴 형의 뼛조각을 꺼내어 구멍 속에 놓았다. 요섭은
그 위에 흙을 덮는다. 그리고 아기를 잠재울 때처럼 손바닥으로 땅 위

를 토닥이며 두드려주었다. 형님 이제야 고향에 돌아온 거요, 하고 요
섭은 소리를 내어 말하고 싶었다.

11. 넋반

무엇이 될꼬 하니

바람이 몹시 분다. 언덕의 풀이 모두 한 방향으로 쓰러져 물살에 씻기듯 잎끝이 거세게 떨고 있다. 흙 알갱이들이 얼굴과 귓불을 때리고 바람은 가슴이며 허벅지를 밀어낸다. 까마귀들도 제대로 날지 못하고 몇번씩 날개를 퍼덕이다가는 주춤하면서 아래로 툭 떨어진다. 간신히 땅바닥에 닿을 것처럼 떨어졌던 까마귀가 하늘 위로 올라 방향을 바꾸고는 종잇장이 불려 날아가듯 휘익 반대방향으로 사라져버린다. 나무들도 앙상한 가지를 떨며 웅웅대는 소리를 지르고 있다.

많은 사람들이 상반신을 숙이고 한 방향으로 가고 있다. 그들의 자세는 뭔가 무거운 것을 끄는 줄이라도 어깨에 걸고 있는 것 같다. 사람들의 행렬은 앞에도 뒤에도 그 끝이 보이질 않는다. 구불구불한 길이 들판을 지나고 아득히 먼곳에 가로막힌 연보라색의 큰 산맥으로 이어져 있다. 사람들은 말을 하지 않는다. 여기서는 그들의 굽은 등만 보일 뿐이다.

해가 저문다. 구름이 석양에 젖은 채로 흘러온다. 새가 바람에 불려 가던 것과 똑같이 구름마저 뒤로 흐느적이며 사라져간다. 붉은 하늘빛이 금세 어두워지고 짙은 남색 천의 물이 바래듯 달이 뜬다. 달빛 아래에서도 사람들의 행렬은 느릿느릿 움직여가고 있다. 큰 산맥의 높고 가파른 길이 꼭대기에서 끝난다. 저 아래 희게 드러난 강물의 띠와 마을의 불빛이 보인다.

그는 새처럼 화면의 위로 날아가고 있다. 아래로 연이은 언덕과 실개천이 지나간다. 멀리서 소 우는 소리며 목에 걸린 워낭이 딸그랑대는 소리도 들리고 닭이 알을 낳고 꼬꼬댁거리는 소리도 들린다. 들판에는 사람들이 논에서 모심기를 하면서 부르는 노랫소리가 들린다. 풍물을 치는 빠른 북소리에 꽹매기 두드리는 경쾌한 쇳소리가 얹혀 있다. 어머니가 아이를 부르는 소리도 들려온다.

애들아, 밥먹어라.

류요섭 목사는 또 새벽 꿈에서 깨어났다. 아직은 떠날 시간이 안되었다. 그는 커튼을 젖히고 인적이 없는 거리를 내다보았다. 평양은 가로등까지도 모두 꺼진 채로 캄캄했다. 맞은편 아파트 건물에는 중간쯤과 꼭대기 부근에 불빛이 보인다. 누군가 새벽부터 일 나가려고 일찍 일어났을까. 빈 도로에 자동차 한대가 천천히 지나갔다. 그는 유리창에 희끄무레하게 비친 자신의 모습을 바라보았다. 세상에서 가장 낯익은 사람의 모습이었다.

12. 뒤풀이
너두 먹구 물러가라

홀아비 죽어 하무자귀야 총각 죽어 몽달귀야
너두 먹구 물러가라
무당 죽어 걸립귀야 소경 죽어 신선귀야
너두 먹구 나가서라
과부 죽어 탄식귀야 처녀 죽어 호구귀야
너두 먹구 가게서라
산에 올라서 낙락장송 늘어진 가지 목맨 귀신
물루 내려서 만경창파 둥실 빠진 물귀신
낳구 가구 배구 가구 밥사발을 손에 들구
허튼 머리를 빗어 꿰구 청치마 옆에 끼구 거적자리를 옆에 들구
가위 실패를 허리춤에 넣구서 울구 가던 하탈 귀신

너두 먹구 물러가라

총 맞구 칼 맞구 몽둥이 맞구 가던 귀신

비행기 폭격을 맞구 가던 귀신

불에 타서 일그러지구 재가 된 귀신에

마차에 기차에 추럭에 땡크에 치여 죽던 귀신

염병 땀병 흑사병 호열자 장질부사

폐병에 가던 귀신 마마에 가던 귀신

왼갖 잡색 객사귀 원귀야

오늘 많이 먹구 걸게 먹구

모두 먹구 나가서라

오늘 다 이 정성 들인 끝에

이 터전에 터주루 있던 귀신 집주루 있던 귀신

많이 먹구 이러니 말이 없구 저러니 탈이 없이

오늘은 고픈 배 불리구 마른 목 적셔 가구

진 거는 먹구 가구 마른 거는 싸가지구 질빵 걸어 메구 가구

여귀는 똬리 바쳐 이구 가구

동자귀는 오질 앞에 싸가지구

인정 받구 노자 받구 좋은 데루 천도를 허소사

작가의 말

『손님』은 내가 베를린에 체류하던 시절에 사실상 세계적인 냉전체제 해체의 시작이었던 장벽붕괴를 목격하면서 진작부터 구상했던 작품이다. 문체나 구성에 대해서 이른바 '객관성'이란 무슨 의미를 가지고 있는가를 돌이켜보며 반성하던 무렵이었다. 당시의 내 창작노트에는 이렇게 적혀 있었다.

과거의 리얼리즘 형식은 보다 과감하게 보다 풍부하게 해체하여 재구성해야 된다. 삶은 놓친 시간과 그 흔적들의 축적이며 그것이 역사에 끼여들기도 하고 꿈처럼 일상 속에 흘러가버리기도 하는 것 같다. 역사와 개인의 꿈같은 일상이 함께 현실 속에서 연결되어야 한다고 생각한다. 주관과 객관이 분리되어서도 안되고, 화자는 어느 누군가의 관점이나 일인칭 삼인칭으로 고정된 것이 아니라 등장인물 각자의 시점에 따라 서로를 교차하여 그려서 완성시켜줄 수 있을 것이다. 한 인물과 사건을 두고도 모든 등장인물들이 보여주는 생각과 시각의 다양성으로 자수를 놓듯이 그릴 수는 없을까. 객관적인 서술방법도 삶을 그럴싸하게 그린다고 할 뿐이지 삶을 현실의 상태로 재현하는 것은 불가능한 노릇이다. 삶이 산문에 의하여 그대로 재현되는 것이 아니라면, 삶의 흐름에 가깝게 산문을 회복할 수는 없을까 하는 것이 나의 형식에 관한 고민이다.

나는 거기서 태어나지도 않았고 가본 적도 없지만 아버지가 소년기에 만주로 떠나기 전에 살았던 황해도 신천(信川)을 방문한 적이 있다. 89년의 방북시기에 그곳에 안내를 받아 갔었다. 물론 외가인 평양과는 달리 오래 전에 고향을 떠났던 아버지의 친척들은 남아 있지 않았다. 하지만 호적상 나의 원적은, 黃海道 信川郡 溫川面 溫井里 103番地이다.

신천에는 미군의 양민학살을 고발하는 '미제 학살기념 박물관'이 있었고 나는 당연히 그곳으로 안내되었다. 그러나 '또다른 진상'이 있지 않을까 하며 의심하는 버릇은 작가로서의 천성이기도 했다.

나중에 뉴욕에 체류하면서 류아무개 목사를 만나 그의 소년시절의 목격담을 듣고서야 의문이 풀려갔다. 그뿐만 아니라 로스앤젤레스에서는 독실한 기독교인이신 친구의 모친에게서 우연히 전쟁 당시의 황해도 사정을 자세히 들을 수 있었다. 나는 자료와 목격담을 모아나가다가 귀국해서 투옥되면서 작업을 중단했지만 나중에 생각해보니 훨씬 다행이었다. 옥방에서 나의 구상이 좀더 무르익을 때까지 이러저러한 형식들을 적용해볼 수 있었다. 이 작품에 그려진 사실들은 '우리 내부에서 저질러진 일'이었으므로 북이나 남의 어떤 부류들이 매우 싫어할 내용일지도 모른다.

기독교와 맑스주의는 식민지와 분단을 거쳐오는 동안에 우리가 자생적인 근대화를 이루지 못하고 타의에 의하여 지니게 된 모더니티라고 할 수 있다. 전통시대의 계급적 유산이 남도에 비해 희박했던 북선 지방은 이 두 가지 관념을 '개화'로 열렬하게 받아들였던 셈이다. 이를테면 하나의 뿌리를 가진 두 개의 가지였다. 천연두를 서병(西病)으로 파악하고 이를 막아내고자 했던 중세의 조선 민중들이 '마마' 또는 '손님'이라 부르면서 '손님굿'이라는 무속의 한 형식을 만들어낸 것에 착안해서 나는 이들 기독교와 맑스주의를 '손님'으로 규정했다.

한국전쟁 50주년이던 작년 6월부터 『손님』의 집필이 시작되었다. 또한 작년은 남북정상회담이며 이산가족 상봉 등의 사건으로 남북관계의 실질적인 변화가 시작되기도 했다. 서구에서 냉전이 사라진 지 십여년이 지나서야 겨우 변방의 얼음이 녹아내리고 있었다. 그런데 이제 보니 사실상 무서운 '손님 마마님'은 아직도 미국이 아닌가.

이 작품은 '황해도 진지노귀굿' 열두 마당을 기본 얼개로 하여 씌어졌다. 여기서는 굿판에서처럼 살아 있는 사람과 죽은 사람이 동시에 과거와 현재를 넘나들면서 등장하고 그들의 회상과 이야기도 제각각이다. 나는 과거로 떠나는 '시간여행'이라는 하나의 씨줄과, 등장인물 각자의 서로 다른 삶의 입장과 체험을 통하여 하나의 사건을 모자이끄처럼 총체화하는 '구전담화'라는 날줄을 서로 엮어서 한폭의 베를 짜듯 구성하였다. 지노귀굿은 망자(亡者)를 저승으로 천도하는 전국적인 형식의 '넋굿'이다. 지방에 따라서 진오귀, 오구, 지노귀 등으로 불린다. 아직도 한반도에 남아 있는 전쟁의 상흔과 냉전의 유령들을 이 한판 굿으로 잠재우고 화해와 상생의 새세기를 시작하자는 것이 작자의 본뜻이기도 하다.

2001년 5월 황석영